餐飲
★英文檢定字彙★
3500

徐偉 編著

Aberdeen Angus
安格斯牛

aceto
食醋

Absolute juice
純果汁

acquavit
露酒、阿基維特酒

五南圖書出版公司 印行

目錄

正文

à point 適度的（法） 記住

恰到好處的，指肉或魚等菜餚的烹飪，既不老也不太嫩。

A and B 蘋果白蘭地與本尼迪克丁酒（縮寫） 記住

Aberdeen Angus 安格斯牛 記住
[ˌæbəˈdin] [ˈæŋgəs]

產於蘇格蘭亞伯丁島的食用牛。毛色黑，無角，簡稱為Angus。

absinthe fràppé 苦艾冰酒（法） 記住
[ˈæbsɪnθ] [fræˈpe]

以苦艾酒為基酒，加入糖和碎冰攪拌而成的混合酒。

absolute juice 純果汁 記住
[ˈæbsəˌlut] [dʒus]

指未加入其他添加物的果汁，如柳橙汁等。

aceto 食醋（義） 記住

與vinegar同義。

acqua 水（義） 記住
[ˈækwə]

與water同義。

acquavit 阿基維特酒、香料伏特加（挪威） 記住
[ˈɑkwəˌvɪt]

advocaat 蛋黃白蘭地酒（荷） 記住
[ˌædvoˈkɑt]

1

以蛋黃和白蘭地調配而成

aerated water　汽水
['eəˌretɪd] ['wɔtɚ]

果汁中加入二氧化碳即為發泡碳酸飲料。

aerated wine　汽酒
['eəˌretɪd] [waɪn]

人工方法加入二氧化碳的葡萄酒。

after mature　後熟
['æftɚ] [mə'tjur]

指水果採摘後的續熟過程。掌握後熟時間有利於水果的儲藏和運輸。

after-dinner drink　餐後酒
['æftɚ'dɪnɚ] [drɪŋk]

或稱為消化酒，一般為甜味的利口酒，如本尼迪克丁酒、夏特赫斯酒。

afternoon-tea　下午茶
['æftɚ'nun ti]

在傍晚前下午5點鐘左右飲的茶點，常以肉食與糕點等佐飲。

afters　餐後甜點
['æftɚs]

與dessert同義。

agave　龍舌蘭
[ə'gevɪ]

也叫世紀樹，產於南美洲和美國南部，其幼嫩的頭冠可供食用。

age　陳化
[edʒ]

酒類在發酵後一般需裝入木桶內陳化。

ag(e)ing　（酒）陳化（指酒類等正在陳化）
[èdʒɪŋ]

Ahr 阿爾（德）　　　　　　　　　| 記住 |

德國著名的葡萄酒產地之一，該地生產的紅葡萄酒產量超過白葡萄酒。

al dente 彈牙的（義）；（口語）**QQ**的　| 記住 |
[al'dɛnte]

指麵食等烹調得恰到好處，嚼起來堅實而有彈性。

alcohol-free beverage 不含酒精的飲料　| 記住 |
['ælkə͵hɔl fri] ['bɛvərɪdʒ]

與soft drink同義。

alcoholic fermentation 酒精發酵　　| 記住 |
['ælkə͵nɔl] [͵fɚmɛn'teʃən]

指各種酵母或黴菌作用於碳水化合物或糖類而轉化成酒精與二氧化碳。

ale 麥芽啤酒　　　　　　　　　　| 記住 |
[el]

經發酵的麥芽飲料，酒體豐滿，略苦，有濃烈酒花味。

all bran 全麩麵粉　　　　　　　　| 記住 |
[ɔl] [bræn]

含有麩皮的營養保健類麵粉，常用於製做可沖飲式的保健食品。

almond 杏仁　　　　　　　　　　| 記住 |
['amənd]

原產於西南亞的一種喬木，如堅果類，可烹飪、製杏仁油和杏仁粉等。

almond, blanched 去殼杏仁　　　　| 記住 |
['amənd] [blæntʃɪt]

可用於糕點的裝飾，也可用作糖果、冰淇淋的配料。

almond butter 杏仁油　　　　　　| 記住 |
['amənd] ['bʌtɚ]

杏仁去皮碾碎製成醬狀，拌入牛奶後經過濾，可製成凍或湯類。

Alsace 阿爾薩斯（法）
[æl'ses]
記住

法國主要的葡萄酒產地，生產多種優質葡萄酒。

amaretto 杏仁利口酒（義）
['æmə'rɛto]
記住

香料型餐後酒，僅用杏仁核為原料釀製。

Amaretto di Saronno 薩羅諾杏仁酒（義）
['æmə'rɛto] [di]
記住

杏仁利口酒，含酒精28%，產於義大利的薩羅諾鎮。

American service 美式餐桌服務
[ə'mɛrɪkən] ['sɝvɪs]
記住

亦稱盤式服務，由主人負責切開菜餚後將餐盤依次傳遞給賓客。

American tossed salad 美式沙拉
[ə'mɛrɪkən] [tɔst] ['sæləd]
記住

與American salad同義。

American wine 美國葡萄酒
[ə'mɛrɪkən] [waɪn]
記住

產於美國境內，如加州、紐約、俄亥俄和維吉尼亞州的各種葡葡酒。

amuse-gueule 餐前開胃食品（法）
記住

如小塊三明治、菜餚吐司、鹹餅乾等，用於佐飲開胃酒，同canapé。

anchovy 鯷魚
['æntʃəvɪ]
記住

或稱為鱒魚或鳳尾魚，常被製成醃製食品，如鹹魚或罐頭。

angel cake 天使蛋糕（美）
['endʒl̩] [kek]
記住

用麵粉、糖和蛋白製成的捲筒蛋糕，鬆軟可口，白嫩細膩。

angel's food　天使蛋糕（美） 記住
['endʒ!s] [fud]

同angel cake。

angel's kiss　天使吻（美） 記住
['endʒ!s] [kɪs]

雞尾酒名，形似彩虹，也稱彩虹酒，與Pousse Café同義。

Anglaise, à l'　英國式（法） 記住

指用水煮、蒸或氽燙，或用雞蛋和麵包粉裹後油炸的魚類菜餚。

angostura bark　安古斯吐拉樹皮汁 記住
[,æŋgəs'tjurə] [bɑrk]

亦稱苦精油，以樹皮汁製成，味苦，是雞尾酒的重要配料之一。

angostura bitters　苦味劑、苦精 記住
[,æŋgəs'tjurə] ['bɪtɚ]

Angus　安格斯牛 記住
['æŋgəs]

與Aberdeen Angus同義。

anis¹　大茴香（法） 記住

anis²　茴香酒（法） 記住

以蒸餾酒為基酒，加入茴香子製成，常用作雞尾酒的添加物。

anise　大茴香 記住
['ænɪs]

傘形科一年生草本植物，原產於埃及，現栽培於歐亞和北非等地。

aniseed star　八角茴香 記住
['ænɪ,sid] [stɑr]

常綠灌木，果實呈八角形，也稱大茴香。香味辛辣，常用作調味料。

Anna potatoes 炸薯片
['ænə] [pə'tetos]

油炸馬鈴薯薄片，可加入乳酪、洋蔥和燻肉等搭配。

記住

antipasto 開胃菜（義）
[ˌantɪ'pasto]

義大利餐宴中的第一道菜。同appetizer，見本頁。

記住

AOC 法定產區（縮）

Appellation Contrôlée的縮寫。

記住

apéritif 開胃酒（法）
[pɛrɪ'tif]

餐宴前飲用的各種開胃酒類，一般不包括烈性酒。

記住

Appellation Contrôlée 法定產區（法）
[ˌæpə'leʃən]

法國法律規定品質優良的葡萄酒受國家保護，以確保法國名酒的聲譽。

記住

Appellation d'Origine （酒類）原產地名稱證明（法）

法國國家法律規定，在酒牌上注明原產地名，是國家核准的優質酒。

記住

appetite 食慾
['æpəˌtaɪt]

人們對食品的色、香、味有偏好的選擇。

記住

appetizer 開胃品
['æpəˌtaɪzɚ]

正餐前用以刺激食慾的各種開胃小吃或飲品，如冷盤等。

記住

apple brandy 蘋果白蘭地
['æpl̩] ['brændɪ]

與calvados同義。

記住

apple fritters 炸蘋果片
['æpḷ] ['frɪtəs]　記住

甜味點心，也指油炸的蘋果餡餅。

apple of love 番茄；西紅柿
['æpḷ] [ɑv] [lʌv]　記住

學名：Solanum Lycopersicum，喻意為愛情。

apple pie 蘋果派
['æpḷ] [paɪ]　記住

油酥麵皮經烘烤後填入蘋果醬，屬甜點類。

apple pudding 蘋果布丁
['æpḷ] ['pudɪŋ]　記住

用蘋果果丁、麵包粉、奶油、雞蛋、糖等混合填入布丁模型烘烤製成。

apple toddy 蘋果托地
['æpḷ] ['tɑdɪ]　記住

含有蘋果丁的熱酒精飲料。

apple vinegar 蘋果醋
['æpḷ] ['vɪnɪgə]　記住

以蘋果汁為原料製成的甜味醋，有美容效果。

applejack 蘋果白蘭地（美）
['æpḷˌdʒæk]　記住

冰凍的蘋果酒中未凍結的部分，含酒精濃度可達到40%，為烈酒。

applejack and Benedictine 蘋果白蘭地與本尼迪克丁酒
['æpḷˌdʒæk] [ænd] [ˌbɛnəˈdɪktin]　記住

以上兩種酒的混合調配酒，酒單上常標記為A and B。

apricot 杏
['æprɪˌkɑt]　記住

薔薇科喬木，普遍栽培於世界溫帶地區。

apricot brandy　杏子白蘭地
['æprɪˌkɑt] [ˌbrændɪ]

記住

以成熟的杏子或杏仁發酵並蒸餾而成，含酒精32%。

Arabian coffee　阿拉伯咖啡
[əˈrebɪən] [ˈkɔfɪ]

記住

特別之處在於沖泡咖啡時加入荳蔻子、蜂蜜和玫瑰露等調味香料。

arabica　咖啡
[əˈrebɪkɑ]

記住

俗稱。與coffee同義。

Argentinean wines　阿根廷葡萄酒
['ɑrdʒənˈtɪnɪən] [waɪns]

記住

阿根廷葡萄酒產量居世界第5位，占南美洲總產量的70%。

Armagnac　阿馬涅克酒、雅文邑白蘭地（法）
['ɑrmənˌjæk]

記住

在法國阿馬涅克地區產的白蘭地酒，含酒精40%，屬烈酒。

aroma　芳香
[əˈromə]

記住

植物、菜餚等發出的香味，特別指酒香，如葡萄酒的獨特香味等。

aromatic herbs　香草植物
[ˌærəˈmætɪk] [hɝbs]

記住

與herb同義。

aromatics　香料
[ˌærəˈmætɪks]

記住

用於烹飪中的草本香草植物，如百里香、月桂葉、迷迭香和荳蔻等。

artichoke　朝鮮薊
['ɑrtɪˌtsok]

記住

菊科菜薊屬多年生草本植物，其未成熟的頭狀花序肉質部分味美香甜。

ashtray 煙灰缸
['æʃˌtre]

記住

可收納煙灰、煙蒂的容器，設計造型樣式多。

asparagus 蘆筍
[ə'spærəgəs]

記住

亦稱石刁柏或龍鬚菜，其嫩莖可以作蔬菜食用。

aspic 肉凍
['æspɪk]

記住

以肉類高湯製成的美味透明凝凍食品，常用牛骨、雞骨等煮成。

assam 阿薩姆茶
[æ'sæm]

記住

茶葉品種名稱，味香濃可口，產於印度北部，以產地命名。

assiette 餐盤（法）

記住

與plate同義。

assiette Anglaise 英式冷盤（法）

記住

冷食肉類拼盤，以水芹、酸黃瓜等作配料，常作為餐宴上第一道菜。

assorted 什錦的
[ə'sɔrtɪd]

記住

多種多樣，種類繁多的，如各式糖果、沙拉和菜餚等。

Asti 阿斯蒂（義）
['æsti]

記住

義大利北部皮埃蒙特地區名，出產麝香味的發泡白葡萄酒。

Aszu Tokay 阿茲托卡伊酒（匈牙利）

記住

匈牙利最高品質的甜白葡萄酒，價格昂貴，有滋補作用。

au beurre 塗奶油（法）

記住

一般指麵包或吐司等食品，為調味塗上奶油的食用方法。

au blanc　水煮的、汆燙（法）　　　　　　　　記住

與blanch同義。

au gratin　表面烤黃（法）　　　　　　　　記住
[oˈɡrɑtn̩]

食品表面包裹麵包粉、乳酪、奶油等，後入烤箱中烘烤至棕黃色。

au jus　佐以原汁（法）　　　　　　　　記住

嫩煎或烘烤的菜餚上桌時，以烤盤中剩餘原汁作為佐汁加入菜餚中。

Auslese　優質乾白葡萄酒（德）　　　　　　記住

酒類術語，選用優質葡萄釀成的酒。

Australian wines　澳洲葡萄酒　　　　　　記住
[ɔˈstreljən] [waɪns]

Austria　奧地利　　　　　　　　　　　　記住
[ˈɔstrɪə]

奧地利烹飪菜餚。

Austrian wine　奧地利葡萄酒　　　　　　記住
[ˈɔstrɪən] [waɪns]

avec　以…為配料的，同英文**with**用法（法）　記住

菜譜菜單用語之一，與menu同義。

avocado　酪梨　　　　　　　　　　　　記住
[ˌvəˈkɑdo]

樟科喬木果實，原產於墨西哥，也稱鱷梨，含有豐富的維他命和鈣質。

b. & b.¹　膳宿（縮）　　記住

bed and board的縮寫。

b. & b.²　住宿及早餐（縮）　　記住

bed and breakfast的縮寫。

b. & b.³　白蘭地與本尼迪克丁酒（縮）　　記住

Brandy and Benedictine的縮寫。

B and L　苦汁檸檬水（縮）　　記住

bitter and lemon的縮寫。

B and S　白蘭地蘇打（縮）　　記住

brandy-and-soda的縮寫。

B and W　攙水白蘭地（縮）　　記住

brandy-and-water的縮寫。

baby beef　嫩小牛肉　　記住
['bebi] [bif]

指剛斷乳的小牛，出生不滿半年，肉質鮮嫩，與veal同義。

baby meal　嬰兒餐　　記住
['bebi] [mil]

以穀類麵粉為主的嬰兒食品，調配有多種營養成分可用滾水沖飲。

Bacardi rum　百嘉麗蘭姆酒　　記住
[bə'kɑrdɪ] [rʌm]

於1862年，由古巴的百卡地家族創始，此類酒無色透明，與rum同義。

backward dough　遲發麵團　　記住
['bækwəd] [do]

指發酵慢的生麵團，與dough同義。

bacon　燻肉，培根　　記住
['bekən]

亦稱臘肉，一般選用皮下脂肪多的豬肋條肉經鹽漬燻製而成。

bacon and cheese　培根起司三明治（美）　　記住
['bekən] [ænd] [tʃiz]

bacon and eggs　培根蛋　　記住
['bekən] [ænd] [ɛgs]

傳統的英式早餐，將蛋置於培根片上，蛋只煎一面。同sunny side up。

bacon and tomato　培根番茄三明治　　記住
['bekən] [ænd] [tə'meto]

以培根和番茄為餡的烤麵包三明治，速食品。

bacon hog　培根豬　　記住
['bekən] [hɑg]

為製培根而飼養的肉豬，一般是出生一年的閹豬，與bacon pig同義。

bacon pig　培根用豬　　記住
['bekən] [pɪg]

其瘦肉與肥肉有一定的比例，與bacon hog同義。

bag pudding　袋布丁　　記住
[bæg] ['pudɪn]

裹在布袋中蒸煮的餐後布丁甜點。

bagel　貝果、培果或百吉圈　　記住
['begəl]

麵包類食品，用發酵的麵團，在沸水煮過後放進烤箱，口感彈性佳。

baguette　法國棍杖麵包（法）　　　記住

傳統法式麵包，一般長約30-100公分。

Bailey's Irish Cream　貝利詩奶酒　　記住
['belɪs] ['aɪrɪs] [krim]

愛爾蘭都柏林產的香甜酒，由威士忌、巧克力、鮮奶油等調配而成。

bain-marie　隔水燉鍋（法）　　　記住

也叫水浴鍋，用來給食品保溫或加熱，與double boiler同義。

bake　烘焙　　　記住
[bek]

基本烹調方法之一，將食品放入烤箱、烤爐或置於明火上烘烤。

baked Alaska　烤冰淇淋；黑阿拉斯加　記住
[bekt] [ə'læskə]

將冰淇淋置於蛋糕澆上生蛋白霜後立即以高溫烤焦的方法。

baked apple　烤蘋果　　　記住
[bekt] ['æpl̩]

蘋果去核，裝入糖和葡萄乾烘焙，吃時撒上酸鮮奶油或冰淇淋。

baked pancake　麵餅　　　記住
[bekt] ['pæn͵kek]

烘烤類麵食，使用少量油脂，口感較彈硬。

baker　麵包師　　　記住
['bekɚ]

baker's yeast　發麵酵母　　　記住
['bekɚs] [jist]

常用於麵包的發酵，發酵力大於一般酵母。

bakery　麵包房　　　記住
['bekəri]

世界最早的麵包房出現在歐洲的義大利。

bakeware 烤盤
['bekˌwɛr]

記住

焙烤食品時使用的耐熱瓷盤，可用於焙烤而不會開裂。

baking cup 焙烤用紙碟
['bekɪŋ] [kʌp]

記住

一種波紋小碟，可用於烘焙小蛋糕。

baking oven 烤箱
['bekɪŋ] ['ʌvən]

記住

廚房設備，以電或煤氣為能源，可用於烘焙麵包及其他菜餚。

baking pan 烤盤
['bekɪŋ] [pæn]

記住

長形或圓形廚具，可用於烘焙各種食品。

baking powder 發酵粉
['bekɪŋ] ['paudɚ]

記住

食品膨鬆劑，以小蘇打、酒石和澱粉配製而成的一種白色粉末。

ball tea 珠茶
[bɔl] [ti]

記住

與gunpowder tea同義。

balsam herb 艾菊
['bɔlsəm] [hɝb]

記住

balthazar 大香檳酒瓶

記住

容量為13夸脫或416盎司，一般瓶裝酒的16倍，僅次於最大酒瓶。

bamboo 竹
[bæm'bu]

記住

產於熱帶或亞熱帶的空莖植物，其嫩芽稱為竹筍。

bamboo shoot　筍　　　　　　　　　　記住
[bæm'bu] [ʃut]

從竹子的根狀莖上發出的嫩芽，一經長出地面即可采摘。

banana　香蕉　　　　　　　　　　　記住
[bə'nænə]

產於溫帶和熱帶的喬木類水果，香蕉外皮黃色，果肉軟。

banana cake　香蕉蛋糕　　　　　　　記住
[bə'nænə] [kek]

以麵團中含有碾碎的香蕉片烘焙而成的鬆軟蛋糕。

banana chips　香蕉片　　　　　　　　記住
[bə'nænə] [tʃɪps]

香蕉切片曬乾後油炸或烘烤。

banana fritter　炸香蕉　　　　　　　記住
[bə'nænə] ['frɪtɚ]

外塗鮮奶油麵糊，油炸而成的食品，外脆裡軟。

banana split　香蕉船（聖代）　　　　記住
[bə'nænə] [splɪt]

將香蕉縱切成條狀作底，並放置冰淇淋球與配料，屬餐後冷飲甜點。

banane　香蕉（法）　　　　　　　　記住

banquet　宴會　　　　　　　　　　　記住
['bæŋkwɪt]

指豪華的禮儀餐宴。

bar　酒吧　　　　　　　　　　　　　記住
[bar]

指供應酒類飲料的店或櫃檯，或活動酒櫃。

bar car 酒吧餐車
[bar] [kar]

記住

大型交通工具，配備有飲料和茶點的供應設備。

bar fork 吧叉
[bar] [fork]

記住

一種長型餐叉，與fork同義。

bar glass 吧杯
[bar] [glæs]

記住

泛指酒吧用玻璃酒杯，常見的有雞尾酒杯、柯林斯杯或高杯等。

bar shaker 調酒器
[bar] ['ʃekɚ]

記住

酒吧內主要用於調製雞尾酒的器具。

bar spoon 吧匙
[bar] [spun]

記住

長柄匙，在酒吧中用於雞尾酒的調配。

barbecue 燒烤野餐
['barbɪˌkju]

記住

用木材或木炭燒烤的肉或魚，或指在地坑中烤熟的食品。

barbecue sauce 烤肉醬
['barbɪˌkju] [sɔs]

記住

醋、調味料和辛香料等製成的滷汁，烹調塗抹在燒烤肉類的表面。

barboy 酒吧助手
['barbɔɪ]

記住

負責酒杯和冰塊的供應，並做一些雜活，如削水果、倒垃圾等。

barley 大麥
['barlɪ]

記住

穀類農產品，可用作飼料，或可當早餐，同時可用於酒類生產製造。

barley flour　大麥粉 `記住`
['barlɪ] [flaur]

將大麥去殼磨粉與麵粉混和製成保健食品。

barley sugar　飴糖 `記住`
['barlɪ] ['ʃugɚ]

即麥芽糖，指透明光潔的食用糖，與barley candy同義。

barley wine　大麥酒 `記住`
['barlɪ] [waɪn]

呈深棕色的高濃度啤酒，通常以14毫升的小瓶盛裝。

barm　酵母菌種 `記住`
[barm]

俗語老麵，麥芽酒或麵類食品發酵時浮在表面的泡沫狀酵母。

barman　酒吧侍者 `記住`
['barmən]

與sommelier同義。

barmixer　酒吧調酒師 `記住`
['bar'mɪksɚ]

與sommelier同義。

Barolo　巴羅洛酒（義） `記住`
[ba'rolo]

義大利皮埃蒙特地區產的不甜紅葡萄酒，味道醇厚。

barrel　琵琶桶 `記住`
['bærəl]

筒狀圓桶，用於裝酒或其他食品。

Barsac　巴爾薩克（法），白葡萄酒名 `記住`

法國西南部吉倫特省的蘇玳（Sauternes）村落名。

bartender 酒保（美）
['bɑrˌtɛndɚ]

記住

在酒吧擔任調酒服務的專業人員，有豐富的酒文化知識。

bartender's shaker 調酒器（美）
['bɑrˌtɛndɚs] ['ʃekɚ]

記住

與bar shaker同義。

barware 酒吧酒具
['bɑrˈwɛr]

記住

包括吧杯、吧匙、調酒器、碎冰機等，請參考各相關詞條。

basil 羅勒、九層塔
['bæzl]

記住

唇形科一年生草本植物，原產於印度和伊朗，其乾葉可製香料。

basilic 羅勒（法）
[bəˈsɪlɪk]

記住

與basil同義。

basilico 羅勒（義）

記住

與basil同義。

baste 塗油
[best]

記住

以融化鮮奶油、烤肉汁和油脂等調製而成，於燒烤時塗抹在食品上。

basted meat 叉燒肉
[bestɪd] [mit]

記住

在烤肉的一邊塗上醬汁而製成，與baste同義。

basting brush 烤肉刷
[bestɪŋ] [brʌs]

記住

烤雞或烤肉時塗刷醬汁的長柄小刷子。

batter 麵糊
['bætɚ]

通常由麵粉加水及糖、鹽、蛋、發酵劑和牛奶等攪拌而成。

batter bread 湯匙麵包
['bætɚ] [brɛd]

與 spoon bread 同義。

batter cake 薄煎餅
['bætɚ] [kek]

與 crêpe 同義。

batter pudding 蛋撻
['bætɚ] ['pudɪŋ]

用麵粉、雞蛋、牛奶和奶酪調香後烘烤而成。

battering 裹粉
['bætərɪŋ]

在炸魚片或炸肉片表面塗抹麵糊後再放入油鍋炸熟。

bay 月桂
[be]

與 bay leaf 同義。

bay leaf 月桂葉
[be] [lif]

樟科常綠樹甜月桂的乾葉香料，用於醃漬、填餡、燉菜等的調香。

bay rum 月桂液
[be] [rʌm]

以原產於西印度群島的月桂黑色果實蒸餾而成。

bay salt 海鹽
[be] [sɔlt]

以海水曬乾製得，品質較粗不及岩鹽純淨。

bean 豆
[bin]

豆科植物的種子或莢果，最初僅指蠶豆，後泛指各種豆類。

bean cake 豆餅
[bin] [kek]

將大豆榨油後所得到的豆渣經壓實而成，可用作動物飼料。

bean curd 豆腐
[bin] [kɝd]

將乾黃豆浸泡、加水磨成生豆漿，後加入點滷使其凝結成塊。

bean oil 大豆油
[bin] [ɔɪl]

將大豆經機械壓榨或用有機溶劑萃取脂肪而獲得的透明油脂。

bean paste 豆瓣醬
[bin] [pest]

使用黃豆或蠶豆經發酵後釀製而成，味香，可用作調味。

Bearnaise sauce
貝亞恩醬汁

一種濃厚的蛋黃奶油醬，可搭配烤魚或烤肉等。

Beaujolais 博酒萊、勃良酒（法）
[ˌbojəˈle]

地名，位於法國東南部Bourgogne，盛產世界聞名的博酒萊紅葡萄酒。

Beck's 貝克啤酒（德）

產於德國的不萊梅市（Bremen）。

bed and board 膳宿
[bɛd] [ænd] [bord]

餐旅用語，通常指帳單中包括飲食的住宿計價方法。

bed and breakfast 住宿及早餐　　記住
[bɛd] [ænd] [ˈbrɛkfəst]

餐旅用語，或指帳單中已包括早餐的計價方法。

beef 牛肉　　記住
[bif]

指供食用的牛肉，肉色深紅，富含蛋白質、鐵質和維生素。

beef bouillon 牛肉清湯　　記住
[bif] [ˈboujɑn]

與beef tea同義。

beef glaze 牛肉濃汁　　記住
[bif] [glez]

以牛肉原汁熬煮至濃稠狀即成。

beef juice 牛肉汁　　記住
[bif] [dʒus]

將牛肉經燉煮而得的濃湯汁。

beefsteak 牛排　　記住
[ˈbif ˈstek]

大塊牛肉，通常選用後腿或里脊，切成厚片狀，適於炭烤或油煎。

beer 啤酒　　記住
[bɪr]

用穀物或其他澱粉原料的浸出物發酵製成的含酒精類飲料。

beer comb 啤酒撇沫匙　　記住
[bɪr] [kom]

用塑膠或骨製的小湯匙，可用於撇去啤酒表面的泡沫。

beer wort 麥芽汁　　記住
[bɪr] [wɝt]

尤指用於製啤酒用的麥芽汁參考wort。

Beerenauslese 貴腐酒（德） `記住`

人工採摘的葡萄釀成的高品質葡萄酒，價格昂貴。

beerhouse 啤酒屋 `記住`
['bɪrˌhaus]

只允許供應麥芽酒，不可出售烈酒的酒屋，有助興節目表演。

beet 甜菜 `記住`
[bit]

或稱甜菜根，藜科植物栽培品種，蔬菜。

beet sugar 甜菜糖 `記住`
[bit] ['ʃugɚ]

將甜菜切成細絲，通過滲透法獲得糖液，經蒸發結晶製得優質砂糖。

beetroot 甜菜根 `記住`
['bitˌrut]

俗稱紅菜頭，可作為蔬菜、裝飾菜或製糖等。

Bel Air 貝列爾酒（法） `記住`

由法國波爾多地區梅鐸（Médoc）釀製的乾紅葡萄酒。

Bel Paese 麗鄉乳酪（義） `記住`

義大利倫巴第米蘭地區自製的牛乳奶酪，含乳脂50%。

Belgium 比利時 `記住`
['bɛldʒəm]

Benedictine 本尼迪克丁酒（法） `記住`
[ˌbɛnə'dɪktin]

酒名，法國諾曼地的費康出產甘露酒，由本尼迪克丁教團僧侶所釀。

between the sheets 睡前雞尾酒（美） `記住`
[bɪ'twin] [ðə] [ʃits]

以等量蘭姆酒、橙皮利口酒和白蘭地酒加入酸橙汁或檸檬汁調製。

beurre 奶油（法） 記住

與butter同義。

beurre blanc 奶油白醬汁（法） 記住

以奶油加醋或加檸檬汁調製，通常在加熱後搭配各種魚類菜餚。

beurre clarifie 澄清奶油（法） 記住

奶油加熱融化，澄清的奶油液體與乳清和奶渣分離，形成澄清奶油。

beurre manié 奶油麵醬（法） 記住

以麵粉和奶油混合而成的調味勾芡醬料，與 roux 同義。

bevanda 飲料（義） 記住

與beverage同義。

beverage 飲料 記住
['bɛvərɪdʒ]

除水之外的飲用液體，如茶、牛奶、果汁、啤酒、葡萄酒和咖啡等。

bianco 白葡萄酒（義） 記住

與white wine同義。

bien cuit 熟透的（法） 記住

與well-done同義。

bière 啤酒（法） 記住

與beer同義。

biscuit 餅乾（英） 記住
['bɪskɪt]

經過二次烘焙的小甜點，英式餅乾。

biscuit cone （冰淇淋）甜筒 記住
['bɪskɪt] [kon]

用製餅乾原料製成的圓錐形捲筒，再裝入冰淇淋。

bistecca alla Fiorentina 炭烤牛肋（義） 記住

bistro （歐洲的）小酒館（葡）
['bistro]

泛指小咖啡館、小酒吧，多地處偏僻，以出售飲料為主。

bitter ale 苦味啤酒 記住
['bɪtɚ] [el]

與bitters同義。

bitter and lemon 苦汁加檸檬水 記住
['bɪtɚ] [ænd] ['lɛmən]

清涼混合飲料。

bitter orange 苦橙 記住
['bɪtɚ] ['ɔrɪndʒ]

產於西班牙，因其果肉酸苦而得名，常用於製果醬或榨油。

bitters 苦精 記住
['bɪtɚs]

或稱比特酒，味芳香但口感苦的含酒精飲料，常用作利口、開胃酒。

bittersweet chocolate 苦甜巧克力（美） 記住
['bɪtɚˌswit] ['tʃakəlɪt]

black carp 青魚 記住
[blæk] [karp]

也稱黑鯇，似草魚，食用淡水魚，烹飪方式可用來燻製或煮湯。

black coffee 黑咖啡、純咖啡 記住
[blæk] ['kɔfɪ]

指不加牛奶或糖的咖啡。

black currant 黑醋栗 記住
[blæk] ['kɝənt]

或稱黑茶鹿蘂子或黑加崙子，含有豐富的維他命C，適用於甜點配料。

black fungus　黑木耳
[blæk] [ˈfʌŋgəs]

食用真菌，經乾燥後保存，常用水泡開後再烹飪。

black Russian　黑俄羅斯人
[blæk] [ˈrʌʃən]

混合酒名稱，由伏特加和咖啡利口酒（kahlua）等量調配。

black tea　紅茶
[blæk] [ti]

全發酵茶，色澤烏黑，沏出的茶色紅。

Black Velvet　黑天鵝酒
[blæk] [ˈvɛlvɪt]

用等量的香檳酒和啤酒調製的混合黑啤酒。

black vinegar　黑醋
[blæk] [ˈvɪnɪgɚ]

以高粱、糯米等為主料，穀糠稻皮等為輔料，經過發酵釀造而成。

blackberry　黑莓
[ˈblækˌbɛri]

薔薇科懸鉤子灌木，主要產於北溫帶，汁多味甜帶苦，富含維他命C。

blackjack　焦糖
[ˈblækˌdʒæk]

與caramel同義。

blanc　白葡萄酒（VincWine）（法）

與white wine同義。

blanc de blanc　以白葡萄釀製的白葡萄酒或白色起泡酒。（法）

blanc de noirs 用深色葡萄釀的白葡萄酒或白色起
泡酒。（法）　　　　　　　記住

Blanc Fumé 蘇維翁白葡萄（法）　記住

與Sauvignon Blanc同義。

blanch 汆燙　記住
[blæntʃ]

將蔬菜或肉類在沸水中浸燙2-3分鐘後取出。

blended whiskey 調配威士忌　記住
[blæntʃɪt] [ˈhwɪskɪ]

美語中指加入純酒精的威士忌；英語中代表多種威士忌的混和。

blending （酒的）調配；（煙、茶的）混葉　記住
[ˈblɛndɪŋ]

blood 血　記住
[blʌd]

經屠宰後的動物血，烹調中主要使用雞鴨血或豬血。

blood clam 蚶子、血蛤　記住
[blʌd] [klæm]

也稱毛蚶，有堅硬厚殼的軟體動物常作水產食品。

blood pudding 血腸　記住
[blʌd] [ˈpudɪŋ]

灌以豬血的香腸。

bloody Mary 血腥瑪麗　記住
[ˈblʌdi] [ˈmɛrɪ]

著名雞尾酒，據說該雞尾酒以蘇格蘭女王瑪麗（1542-1587）命名。

blue cheese 藍紋乳酪　記住
[blu] [tʃiz]

因青黴的繁殖，乳酪口感獨特，切面有大理石花紋般的青色黴菌。

blue crab 藍蟹　記住
[blu] [kræb]

大西洋西岸常見的可食用蟹，味道鮮美外殼呈青藍色。

blueberry 南方越橘　記住
['bluˌbɛri]

杜鵑花科灌木，原產於北美果甜，富含維他命C和鐵質。

boal 馬德拉加度酒　記住
[bol]

混合烈酒的馬德拉葡萄酒，色澤金黃，甜度適中，與Madeira同義。

board 餐桌　記住
[bord]

專指已經佈置好各種餐具、菜色或水果的餐桌。

body 酒體　記住
['bɑdi]

品酒術語，指酒在口中的總體感覺豐厚濃實或清淡輕盈等。

boeuf Bourguignon 勃根地紅酒燉牛肉（法）　記住

法國菜，以牛肉塊、洋蔥、蘑菇加紅葡萄酒烹煮而成。

Bohémienne, à la（法） 波希米亞式　記住

亦稱吉卜賽式菜，指用米飯、番茄、甜椒、洋蔥和辣椒作配料的菜。

boil 煮　記住
[bɔɪl]

可參考boiling。

boil down 煮濃、收汁　記住
[bɔɪl] [daun]

經過加熱煮沸使液體體積縮小，湯汁濃度變大。

boil out 煮過頭
[bɔɪl] [aut]

指食品煮得時間過長變粗、變爛等，常失去滋味及營養。

boiled¹ 煮熟的
[bɔɪld]

boiled² 清水罐頭
[bɔɪld]

以水或稀鹽水作湯汁的罐頭，如清水馬蹄、清水蘑菇等。

boiled egg 白煮蛋
[bɔɪld] [ɛg]

boiled ham 熟火腿
[bɔɪld] [hæm]

經醃製去骨的火腿，然後蒸熟壓製成形，但不經煙燻。

boiled rice 白米飯
[bɔɪld] [raɪs]

中國、日本及其他亞洲國家的主食。

boiling 煮
[ˈbɔɪlɪŋ]

將食物浸沒在水或其他液體中加熱到接近沸點的過程。

boiling point 沸點
[ˈbɔɪlɪŋ] [pɔɪnt]

如水的沸點為100°C或212°F。

boisson 飲料Beverage（法）

泛指含酒精飲料或不含酒精的碳酸飲料，與beverage同義。

Bologna 波隆納香腸（義）
[bəˈlonjə]

濕軟大香腸,以義大利南部市鎮波隆納為名。

bolognese, alla 波隆納式(義) 　記住

葡萄酒、蔬菜、雞肝調和奶油及刨乳酪屑作配料的濃肉醬汁菜餚。

Bolsberry liqueur 波爾利口酒 　記住

也稱越橘利口酒。由荷蘭的波爾家族釀製,同時亦當做糖果名。

bon appétit 祝你好胃口(法) 　記住

敬酒用語。

bonbon 糖果(法) 　記住
['ban'ban]

用甘蔗或甜菜為原料,傳統的僅用蜂蜜再加入果汁,香料或夾心。

bone[1] 剔骨 　記住
[bon]

指把肉從骨頭上切割下來的加工程序。

bone[2] (供食用的)帶肉骨,大骨 　記住
[bon]

泛指牛骨、豬骨、羊骨和雞骨等,可當作各種湯的基料。

bone china 骨瓷 　記住
[bon] ['tʃaɪnə]

以瓷土與骨灰或磷酸鈣混合燒製成的半透明白色瓷器。

bone knife 剔骨刀 　記住
[bon] [naɪf]

bone porcelain 骨瓷 　記住
[bon] ['pɔrslɪn]

與bone china同義。

bonne femme 家常式(法) 　記住
['ban'fæm]

簡易的烹飪方式，常以新鮮蔬菜、香料植物和鮮奶油等作配菜。

Bonnes-Mares　朋瑪酒（法）　　　　記住

法國勃根地Côte de Nuits產的優質乾紅葡萄酒，以產地命名。

bor　葡萄酒（匈牙利）　　　　記住

與wine同義。

Bordeaux Rouge　波爾多紅葡萄酒（法）　記住

法國優質酒名之一。

Bordeaux wine　波爾多葡萄酒
[bɔr'do] [waɪn]　　　　記住

在英國稱為克拉瑞酒（claret），為法國波爾多釀造的葡萄酒總稱。

Boston butt　波士頓豬肩（美）
['bɔstn̩] [bʌt]　　　　記住

包括小片肩胛骨的豬瘦肉，通常用於烤食。

Boston cracker　波士頓淡硬餅乾（美）
['bɔstn̩] ['krækɚ]　　　　記住

厚餅乾，呈圓形，常用於搭配海鮮菜餚。

bottle　酒瓶
['batl̩]　　　　記住

玻璃或陶瓷製的容器，依照不同的酒類採用不同的特色酒瓶。

bottle in bond　美國（酒類）存倉完稅
['batl̩] [ɪn] [band]　　　　記住

美國威士忌或白蘭地需在政府監督下存入倉庫，以待完稅，應存放4年。

bottle opener　開瓶器
['batl̩] ['opənɚ]　　　　記住

有蝶形、鑽形，拔出酒瓶口軟木瓶塞的餐具，或稱waiter's friend。

bottle party　自備酒的聚餐
['batl̩] ['partɪ]
記住

bottle rack　酒架
['batl̩] [ræk]
記住

放置酒瓶的存放架，特指香檳酒製造環節所用的特製瓶架。

bottling　瓶裝
['batlɪŋ]
記住

食品經過消毒、密封等工序裝入瓶內的過程，瓶裝食品可保存較久。

bottom fermentation　底層發酵
['batəm] [ˌfɝmɛn'teʃən]
記住

緩慢的發酵過程，溫度掌控在4-10℃之間，與ale相同。

bouillabaisse　法式魚羹（海龍王湯、海鮮湯）（法）
[ˌbuljə'bes]
記住

用數種魚燒煮的湯，源於法國地中海沿岸，普羅旺斯地方名菜。

bouillon　肉汁湯、清湯（法）
['bujan]
記住

以牛肉或其他肉塊放在水中慢慢煮沸而成，特指澄清的瘦牛肉湯。

bouillon blanc　白汁清湯（法）
記住

與consommé同義。

bouillon clair　清湯（法）
記住

與consommé同義。

bouillon cup　湯杯
['bujan] [kʌp]
記住

一種有兩個把手的小杯，一般用來裝西餐湯品。

bouillon spoon　肉湯匙
['bujan] [spun]
記住

一種圓形匙，比湯匙略小。

boulangère, à la　麵包師式（法）　記住

指用炸洋蔥片作配料的菜式，常配以羊肉或雞肉。

boulangerie　麵包店（法）　記住

與bakery同義。

bouquet　香味，芳香（法）
[buˈke]　記住

如水果、花卉和泥土等散發的香味，將指酒類散發的獨特花果香。

bouquet garni　香料束（法）　記住

將各種調味用香草植物如歐芹、月桂葉等用細絲扎成一束，用以燉湯。

bourbon　波本威士忌（美）
[ˈbɔˈbən]　記住

玉米威士忌，含酒精約在40-63%之間，典型的美國口味威士忌。

Bourguignonne, à la　勃根地式（法）　記住

或稱布爾戈涅式，肉類的烹飪方法之一。

bouteille　酒瓶（法）　記住

指葡萄酒瓶和香檳酒瓶，以750毫升為最普通，與bottle同義。

bowl　碗，缸
[bol]　記住

一種凹圓形容器，以瓷、陶、玻璃和金屬產品為最普通。

brain　腦
[bren]　記住

動物的腦，常指可食用的豬腦、小牛腦、羊腦等。

braise　燉
[brez]　記住

烹飪方法，在蓋緊的容器中用水或油緩慢地煮肉或其他製作過程。

braize 燉煮　　　　　　　　　　　　　　 記住
[brez]

與braise同義。

bran 米糠，麩皮　　　　　　　　　　　　 記住
[bræn]

穀類種子或麥的碎裂外皮，含有較豐富的無機鹽和維他命B等。

bran brack 麩皮餅　　　　　　　　　　　 記住
[bræn] [bræk]

英國古早食品。以荷蘭芹子、糖，雞蛋，奶油、牛奶等經發酵而成。

bran dough 烤麩　　　　　　　　　　　　 記住
[bræn] [do]

生麵筋原料，經保溫，發酵，高溫蒸製而成的素食。

bran muffin 麩皮餡捲（美）　　　　　　 記住
[bræn] ['mʌfɪn]

麩皮、麵粉、雞蛋，糖蜜和葡萄乾為配料製成。

brandy 白蘭地　　　　　　　　　　　　　 記住
['brændi]

水果為原料，經發酵蒸餾，貯存於木桶六個月以上，含酒精40%以上。

Brandy and Benedictine 白蘭地本尼迪克丁酒（雞尾酒）
['brændi] [ænd] [ˌbɛnəˈdɪktin]　　　　　　 記住

調配酒，比一般本尼迪克丁酒味更乾，含酒精42%。

brandy balloon 球形白蘭地杯　　　　　　 記住
['brændi] [bəˈlun]

brandy butter 白蘭地奶油　　　　　　　　 記住
['brændi] ['bʌtɚ]

使用白蘭地增香的奶油，可用來搭配甜布丁等甜點。

brandy sauce 白蘭地醬汁
['brændi] [sɔs]

記住

以牛奶、竹芋、蛋黃、鮮奶油加白蘭地酒調製成的濃厚調味汁。

brandy sling 白蘭地司令酒
['brændi] [slɪŋ]

記住

冷飲雞尾酒，以白蘭地、蘇打水、糖加檸檬汁等調配而成。

brandy-and-soda 白蘭地蘇打
['brændi] [ænd] ['sodə]

記住

用蘇打水沖淡的白蘭地飲品。

brandy-and-water 攙水白蘭地
['brændi] [ænd] ['wɔtɚ]

記住

將白蘭地酒加水的沖淡飲品。

brasserie 啤酒餐廳（法）
['bræsə'ri]

記住

庶民餐廳，小規模，價格低廉。常供應各種啤酒和小吃。

Braten 烤肉，燒肉（德）

記住

與braise同義。

brazier 燉鍋
['brezɚ]

記住

主要用於烤肉的大鍋。

Brazilian wine 巴西葡萄酒
[brə'zɪljən] [waɪn]

記住

bread 麵包
[brɛd]

記住

麵粉加水、牛奶，或經發酵後烘焙而成的食品。

bread and cheese　麵包和乳酪　記住
[brɛd] [ænd] [tʃiz]

常備食品。

bread and milk　牛奶泡麵包　記住
[brɛd] [ænd] [mɪlk]

bread and scrape　塗少量奶油的麵包片　記住
[brɛd] [ænd] [skrep]

與bread-and-butter同義。

bread flour　高筋麵粉　記住
[brɛd] [flaur]

蛋白質含量為12.5%～13.5%，專用於烤製麵包或製作麵條。

bread grain　麵包穀物　記住
[brɛd] [gren]

指烘麵包用的穀物類，如小麥，黑麥等。

bread knife　麵包刀　記住
[brɛd] [naɪf]

有鋸齒刃或扇貝形刃口的長刀，用於切麵包。

bread pudding　布丁麵包　記住
[brɛd] ['pudɪŋ]

以麵粉、乾果、麵包屑、雞蛋、牛奶和糖加調味製成的糕點。

bread sauce　土司醬　記住
[brɛd] [sɔs]

含奶油的醬汁，英國特有風味之一。

bread spread　土司塗抹醬　記住
[brɛd] [sprɛd]

如果醬、絞肉醬、調味醬、花生醬等。

bread-and-butter　奶油麵包
['brɛdn̩'bʌtɚ]

記住

塗奶油切片的麵包。

bread-and-butter pickle　什錦泡菜（美）
['brɛdn̩'bʌtɚ] ['pɪkl̩]

記住

以黃瓜片和洋蔥等製成，搭配拌奶油的麵包片一起食用。

bread-and-butter plate　奶油麵包盤
['brɛdn̩'bʌtɚ] [plet]

記住

盛放奶油麵包的平餐盤，直徑約12-15公分。

breadcrumb　麵包粉
['brɛdkrʌm]

記住

用於油炸食品的外塗料或湯類的增稠等。

breading　裹以麵包粉
['brɛdɪŋ]

記住

魚或肉在入鍋油炸前的必要烹調程序，可使原汁不致流失。

breakfast　早餐
['brɛkfəst]

記住

breakfast cereal　早餐穀類食品
['brɛkfəst] ['sɪrɪəl]

記住

指經加工或製成速食的穀類食品，較多用於早餐。

breakfast cream　稀鮮奶油
['brɛkfəst] [krim]

記住

只經一次分離而成，含脂率為18%。

breakfast food　早餐
['brɛkfəst] [fud]

記住

breafast knife　餐刀
['brɛkfəst] [naɪf]

記住

中型塗奶油刀。

breakfast plate 餐盤　　`記住`
['brɛkfəst] [plet]

為直徑7 - 8英寸的瓷盤。

breakfast sausage 早餐香腸　　`記住`
['brɛkfəst] ['sɔsɪdʒ]

菜肉香腸，亦稱為小吃香腸，多選用肥瘦夾心的豬、牛肉製成。

Bressane, à la 布雷斯式（法）　　`記住`

布雷斯為法國東南部弗朗什‧孔泰地區地名，以家禽菜餚著稱。

brew¹ 釀造酒　　`記住`
[bru]

釀造是指以水果、穀物等為原料，經發酵後過濾或壓榨而得的酒。

brew² 泡茶，沏茶　　`記住`
[bru]

將咖啡或茶葉沖以沸水等調製的飲料。

brewer's yeast 啤酒酵母　　`記住`
['bruɚs] [jist]

適用於釀造啤酒，含有豐富的維生素B，也可作為食品。

brick sugar 方糖　　`記住`
[brɪk] ['ʃugɚ]

將精細白糖製成方糖，常用於咖啡調味。

bride cake 結婚蛋糕　　`記住`
[braɪd] [kek]

Brie 布里乳酪（法）　　`記住`
[bri]

法國最著名的乳酪，產於中央省的布里地區而得名。

bright （酒、水等）透明的、清澈的　　　　記住
[braɪt]

與clear [1]同義。

bright beer 淡色啤酒　　　　記住
[braɪt] [bir]

亦稱英國黃啤，是一種口味清淡，略帶苦味的麥芽啤酒。

brillance 亮度，淨度　　　　記住
['brɪljəns]

葡萄酒和啤酒品質指標之一。

brioche 鮮奶油雞蛋麵包、布里歐（法）　　　　記住
['brioʃ]

亦稱鮮奶油圓球麵包。

brisket 牛胸肉　　　　記住
['brɪskɪt]

肩部邊緣的去骨胸肉，烹調方法為慢火炖煮，壓榨後製成牛肉乾。

British wines 英國葡萄酒　　　　記住
['brɪtɪʃ] [waɪns]

泛指蘇格蘭、英格蘭，威爾斯和北愛爾蘭等地釀造的各種葡萄酒。

Brittany 布列塔尼　　　　記住
['brɪtn̩i]

法國西北部地名，以豐富的魚類、野禽、奶製品和蘋果酒聞名。

broccoli 青花菜、花椰菜（義）　　　　記住
['brakəli]

義大利甘藍菜，原產地中海沿岸，早在古羅馬時代即開始栽培。

broil 燒烤（美）　　　　記住
[brɔɪl]

食品直接置於熱爐中烤熟的過程，一般溫度控制在220-250℃之間。

broiler¹　烤肉廚師（美）　　　　　　　　　記住
['brɔɪlɚ]

broiler²　烤肉鐵架（美）　　　　　　　　　記住
['brɔɪlɚ]

broiler³　烤雞（美）　　　　　　　　　　　記住
['brɔɪlɚ]

重3磅以下適用作炭烤的肉雞，與broiled chicken同義。

broiling dish　燒烤盤（美）　　　　　　　記住
['brɔɪlɪŋ] [dɪʃ]

與grill pan同義。

broiling pan　燒烤盤　　　　　　　　　　記住
['brɔɪlɪŋ] [pæn]

長方形烤盤，兩側有手柄，用於烤箱中烘烤食品。

broilled chicken　燒烤仔雞　　　　　　　記住
['brɔɪlɪŋ] ['tʃɪkɪn]

用鐵叉烤的童子雞，重量以3磅以下肉質為細嫩。

broth　肉湯　　　　　　　　　　　　　　記住
[brɔθ]

指未經過濾的牛肉濃湯或其他肉湯，不同於一般的清湯。

brown　金黃色　　　　　　　　　　　　　記住
[braun]

食品經油炸或烘烤成金黃色或淡褐色。

brown ale　棕色淡啤酒　　　　　　　　　記住
[braun] [el]

略帶甜味的麥芽啤酒，酒色深，酒度低。

brown bread　黑麵包　　　　　　　　　　記住
[braun] [brɛd]

以純黑麥粉或高比例黑麥粉製的麵包，俗稱黑麵包。

brown butter 棕黑奶油
[braun] ['bʌtɚ]

將奶油加熱至焦黃或棕黑色，加入醋或檸檬汁調味。

brown gravy 褐色醬汁
[braun] ['grevɪ]

肉汁和麵粉混和，炒成焦黃後加水稀釋，作為調味醬汁。

brown roux 褐色炒麵醬
[braun] [ru]

將麵粉炒成褐色，加入奶油，作為湯類的勾芡，與roux同義。

brown sauce 棕色醬汁
[braun] [sɔs]

基本醬汁，將洋蔥和奶油加麵粉炒黃、增稠、攪絆香料即成。

brown sherry 棕色雪利酒
[braun] ['ʃɛrɪ]

色澤最深的雪利酒，味甜，由Oloroso作基酒，掺入甜味劑而成。

brown stout 黑啤酒
[braun] [staut]

與brown ale同義。

brown sugar 紅糖
[braun] ['ʃugɚ]

糖粒晶體外部因已裹上經烤製而變深的糖漿而呈棕色，俗稱焦糖。

brownie 巧克力布朗尼
['brauni]

餐後甜點，味濃而香，多以葡萄乾和堅果等作點綴。

browning[1] 焦糖色，棕色
['braunɪŋ]

browning² 變褐色
['braʊnɪŋ]

如牛奶、水果和蔬菜在空氣中氧化引起的變色。

browning, gravy 醬色
['braʊnɪŋ] ['grevɪ]

食品著色劑，將麵粉鋪於烤盤上加熱，待其焦黃後加入醬汁即成。

brunch 早午餐
[brʌntʃ]

將早餐和午餐一起吃的就餐方式，由breakfast和lunch兩字複合。

brush 塗抹
[brʌʃ]

用奶油，油脂或雞蛋在食品上塗上一薄層，用以配餐或烹飪。

brush roast 串烤牡蠣（美）
[brʌʃ] [rost]

吃時以奶油、泡菜和玉米餐包為配餐同食。

Brussel sprout 抱子甘藍
['brʌsl̩z] [spraʊt]

或稱球芽甘藍，小而可食的球芽狀包心菜富含維他命A和C。

brut （酒）乾的、澀的、極不甜（法）
[brut]

指不甜的香檳酒，其含糖量在1%以下。

brut cellar 香檳酒窖；香檳酒陳釀庫
[brut] ['sɛlɚ]

Bruxelloise, à la 布魯塞爾式（法）

球芽甘藍和奶油炸馬鈴薯作為配菜的肉類菜式，與Bruxelles同義。

bryone 佛手瓜（法）

與chayote同義。

bubble gum　泡泡口香糖
['bʌbl] [gʌm]

可以吹出泡泡的口香糖。

buffalo　北美水牛
['bʌflˌo]

體型短，頭骨粗大而背部高聳的野生牛，近年來已瀕於消失。

buffalo currant　香茶薦子
['bʌflˌo] ['kɜˑənt]

產於美國西部的紅醋栗，果實色黑，可用於製做果醬。

buffet　自助餐
[bu'fe]

很多種不同的食品放在餐桌上，用餐者隨意選取。

buffet car　餐車
[bu'fe] [kɑr]

鐵路客車之一，具有烹飪與供應快餐的設備。

bulk wine　桶裝葡萄酒
[bʌlk] [waɪn]

常指從桶中直接取出飲用，以區別於瓶裝酒，品質普通價格便宜。

bun　小奶油餐包
[bʌn]

各種甜麵包或夾心麵包，有奶油、鮮奶油或香料，發酵後烘焙而成。

bunch　一串，一束
[bʌntʃ]

量詞

burdock　牛蒡
['bɜˑˌdɑk]

一種多年生草本植物，有保健價值。

Burgundy sauce 勃根地醬汁
['bɝ·gəndi] [sɔs]

勃根地葡萄酒為主要配料，加入其他香草植物一起熬煮成的醬汁。

Burgundy wine 勃根地葡萄酒
['bɝ·gəndi] [waɪn]

法國中部勃根地所產的各種葡萄酒的總稱。

busgirl 餐廳女侍者
['bʌsgɝ·l]

與busboy同義，負責擦桌子、端盤子和打掃等雜活。

bush 酒店吉祥物、酒店招牌
[buʃ]

在歐洲一些國家，常將葡萄藤或掛飾作為酒店的標識。

butcher 肉豬 記住
['butʃɚ]

指不同於乳豬或作香腸用的豬，一般肉質肥瘦相宜。

butcher's knife 切肉刀、屠刀 記住
['butʃɚs] [naɪf]

中等大小的寬刃刀，用於切割肉類。

butcher's meat （豬、牛的）鮮肉
['butʃɚs] [mit]

常指絞肉。

butcher's paper 包肉紙
['butʃɚs] ['pepɚ]

肉類包裝專用紙，能防水和防油，與blood-proof paper同義。

butler's pantry 配膳室、餐具室 記住
['bʌtlɚs] ['pæntrɪ]

位於廚房和餐廳之間，供侍者進行餐盤的菜餚準備與存放餐具。

butter 奶油、牛油
[ˈbʌtɚ]

也稱鮮奶油，經提煉牛奶中的乳脂而成的柔軟固體油脂。

butter almond 酪皮杏仁
[ˈbʌtɚ] [ˈɑmənd]

包裹乳脂糖衣的杏仁、香甜酥脆。

butter boat 奶油碟
[ˈbʌtɚ] [bot]

船形小碟，用於盛奶油、醬油和肉汁等調味料。

butter cake 鮮奶油蛋糕（美）
[ˈbʌtɚ] [kek]

有多個夾層的蛋糕。

butter chip 奶油碟
[ˈbʌtɚ] [tʃɪp]

與butter dish同義。

butter colour 奶油色素、奶油裝飾品
[ˈbʌtɚ] [ˈkʌlɚ]

指用來使奶油染上預期黃色的各種食用色素，如胭脂樹紅等。

butter dish 奶油碟
[ˈbʌtɚ] [dɪʃ]

有蓋圓碟或方碟，用於盛裝奶油。

butter horn 牛角酥、牛角麵包
[ˈbʌtɚ] [hɔrn]

鮮奶油酥皮捲筒狀甜點。

butter icing 奶油糖霜
[ˈbʌtɚ] [ˈaɪsɪŋ]

調味料，以奶油和糖粉拌成，於糕點的外層塗飾。

butter knife　奶油刀　　　　　　　　　　　記住
['bʌtɚ] [naɪf]

寬刀鈍邊餐刀，可用於切割與塗抹奶油。

butter milk　酪乳　　　　　　　　　　　　記住
['bʌtɚ] [mɪlk]

亦稱白脫牛奶，是牛奶經攪拌提煉出鮮奶油後，所剩餘的脫脂牛奶。

butter oil　酥油　　　　　　　　　　　　　記住
['bʌtɚ] [ɔɪl]

指經溶化和澄清的乳脂，含脂肪99.5%。

butter sauce　鮮奶油醬汁　　　　　　　　記住
['bʌtɚ] [sɔs]

白色醬汁，以鮮奶油、水、肉湯加調味料製成。

butter sponge　海綿蛋糕　　　　　　　　記住
['bʌtɚ] [spʌndʒ]

butter spreader　抹刀　　　　　　　　　記住
['bʌtɚ] ['sprɛdɚ]

不開口的小餐刀，用來在麵包上塗奶油。

butter-and-honey cream　蜂蜜奶油醬　　記住
['bʌtɚn̩'hʌnɪ] [krim]

以等量蜂蜜與奶油調製成的調味醬料。

butterbread　奶油麵包　　　　　　　　　記住
['bʌtɚbrɛd]

與bread-and-butter同義。

buttered tea　酥油茶　　　　　　　　　　記住
['bʌtɚd] [ti]

將牛奶或羊奶中提取的油脂煮沸，加入茶水攪拌均勻而成。

butterfat　乳脂
['bʌtəˌfæt]

記住

牛奶的天然脂肪和鮮奶油的主要成分，可用於烹調。

butterfly chop　碟形肉片
['bʌtəˌflaɪ] [tʃɑp]

記住

把魚或肉切開後攤平呈蝴蝶狀，使菜式看起來更美觀。

buttermilk biscuit　酪乳餅乾
['bʌtəˌmɪlk] ['bɪskɪt]

記住

鮮奶油脆餅乾，以脫脂牛奶製成。

Byrrh　比爾酒

記住

法國產的開胃酒，以紅葡萄酒為基酒，味略苦，可用於調配雞尾酒。

cabaret 尤指美式酒館、卡巴萊酒館
[kæbə're] ☐記住

又稱夜總會可提供酒、音樂和表演的餐館。

cabbage 甘藍、高麗菜
['kæbɪdʒ] ☐記住

短莖簇生蔬菜，包括圓白菜、紅葉包心菜、花莖甘藍和湯菜等。

cabbage lettuce 捲心萵苣
['kæbɪdʒ] ['lɛtɪs] ☐記住

亦稱結球萵苣，常作為涼拌菜。

cabbage mustard 芥藍菜
['kæbɪdʒ] ['mʌstɚd] ☐記住

二年生草本植物，葉片短而闊，是不結球的甘藍品種，蔬菜類。

Cabernet 卡本內葡萄（法）
[ˌkæbɚ'ne] ☐記住

色深可釀酒的葡萄種類，也稱品麗珠。

Cabernet Sauvignon 卡本內・蘇維翁葡萄（法） ☐記住

與卡本內葡萄相似的深色釀酒用葡萄，也稱赤霞珠。

cabinet 奶昔
['kæbənɪt] ☐記住

美國羅德島的獨有方言，與milk shake同義。

cabinet oven 櫃式烤爐
['kæbənɪt] ['ʌvən] ☐記住

47

可烤製麵包或其他食品，爐內有多層櫃架，可烤數量多，出爐效率高。

cabinet wine 珍品上等葡萄酒　　　　　　　　　記住
['kæbənɪt] [waɪn]

德國萊茵河流域出產的一種乾白葡萄酒，表示最優質的葡萄酒。

cacao 可可　　　　　　　　　　　　　　　　　記住
[kə'keo]

原產於熱帶美洲的綠色喬木，果實為可可豆，是巧克力的原料。

cacao, crème de 可可利口酒（法）　　　　　　記住

無色或深棕色的甘露酒，加入巧克力或香草精，含酒精30%。

cachaca 巴西蘭姆酒、卡夏沙酒（西班牙）　　　記住

與rum同義。

caesar salad 凱撒沙拉　　　　　　　　　　　記住
['sizɚ] ['sæləd]

與Caesarean salad同義。

Caesarean salad 凱撒（生菜）沙拉　　　　　記住
['sɪ'zɛrɪən] ['sæləd]

以帕馬乳酪和辣醬油調味的生菜沙拉。

café¹ 咖啡館（法）　　　　　　　　　　　　記住
[kæ'fe]

供應咖啡和各式點心的餐廳或露天酒座。

café² 咖啡（法）　　　　　　　　　　　　　記住
[kæ'fe]

特指用咖啡豆燒煮而成的飲料。

café au lait 牛奶咖啡（法）　　　　　　　　記住
[kæ‚feo'le]

用熱牛奶加入熱咖啡的混合飲料，在法國常用菊苣粉等代替咖啡。

café car 便餐車廂
[kæ'fe] [kɑr]　　　　　　　　　　　記住

配備有廚房，以供應飲料和點心為主，故與餐車不同。

café, créme de 咖啡甘露酒（法）　　記住

通常用咖啡加入甜味料和著色劑製成，含酒精26-31%。

café filtre 過濾咖啡（法）　　記住

將沸水淋於磨碎的咖啡上，再經過濾，咖啡味濃而佳。

café nature 黑咖啡（法）　　記住

與black coffee同義。

café noir 黑咖啡（法）　　記住
[kæ,fe'nwɑr]

與black coffee同義。

café royale 白蘭地咖啡（法）　　記住

在黑咖啡中加糖和干邑白蘭地酒而成。

caféine 咖啡因（法）　　記住

與caffeine同義。

cafeteria 自助餐廳　　記住
[,kæfə'tɪrɪə]

自選餐點且自我服務的餐廳。

cafetiere 咖啡壺（法）　　記住
[kæfe'tjɛr]

caffe espresso 義式濃縮咖啡（義）　　記住

與espresso同義。

caffeine 咖啡因　　記住
[kæ'fin]

白色結晶物質，存在於茶、咖啡等果實中，又稱茶鹼。

caffellatte　熱牛奶咖啡（義）、拿鐵咖啡　　記住

與latteMilk同義。

cake　糕餅
[kek]　　　　　　　　　　　　　　　　　　　記住

將糖、油脂、雞蛋、麵粉、鹽和發酵粉充分攪拌後，烘烤的食品。

cake bread　小餐包（美）
[kek] [brɛd]　　　　　　　　　　　　　　　記住

類似蛋糕的白麵包。

cake decorator　蛋糕擠花袋（美）
[kek] [ˈdɛkəˌretɚ]　　　　　　　　　　　　記住

cake flour　低筋麵粉（美）
[kek] [flaur]　　　　　　　　　　　　　　　記住

蛋白質含量低於8.5%小麵粉，用於製蛋糕或薄片餅，口味鬆軟。

cake icing　糕點用糖粉
[kek] [ˈaɪsɪŋ]　　　　　　　　　　　　　　記住

與icing sugar同義。

cala　油炸米餅（美）　　　　　　　　　　記住

西印度群島的油炸餅，以米、大豆和豇豆混和鹹鱈魚泥入油鍋炸成。

calcium　鈣
[ˈkælsɪəm]　　　　　　　　　　　　　　　記住

化學元素，是人體骨骼和牙齒的生長所不可缺少的化學元素。

calf　小牛
[kæf]　　　　　　　　　　　　　　　　　　記住

指尚未長到菜牛階段的牛，其肉質比仔牛肉稍差，與veal同義。

California orange 臍橙 [記住]
[ˌkælə'fɔrnjə] ['ɔrɪndʒ]

無籽柑橙、原產於巴西，果實頂端有一凹陷似肚臍。

California wine 加州葡萄酒 [記住]
[ˌkælə'fɔrnjə] [waɪn]

美國加州產出的葡萄酒與法國的優質葡萄酒相類似。

calorie 卡路里（法） [記住]
['kæləri]

熱量單位，簡稱卡，指使1克水的溫度升高1℃所需要的熱量。

calvados 蘋果白蘭地 [記住]
['kælvədɔs]

法國諾曼地出產的深色蘋果蒸餾酒，果香味濃而不甜，含酒精40%。

Camembert 卡蒙貝爾乳酪（法） [記住]
['kæməmˌbɛr]

法國諾曼地生產的一種優質軟乳酪，有特殊香味和藍紋黴斑。

Campagne, à la 鄉村式（法） [記住]

指簡單的菜餚或沒有精緻的點綴。

Capania 坎帕尼亞 [記住]

義大利南部地區名，首府那不勒斯，以產葡萄酒聞名世界。

Campari 坎培利酒（義） [記住]

也稱金巴利酒，義大利產的以乾紅辣椒調味的開胃酒。

Camus 卡慕白蘭地（法） [記住]

俗稱卡慕，法國干邑白蘭地，世界名酒，口味清談順口。

can 罐頭 [記住]
[kæn]

圓筒狀金屬容器，用於盛放食品及飲料，可長時間保存，又便於攜帶。

Canada 加拿大
['kænədə]

| 記住 |

Canadian bacon 加拿大式燻肉
['kə'nedɪən] ['bekən]

| 記住 |

去骨豬腰肉 Filet 經煙燻而成。

Canadian whiskey 加拿大威士忌
['kə'nedɪən] ['hwɪskɪ]

| 記住 |

多數為大麥釀造的混合威士忌，需經調配，含酒精40%。

Canadian wines 加拿大葡萄酒
['kə'nedɪən] [waɪns]

| 記住 |

17世紀始，加拿大就以安大略省為中心開始種植葡萄和釀酒。

canapé 開胃三明治（法）
['kænəpɪ]

| 記住 |

餐前開胃點心，與open sandwich同義。

canapé butter 開胃吐司醬
['kænəpɪ] ['bʌtɚ]

| 記住 |

開胃三明治的塗醬，以奶油、蝦肉、細香蔥等配料製成。

canard 雄鴨（法）
[kə'nɑrd]

| 記住 |

與duck同義。

Canary wine 加那利白葡萄酒
[kə'nɛrɪ] [waɪn]

| 記住 |

原產於加那利群島的白葡萄酒與馬德拉酒相似，參考Madeira。

candy 糖果（美）
['kændɪ]

| 記住 |

泛指各種顆粒狀、塊狀、條狀和其他造型的糖粒。

cane 甘蔗　　　　　　　　　　　　記住
[ken]

與sugarcane同義。

cane juice 甘蔗汁　　　　　　　　記住
[ken] [dʒus]

與sugarcane同義。

cane spirit 甘蔗酒精　　　　　　　記住
[ken] ['spɪrɪt]

從廢糖蜜發酵蒸餾製得的純酒精，是伏特加酒和杜松子酒的基酒。

cane sugae 蔗糖　　　　　　　　　記住
[ken] ['ʃugɚ]

cane wine 蔗汁　　　　　　　　　記住
[ken] [waɪn]

與sugarcane同義。

caneton à l'orange 橙汁烤鴨（法）　記住

用塞維爾橙汁醬調味的燒烤嫩鴨。

canne à sucre 甘蔗（法）　　　　　記住

與sugarcane同義。

canteen[1] 餐廳　　　　　　　　　　記住
[kæn'tin]

指企業和機關等提供的公共餐廳，有時也泛指小賣部和酒吧等。

canteen[2] 餐具櫃　　　　　　　　　記住
[kæn'tin]

小型家用廚房設備，可存放餐具、水瓶和飲料罐等。

cap 酒帽　　　　　　　　　　　　　記住
[kæp]

葡萄酒發酵時浮在液體表面的泡沫和果渣等。

cap opener 開罐器
[kæp] [ˈopənɚ]
`記住`

與can-opener同義。

Cape grape 南非葡萄
[kep] [grep]
`記住`

常用於釀酒,源自南非開普敦(Cape Town)。

cape jasmine 梔子
[kep] [ˈdʒæsmɪn]
`記住`

常綠灌木或小喬木,有強烈的香氣,果實可製成黃色的食用色素。

Cape smoke 南非白蘭地
[kep] [smok]
`記住`

以產地開普敦(Cape Town)命名。

Cape wine 南非葡萄酒
[kep] [waɪn]
`記住`

與South African wine同義。

capellini 天使髮絲麵(義)
`記住`

在所有義大利通心麵中最細的一種,常用於水煮,與spaghetti同義。

caper 酸豆、續隨子
[ˈkepɚ]
`記住`

地中海沿岸出產的一種灌木果實,與花蕾和嫩果醃製後可作為調味香料。

cappuccino 卡布奇諾咖啡(義)
[ˌkɑpəˈtʃino]
`記住`

深色義大利咖啡,常加牛奶或鮮奶油飲用,有時也加入蘭姆酒或白蘭地。

carafe 長頸大肚瓶(法)
[kəˈræf]
`記住`

以玻璃或金屬製成,用以裝水或飲料,也指細頸大肚瓶。

caramel　焦糖 記住
['kærəml̩]

以接近或超過115℃的溫度熬煮白糖，使之呈現淺黃色並帶有焦香味。

caramel custard　焦糖布丁 記住
['kærəml̩] ['kʌstɚd]

caramel fruit　糖衣水果 記住
['kærəml̩] [frut]

將焦糖塗在水果外的一種甜點。

caramel malt　焦麥芽 記住
['kærəml̩] [mɔlt]

用於啤酒的加色。

caramelise　塗以焦糖 記住
['kærəmlaɪz]

在糕點模內壁塗上焦糖，使糕點四周在烘烤後變為棕色且帶焦糖香。

caraway　葛縷子 記住
['kærə͵we]

又名貢蒿或芷茴香，傘形科二年生草本植物，原產歐洲和亞洲西部。

carbohydrates　碳水化合物 記住
['kɑrbə'haɪdret]

包括澱粉、糖和纖維素等，均可由人體轉化為能量。

carbon dioxide　二氧化碳（氣體） 記住
['kɑrbən] [daɪ'ɑksaɪd]

常用於礦泉水、啤酒和其他發泡飲料的充氣。

carbonara, alla　義式農家細麵 記住

指以碎火腿和雞蛋作配菜的義大利式細條麵。

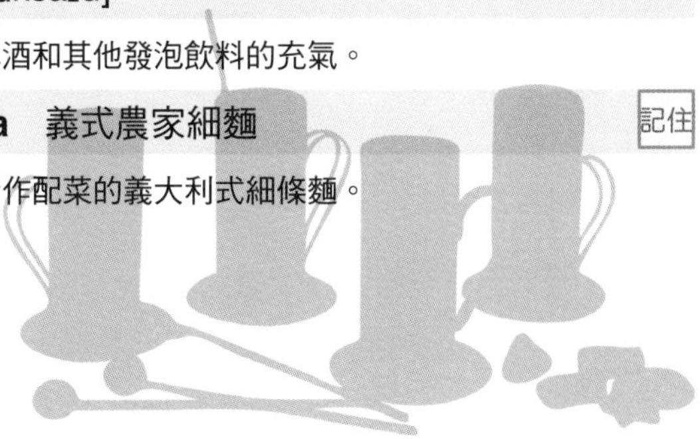

carbonated 充入二氧化碳
['kɑrbəˌnetɪd]　　　　　　　　　　　　　　記住

指使飲料產生氣泡的自然發酵過程，如香檳酒等。

carbonated drink 汽水
['kɑrbəˌnetɪd] [drɪŋk]　　　　　　　　　記住

與soda water同義。

carbonated water 汽水
['kɑrbəˌnetɪd] ['wɔtɚ]　　　　　　　　記住

與soda water同義。

carbonated wine 汽酒
['kɑrbəˌnetɪd] [waɪn]　　　　　　　　　記住

充入二氧化碳的葡萄酒。

Carignan 卡利濃葡萄（法）　　　　　　記住

在法國最普通的紅葡萄品種，一般用於釀造同名配餐用乾紅葡萄酒。

Carlsberg 卡爾斯堡啤酒　　　　　　　記住

著名丹麥啤酒，盛產於哥本哈根。

carnation 康乃馨
[kɑr'neʃən]　　　　　　　　　　　　　　記住

花名，其花瓣是用於生產糖漿與杏仁酒的調香料。

carnival 狂歡節
['kɑrnəvl̩]　　　　　　　　　　　　　　記住

亦稱嘉年華節或謝肉節，是天主教國家在四旬齋前一周的狂歡活動。

carp 鯉魚
[kɑrp]　　　　　　　　　　　　　　　　記住

亞洲的可食用軟鰭淡水魚，可炸、烤、填餡或加入紅葡萄酒炖煮。

carpaccio 白汁紅肉（義）　　　　　　記住

配有醬汁的小牛肉片，因義大利畫家卡帕奇奧紅白兩色畫風而聞名。

carrot 紅蘿蔔　　記住
['kærət]

傘形科二年生草本植物，根可食，富含維他命A。

carrot cake 紅蘿蔔蛋糕　　記住
['kærət] [kek]

以紅蘿蔔、雞蛋、乾果和葡萄乾作配料烘焙製成。

carte, à la 點菜（法）　　記住

按菜單點菜用餐，客人有較多的選擇。

carte des vins 酒單（法）　　記住

與wine list同義。

carte du jour 當日菜單（法）　　記住

在每道菜後均標有一定價菜單。

carve[1] 切割（肉等）；（作為食品的）肉　　記住
[kɑrv]

carve[2] 切肉刀，切肉叉；切肉廚師　　記住
[kɑrv]

carving 切割　　記住
['kɑrvɪŋ]

肉和家禽需經切割後烹飪，肉類應切橫紋，以使其保持其柔嫩口感。

casalinga, alla 家常式（義）　　記住

指使用搭配麵條的家庭自製番茄醬汁。

cashew 腰果　　記住
['kæʃu]

也稱雞腰果，是腰果樹的腎形堅果，味甜，色澤淡紅或黃色。

cask-ageing 酒桶中陳化
[kæsk] ['edʒɪŋ]

指葡萄酒等在放入木桶中的陳化,目的使酒味更醇美。

casse-croûte 快餐(法)

與snack同義。

casserole 砂鍋,燉鍋(法)
['kæsəˌrol]

由陶瓷、金屬或玻璃製成的帶柄深圓形器皿,用於烤、燉或燜煮。

cassia 肉桂
['kæʃə]

樟科植物,芳香的樹皮和肉桂棕色果實可作香料。

cassia bark 肉桂皮
['kæʃə] [bɑrk]

主要用作調香料,與cassia同義。

cassia oil 肉桂油
['kæʃə] [ɔɪl]

從肉桂的葉和嫩枝中提取的芳香油,與cinnamon同義。

Cassis 卡西(法)
[kæˈsis]

法國隆河口地名,以產極乾的優質白葡萄酒著稱於世。

cassis 黑醋栗(法)
[kɑˈsis]

也指與苦艾酒混合的飲料,與black currant同義。

cassis, crème de 黑醋栗香甜酒(法)

法國第戎的僧侶釀製的一種利口酒,有豐富的維他命,含酒精17%。

cassolette 小吃碟(法)

以耐熱瓷器、金屬或玻璃製成的淺碟，用於裝放開胃小菜或甜點。

cassoulet 法國鍋菜（法）
[ˌkæsuˈle]   記住

用白扁豆與鮮肉烤製的法式菜餚，是法國傳統的簡易普通家庭食品。

Castagnon 卡斯他農酒（法）   記住

聞名世界的法國阿馬涅克白蘭地酒，濃度穩定，與Armagnac同義。

caster （餐桌的）調味品瓶架
[ˈkæstɚ]   記住

與condiment同義。

castle pudding 城堡布丁
[ˈkæsl̩] [ˈpudɪŋ]   記住

一種鬆軟的稠厚糕點，用模子蒸或烤製，上層塗以果醬。

castor[1] 調味瓶
[ˈkæstɚ]   記住

瓶蓋上有小孔，可撒出粉狀調味品。

castor[2] 調味品架
[ˈkæstɚ]   記住

排有多個調味瓶的金屬架，放在餐桌上，可自由轉動選取。

castor sugar 綿白糖
[ˈkæstɚ] [ˈʃugɚ]   記住

一種顆粒極其細膩的白砂糖，色澤潔白，用甜菜或棉籽等提煉而成。

Catalan 卡特蘭酒（西班牙）
[ˈkætl̩ən]   記住

西班牙加泰隆尼亞地方特產的紅葡萄酒。

catawba 卡托巴葡萄（美）
[kəˈtɔbɑ]   記住

產於美國東部北卡羅來納州卡托巴河岸的釀酒用葡萄。

catfish 鯰魚
['kæt‚fɪʃ]

記住

一種較常見的淡水魚類。

catsup 調味番茄醬
['kætsəp]

記住

由番茄、蘑菇、鹽和其他調味料配製而成，亦稱catchup。

cattle 家牛
['kætḷ]

記住

被人馴化的牛類。

cauli 花椰菜（縮）

記住

與cauliflower同義。

cauliflower 花椰菜
['kɔlə‚flauɚ]

記住

與甘藍相似的蔬菜，主要食用其緊密的白色頭狀花序。

cava 卡瓦（西班牙）

記住

西班牙酒類專有名詞，指採用法國香檳法製，釀造的氣泡葡萄酒。

cave 酒窖
[kev]

記住

與cellar同義。

caviar (e) 魚子醬
['kævɪ‚ɑr]

記住

使用鱘魚或大馬哈魚的魚卵，經醃製而成，用於開胃菜或配菜。

cavolo de Brusselle 球芽甘藍（義）

記住

與Brussels sprout同義。

cayenne pepper 紅辣椒粉
[kaɪ'ɛn] ['pɛpɚ]

記住

一種熱性的紅色辛辣粉末，本品是辣椒粉中最辣的。

celeri 芹菜，旱芹（法）　　　　　記住
['sɛlərɪ]

與celery同義

celery 芹菜　　　　　記住
['sɛlərɪ]

一年生或二年生草本植物，可供生吃、水煮、製湯和作冷拌等。

celery seed 芹菜籽　　　　　記住
['sɛlərɪ] [sid]

經乾燥後磨成粉，可用作調味粉或醬，用於沙拉、魚和肉等菜餚。

celery seed oil 芹菜籽油　　　　　記住
['sɛlərɪ] [sid] [ɔɪl]

從芹菜的乾籽中提取的無色或黃色油，味香，用作食品的調味油。

cellar 酒窖　　　　　記住
['sɛlɚ]

地窖，用於存放葡萄酒或香檳，溫度應保持在10-12°C左右。

ceramic 陶瓷器皿　　　　　記住
[sə'ræmɪk]

包括各種搪瓷和玻璃餐具，具有堅硬光滑且耐酸等性質。

cereal 穀類　　　　　記住
['sɪrɪəl]

包括小麥、稻米、玉米、豆類、大麥、高粱和粟等栽培作物。

cerise 櫻桃（法）　　　　　記住
[sə'ris]

certified milk 認證牛奶　　　　　記住
['sɚtə,faɪd] [mɪlk]

經結核菌試驗合格，不需要加以高溫消毒的牛奶，可直接飲用。

Ceylon tea 錫蘭茶 　　　　　　　　　　　　記住
[sɪˈlɑn] [ti]

與pekoe同義。

Chablais 夏布莉（法） 　　　　　　　　記住

位於法國隆河沿岸，與瑞士交界，特產葡萄酒。

Chablis 夏布利葡萄酒（法） 　　　　　記住
[ˈʃæbli]

法國勃根地釀造的上等白葡萄酒，在酒類品評中被列為「最優質」。

Chablis Grand Cru 夏布利大苑葡萄酒（法） 　記住

法國勃根地最著名乾白葡萄酒名牌，味濃烈芳醇，與Chablis同義。

Chabot 夏堡白蘭地（法） 　　　　　　記住

法國著名的阿馬涅克酒，口味豐厚圓滿，與Armagnac同義。

chafing dish 保溫鍋 　　　　　　　　記住
[ˈtʃəfɪŋ] [dɪʃ]

以金屬或陶瓷製成的鍋具，中央有爐可置炭火，可使菜保持熱度。

Chalonnaise, à la 夏隆式（法） 　　　記住

用雞或小牛胸腺及蒜泥、蘑菇、雞肉、塊菌和白醬汁等作配料的菜式。

Chambertin 尚貝坦酒（法） 　　　　　記住
[ˈʃɑŋbətæŋ]

法國勃根地科多爾生產的乾紅葡萄酒，該詞適用該地生產的乳酪。

chambré 置於室溫中（法） 　　　　　記住

特指紅葡萄酒的最佳飲用溫度，即15-18°C。

champagne 香檳酒 　　　　　　　　　記住
[ʃæmˈpen]

高級氣泡葡萄酒，以其發源地和產地命名。

champagne cider 香檳蘋果酒
[ʃæm'pen] ['saɪdə-] 記住

一種經兩次發酵的發泡酒，釀造方法參照香檳酒而成。

champagne cup¹ 香檳汽水
[ʃæm'pen] [kʌp] 記住

champagne cup² 大香檳酒杯
[ʃæm'pen] [kʌp] 記住

與champagne glass同義。

champagne glass 香檳酒杯
[ʃæm'pen] [glæs] 記住

一種有柄高腳酒杯，容量為4-6盎司，其外形上部似圓錐形的漏斗。

champagne nature 不甜的香檳酒（法） 記住

Champagner 香檳酒（德） 記住

與champagne同義。

champana 香檳酒（西班牙） 記住

與champagne同義。

Champenoise, à la 香檳式（法） 記住

以燉火腿、燻肉、香腸和白菜等作配菜的菜式。

champinon 蘑菇（西） 記住

與mushroom同義。

Chardonnay 夏多內葡萄（法）
[ˌʃardə'ne] 記住

著名法國勃根地白葡萄品種名，用於釀製香檳和夏布利白葡萄酒等。

Charente 夏朗河（法） 記住

法國西部內陸省，主要生產品質優異的白蘭地和葡萄酒。

Charente butter 夏朗奶油 記住

圓柱形或酒桶形奶油產品,品質優,口味純正,與Charente同義。

charged water 汽水 記住
[tʃardʒd] ['wɔtɚ]

指充入二氧化碳的發泡飲料,與soda water同義。

charring 烤焦 記住
[tʃarɪŋ]

將用於釀酒的木桶內壁用火烘焦後,再注入威士忌酒存放。

chaser 小杯飲料 記住
['tʃesɚ]

在酒後或咖啡後飲用的碳酸飲料,如汽水等,有時也指小杯烈酒。

Chasseur, à la 獵人式(法) 記住

以煎蘑菇、蔥、雞肉、雞蛋為配料,或加葡萄酒調味的菜式。

château 酒堡(法) 記住
[ʃæ'to]

在法國波爾多分佈著300多個著名葡萄種植園和釀酒坊,與castle同義。

château potatoes 炸馬鈴薯 記住
[ʃæ'to] [pə'tetos]

將馬鈴薯去皮煮成半熟,用奶油炸成金黃色即成。

château wine 波爾多葡萄酒 記住
[ʃæ'to] [waɪn]

法國波爾多地區葡萄種植園生產釀造的各種高級酒,與château同義。

châteaubriand 腰肉牛排(法) 記住
[ʃæ'tobrɪənd]

將牛里脊肉厚端製成的牛排,常以奶油嫩煎而成。

Châteaubriand sauce 夏多布里昂醬汁 `記住`
[ʃæˈtobrɪənd] [sɔs]

與châteaubriand同義。

Châteauneuf-du-Pape 亞維儂紅葡萄酒（法） `記住`

產於法國隆河的亞維農附近，品質優良，深紅色，已有600年的歷史。

chayote 佛手瓜（西） `記住`
[tʃɑˈjote]

產於西印度洋群島的熱帶南瓜，外形渾圓或呈梨形。

Cheddar 切達乳酪 `記住`
[ˈtʃɛdə]

英國索默塞特郡切達地方產的硬質全脂牛乳乳酪。

cheddar cheese soup 切達乳酪湯 `記住`
[ˈtʃɛdə] [tʃiz] [sup]

以切達乳酪、洋蔥、牛奶、奶油和麵粉調製而成的濃湯。

cheers 乾杯 `記住`
[tʃɪrz]

祝酒詞。

cheese 乳酪、起司 `記住`
[tʃiz]

也稱奶酪、乾酪或起司，壓製成形的凝乳食品，以牛乳、羊乳為原料。

cheese biscuit 乳酪蘇打（美） `記住`
[tʃiz] [ˈbɪskɪt]

以乳酪粉佐味的鬆脆餅乾。

cheese butter 乳酪鮮奶油 `記住`
[tʃiz] [ˈbʌtə]

乳酪與奶油的混合料，用於塗沫麵包。

cheese cutter 乳酪切刀
[tʃiz] [ˈkʌtɚ]

記住

鋼絲切乳酪器。

cheese food 乳酪食品
[tʃiz] [fud]

記住

指在乳酪中混合牛奶、鮮奶油、凝乳、蛋白或鹽等的加工食品。

cheese knife 乳酪刀
[tʃiz] [naɪf]

記住

寬刃刀,用於切割和塗抹乳酪。

cheese paring 乳酪碎屑
[tʃiz] [ˈpɛrɪŋ]

記住

用機器將硬質乳酪磨成碎粉,用於食品的麵料或餡料。

cheese scoop 長柄乳酪勺
[tʃiz] [skup]

記住

放在餐桌上當作挖出球形乳酪粒的尖勺形工具。

cheese server 乳酪盤
[tʃiz] [ˈsɝvɚ]

記住

一般為木製,用以供應各種乳酪、拼盤和開胃小菜等。

cheese slicer 乳酪切刀
[tʃiz] [ˈslaɪsɚ]

記住

與cheese cutter同義

cheese soufflé 乳酪舒芙蕾(直譯)
[tʃiz] [suˈfle]

記住

以奶油麵醬、乳酪粉、雞蛋和牛奶製成的鬆軟食品。

cheese stick 乳酪細條酥
[tʃiz] [stɪk]

記住

cheeseboard 乳酪板　　　　　　　　　記住
[ˈtʃizˌbord]

餐桌上盛放乳酪的器皿。

cheeseburger 乳酪漢堡　　　　　　　記住
[ˈtʃizˌbɝɡɚ]

在麵包上夾有乳酪片或塗抹乳酪醬的食品，與hamburger同義。

cheesecake 乳酪蛋糕　　　　　　　　記住
[ˈtʃizˌkek]

指乳酪點心或凝乳點心，作為餐後甜點。

cheesewich 乳酪三明治　　　　　　　記住
[ˈtʃizˌwɪtʃ]

cheese，sandwich兩詞合成。

chef 主廚（法）　　　　　　　　　　記住
[ʃɛf]

餐廳中負責廚房的組織和管理、計畫菜單，訂購和指導工作的廚師。

chef de rang 餐廳侍者（法）　　　　記住

指學徒期已滿的正式餐廳服務人員。

chef's salad 主廚沙拉　　　　　　　記住
[ʃɛfs] [ˈsæləd]

分量很大的涼拌菜，由多種青菜、肉絲、乳酪絲及調味料組成。

chef's suggesion 主廚推薦　　　　記住
[ʃɛfs] [səˈdʒɛstʃən]

指餐廳中的特色菜為餐廳的名菜，價格較高，與plat dujour同義。

chef-de-cuisine 主廚（法）　　　　記住

Chelsea ware 切爾西瓷器　　　　　記住
[ˈtʃɛlsi] [wɛr]

最初在18世紀燒製的英國細瓷，以倫敦的切爾西瓷廠命名。

chenin blanc 謝尼白葡萄（法） 記住

產於法國羅瓦爾河中游河谷的葡萄品種。

cherries jubilée 火燒櫻桃甜凍 記住
['tʃɛrɪs] ['dʒublɪ]

cherry bounce 櫻桃露酒 記住
['tʃɛrɪ] [baʊns]

家釀的櫻桃利口酒，以白蘭地或蘭姆酒作基酒調配而成。

cherry brandy 櫻桃白蘭地 記住
['tʃɛrɪs] [ˌbrændi]

以白蘭地作基酒，加糖和櫻桃香精配成的烈酒。

cherry cake 櫻桃蛋糕 記住
['tʃɛrɪ] [kek]

用櫻桃作為主要裝飾的蛋糕。

cherry heering 櫻桃白蘭地（德） 記住

丹麥哥本哈根生產的白蘭地酒，口味醇厚，含酒精不高。

Cherry liqueur 櫻桃利口酒 記住
['tʃɛrɪ] [lɪˈkɝ]

用野生黑櫻桃汁和白蘭地調配而成，與cherry brandy同義。

cherry pie 櫻桃派 記住
['tʃɛrɪ] [paɪ]

塗以櫻桃果醬的果餡餅，與apple pie同義。

cherry tomato 櫻桃蕃茄 記住
['tʃɛrɪ] [təˈmeto]

較小的番茄，俗稱聖女番茄。

cherry whiskey 櫻桃威士忌 記住
['tʃɛrɪ] ['hwɪskɪ]

調配利口酒，含酒精29%，與cherry brandy同義。

chervil 細葉芹 記住
['tʃɝvəl]

從俄羅斯引進的一種園藝植物，也稱有喙歐芹，富含維他命C。

chess cake 起司蛋糕、乳酪蛋糕 記住
[tʃɛs] [kek]

餐後點心，以雞蛋、鮮奶油和糖作餡，放在酥麵殼內烘烤而成。

chestnut 板栗、栗子 記住
['tʃɛsnət]

栗屬灌木的通稱，原產於溫帶地區，富含澱粉和維他命。

cheval blanc 白馬酒（法） 記住

法國波爾多釀造的紅葡萄酒，與château同義。

chewie 口香糖（美） 記住

與chewing gum同義。

chewing gum 口香糖 記住
[tʃuɪŋ] [gʌm]

甜味樹膠，用樹膠和其他可塑性膠質不溶物質調製而成。

Chianti 奇昂蒂葡萄酒（義） 記住
[kɪ'ɑnti]

不含氣泡的乾紅佐餐葡萄酒

chicken 雞 記住
['tʃɪkən]

烹飪中最常用的家禽類，雞肉富含蛋白質和維他命，肉色潔白鮮嫩。

chicken à la king 鮮奶油雞丁 記住

以鮮奶油醬汁和西班牙甜椒作配菜的嫩炸雞丁。

chicken broth 雞湯
['tʃɪkən] [brɔθ] 記住

使用老雞用小火煨燉，常加入少量蔬菜和珍珠大麥作配料。

chicken cacciatore 砂鍋子雞
['tʃɪkən] [ˌkatʃə'tɔri] 記住

美式的義大利食品。

chicken mornay 莫內醬汁雞
['tʃɪkən] [mɔr'ne] 記住

以麵包粉包裹雞塊，經油炸後，沾上乳酪醬。

chicken Normady 諾曼地式填雞
['tʃɪkən] ['nɔrmədɪ] 記住

用蘋果填餡或以蘋果酒烹煮，法國的諾曼地以出產優質蘋果聞名。

chicken sticks 凍雞柳
['tʃɪkən] [stɪks] 記住

在超級市場出售的半成品，拆封後可立即烹飪的速食。

chickenburger 雞肉漢堡
['tʃɪkənˌbɝgɚ] 記住

與hamburger同義。

chicory 菊苣
['tʃɪkəri] 記住

菊科多年生根莖植物，其葉可作蔬菜或沙拉，與endive同義。

chiffon 戚風餡
[ʃɪ'fan] 記住

常用於布丁、蛋糕和餡餅中的凍狀餡料。

chiffon cake 戚風蛋糕
[ʃɪ'fan] [kek] 記住

chiffonade 混合蔬菜肉末醬（法）
[ˌʃɪfəˈned]

以酸模、萵苣等為主料，切成絲後拌以奶油食用。

chiffonnade 鮮奶油菜絲湯（法）
[ˌʃɪfəˈned]

加入切細的蔬菜絲或酢漿草等香料植物的湯或涼拌菜。

chile 紅辣椒粉（西）
[ˈtʃɪlɪ]

與paprika同義。

Chilean wines 智利葡萄酒
[ˈtʃɪlɪən] [waɪns]

智利葡萄酒產量在南美洲僅次於阿根廷，與歐洲葡萄酒風格相似。

chili 乾紅辣椒（美）
[ˈtʃɪlɪ]

與chilli同義。

chili pepper 辣椒
[ˈtʃɪlɪ] [ˈpɛpɚ]

茄科植物的果實，味極辣，用於製辣椒粉、咖哩和其他辛辣調味醬。

chili powder 辣椒粉
[ˈtʃɪlɪ] [ˈpaudɚ]

將乾紅辣椒磨成粉末，再加其他香料製成，用作調味醬。

chili sauce 辣椒番茄醬
[ˈtʃɪlɪ] [sɔs]

也稱辣椒醬汁，由番茄醬、辣椒粉、辛香料和調味料調製。

chili vinegar 辣椒醋
[ˈtʃɪlɪ] [ˈvɪnɪgɚ]

以紅辣椒浸泡醋中製得的調味醬醋。

chill 一杯啤酒；冷藏
['tʃɪl]

記住

非冰凍狀態，一般在2℃到-2℃之間。

chilled 冰凍的；（麵包底部）未烤熟的
[tʃɪld]

記住

chilli¹ 乾紅辣椒
['tʃɪlɪ]

記住

長形小辣椒，味極辣，用於燴或燉的菜餚。

chilli² 辣味醬汁
['tʃɪlɪ]

記住

肉和辣椒製成的濃汁味料，與chili sauce同義。

chimchi 韓國泡菜（韓）
[kɪmtʃhi]

記住

以紅辣椒和酸白菜加大蒜等醃製的泡菜，與kimchi同義。

china 瓷器
['tʃaɪnə]

記住

起源於中國的一種白坯玻璃陶瓷，廣泛用作餐具等。

China bean 豇豆（美）
['tʃaɪnə] [bin]

記住

與cowpea同義。

chinaware 瓷器
['tʃaɪnə'wɛr]

記住

與china同義。

Chinese anise 八角茴香
['tʃaɪ'niz] ['ænɪs]

記住

與badian anise同義。

Chinese cabbage 大白菜
['tʃaɪ'niz] ['kæbɪdʒ]

記住

俗稱黃芽白或白菜，二年生草本植物，葉子大而呈白色，花淡黃色。

Chinese cassia 肉桂
['tʃaɪ'niz] ['kæsɪə]

記住

與cassia同義。

Chinese caterpillar fungus 冬蟲夏草
['tʃaɪ'niz] ['kætə‚pɪlə‑] ['fʌŋgəs]

記住

真菌類，寄生在鱗翅目昆蟲的幼體中，中式補品。

Chinese chive 韭菜
['tʃaɪ'niz] [tʃaɪv]

記住

多年生草本植物，葉子細長，花白色，味香嫩綠。

Chinese cinnamon 肉桂
['tʃaɪ'niz] ['sɪnəmən]

記住

與cassia同義。

Chinese cookery 中國料理
['tʃaɪ'niz] ['kukə‑ɹɪ]

記住

Chinese corn 粟，小米
['tʃaɪ'niz] [kɔrn]

記住

與millet同義。

Chinese gelatine 洋菜
['tʃaɪ'niz] ['dʒɛlətn̩]

記住

以海洋石花菜或紅海藻製成可食用的透明凍狀食品，遇水澎脹。

Chinese gooseberry 奇異果
['tʃaɪ'niz] ['gus‚bɛrɪ]

記住

纏繞藤本植物類，味甜略酸，可用於製成罐頭或釀酒。

Chinese mustard 芥菜
['tʃaɪ'niz] ['mʌstəd]   記住

Chinese nut 荔枝
['tʃaɪ'niz] [nʌt]   記住

與lychee同義。

Chinese olive 橄欖
['tʃaɪ'niz] ['alɪvə]   記住

也稱青果，呈長橢圓形，可供食用，又可入藥，對咽喉腫痛有療效。

Chinese orange 金桔
['tʃaɪ'niz] ['ɔrɪndʒ]   記住

與kumquat同義。

Chinese parsley 香菜
['tʃaɪ'niz] ['parslɪ]   記住

與coriander同義。

chinois 濾勺（法）   記住

廚房用具，可用於湯汁的過濾。

Chinon 錫農葡萄酒（法）   記住

法國波爾多的羅瓦爾河圖罕（Touraine）產的一種乾紅葡萄酒。

chip 碎屑、脆片
[tʃɪp]   記住

泛指食物小片，如乳酪屑、巧克力碎片或脆水果片等，常用作裝飾。

chip dip 什錦切片（美）
[tʃɪp] [dɪp]   記住

燻肉片、乳碎屑、大蒜和培根等組成的美式菜餚。

chip potato 炸薯片（美）
[tʃɪp] [pə'teto]   記住

與potato chip同義。

chise 韭菜　　　　　　　　　　　　記住

中國特有綠色蔬菜之一，味強烈，其嫩芽稱韭芽或韭黃。

chive 細香蔥　　　　　　　　　　　記住
[tʃaɪv]

百合科多年生植物，與洋蔥相似，常用作蛋、湯、沙拉等烹調佐料。

chivry 細葉芹（法）　　　　　　　　記住

與chervil同義。

chocolade taart 巧克力蛋糕（德）　　記住

chocolat 巧克力（法）　　　　　　　記住

與chocolate同義。

chocolate 巧克力　　　　　　　　　記住
['tʃakəlɪt]

可可豆製成的甜食，富含碳水化合物與微量咖啡因。

chocolate cream 鮮奶油巧克力　　　記住
['tʃakəlɪt] [krim]

特指鮮奶油夾心巧克力糖果等。

chocolate pot 巧克力壺　　　　　　記住
['tʃakəlɪt] [pat]

用於加熱巧克力的器皿，其造型和風格與咖啡壺相似。

chocolate sauce 巧克力醬　　　　　記住
['tʃakəlɪt] [sɔs]

用巧克力、奶油、糖和澱粉製成，或可加入雞蛋，可用作塗抹料。

chocolate shaving 巧克力絲　　　　記住
['tʃakəlɪt] ['ʃevɪŋ]

用純巧克力或半甜巧克力擦成細長條絲，可用作蛋糕和甜點的裝飾。

chocolate soufflé 巧克力舒芙雷（法） `記住`
['tʃakəlɪt] [su'fle]

亦稱巧克力蛋奶酥，鬆軟甜點。

chocolate syrup 巧克力糖漿（美） `記住`
['tʃakəlɪt] ['sɪrəp]

用巧克力或可可、玉米糖漿、糖、鹽、香草精等調製而成。

chocolate tree 可可樹 `記住`
['tʃakəlɪt] [tri]

原產熱帶美洲的梧桐科常綠喬木，其種子經粉碎後可製成可可粉。

chocolate truffle 巧克力松露球糖 `記住`
['tʃakəlɪt] ['trʌfl]

將融化巧克力拌入蛋黃、鮮奶油、蘭姆酒等製成球狀即成。

choice 精心選擇、品質好 `記住`
[tʃɔɪs]

原指水果等經過精心挑選的，現指其他優質食品。

cholesterol 膽固醇 `記住`
[kə'lɛstəˌrol]

脂溶醇，存在於人的膽汁、神經組織和血液中，可轉變成維生素D。

Chollair 巧列酒（美） `記住`

美國椰子巧克力利口酒。

chop¹ 切（肉），剁（肉） `記住`
[tʃap]

指把肉切成大塊或剁成絞肉，亦指切成塊狀的肉。

chop² 切肉刀 `記住`
[tʃap]

chophouse 烤肉餐館（美） `記住`
['tʃɑpˌhɑus]

常供應以烤肉為主的菜餚。

chopper 菜刀 `記住`
['tʃɑpɚ]

chopping board 案板 `記住`
['tʃɑpɪŋ] [bord]

也稱砧板，與cutting board同義。

chopping knife 砍刀 `記住`
['tʃɑpɪŋ] [nɑɪf]

一種有月牙形刀刃的剁肉刀。

chopsticks 筷子 `記住`
['tʃɑpˌstɪks]

用竹、木、塑料、金屬或象牙製的夾飯菜的細長棍狀餐具。

chou 甘藍，包心菜（法） `記住`
[ʃu]

與cabbage同義。

chou(x) pastry 泡芙酥麵 `記住`
[ʃu] ['pestrɪ]

鬆軟的含氣泡油酥麵團，以奶油、水、麵粉和雞蛋等調製而成。

chou, pâte à 泡芙（法） `記住`

用酥麵加奶油、雞蛋製成的奶油甜點，與chou pastry同義。

chowder 雜燴海鮮湯 `記住`
['tʃɑudɚ]

用蛤蜊肉、魚或其他海鮮加牛奶、蔬菜等雜燴而成，源自法語chaudiere。

Christmas 耶誕節
['krɪsməs]

基督教節日，為耶穌誕生之日，每西元年12月25日。

Christmas cake 耶誕蛋糕
['krɪsməs] [kek]

慶祝耶誕節的歡慶蛋糕。

Christmas pudding 耶誕布丁
['krɪsməs] ['pudɪŋ]

耶誕節吃的布丁，以杏仁、乾果、蘋果絲、紅蘿蔔絲和牛奶製作而成。

chump 大塊牛腰肉
[tʃʌmp]

與sirloin同義。

cider 蘋果汁
['saɪdɚ]

壓榨蘋果而取得的原汁，可用作飲料或釀製蘋果酒。

cider apple 榨汁蘋果
['saɪdɚ] ['æpl̩]

較適用於製蘋果酒的蘋果，可能口感或品質不夠優質。

cider brandy 蘋果白蘭地酒
['saɪdɚ] ['brændi]

與calvados同義。

cider cup 蘋果汽水
['saɪdɚ] [kʌp]

常混和檸檬汁、茶、糖和果肉，且充以二氧化碳。

cider oil 蘋果蜜
['saɪdɚ] [ɔɪl]

以蘋果汁與蜂蜜調製而成，與cider royal同義。

cider royal　蘋果酒蜜
[ˈsaɪdɚ] [ˈrɔɪəl]

以蘋果酒與蜂蜜攪拌而成。

cider sauce　蘋果醬汁
[ˈsaɪdɚ] [sɔs]

可以搭配烤火腿等菜餚。

cider vinegar　蘋果醋
[ˈsaɪdɚ] [ˈvɪnɪgɚ]

與apple vinegar同義。

cider wine　甜蘋果酒
[ˈsaɪdɚ] [waɪn]

與cider同義。

cidre　蘋果酒（法）

與cider同義。

cigar　雪茄
[sɪˈgɑr]

傳統雪茄為一種圓柱形捲煙，內充以煙絲，外裹包葉。

cigarette　紙煙
[ˌsɪgəˈrɛt]

也稱香煙或捲煙，用紙裹細煙絲而成，形細長，味較雪茄溫和。

cilantro　芫荽
[sɪˈlæntro]

與coriander同義。

Cinderella　灰姑娘
[ˌsɪndəˈrɛlə]

烹飪中有灰姑娘醬汁和灰姑娘烤肉等菜式，各種配料均以炭烤為特色。

cinnamon 錫蘭肉桂
['sɪnəmən]

記住

簡稱肉桂，樟科常綠喬木，原產於斯里蘭卡和印度等地，可製香料。

cinnamon bark oil 桂皮油
['sɪnəmən] [bɑrk] [ɔɪl]

記住

淡黃色芳香油，用於餅乾、糕點等食品的調香料，與cinnamon oil同義。

cinnamon toast 肉桂吐司
['sɪnəmən] [tost]

記住

奶油烤麵包片，上撒有肉桂末和砂糖。

cioccalata 巧克力（義）

記住

與chocolate同義。

citric acid 檸檬酸
['sɪtrɪk] ['æsɪd]

記住

有機酸的一種，廣泛存在於各種水果中，工業上由葡萄糖發酵成。

citron 檸檬
['sɪtrən]

記住

芸香料常綠小喬木，也稱香櫞，盛產於地中海沿岸，果肉硬，味酸甜。

citron liqueur 檸檬利口酒
['sɪtrən] [lɪ'kɝ]

記住

紫紅色利口酒以檸檬、香子蘭、丁香和蕪菁等調香。

citron melon 檸檬甜瓜
['sɪtrən] ['mɛlən]

記住

瓜類果實，果肉呈白色，由西瓜變種而來，常用以製蜜餞。

citronella 香茅（油）
['sɪtrə'nɛlə]

記住

植物類，有強烈的檸檬芳香，其花瓣榨油，為釀酒的調香料。

citrus fruit 柑桔
['sɪtrəs] [frut]

記住

雲香科灌木，包括橙、桔、橘和檸檬等均可製成果醬、蜜餞等。

clair （湯）清炖的（法）

記住

與clear同義。

clairet 淡紅葡萄酒（法）

記住

原指香味醇厚的酒，現在專指產於法國波爾多地區的優質酒。

clam 蛤蜊
[klæm]

記住

雙殼類軟體動物，產於淺海表層海底，含質豐富的蛋白。

claret 波爾多紅酒
['klærət]

記住

與Bordeaux wine同義。

claret cup 波爾多紅冰酒
['klærət] [kʌp]

記住

以波爾多紅葡萄酒為基酒調配而成的冰酒。

clarify 澄清
['klærəˌfaɪ]

記住

指食品除去雜質或液體淨化等，如澄清的奶油、湯和酒類。

clear¹ （酒、湯等）透明的、清湯
[klɪr]

記住

指清澈透明，不含雜質。

clear² 收拾（餐桌）
[klɪr]

記住

在客人就餐完畢後撤走餐盤、刀叉或剩餘的菜餚等。

climat 小葡萄園（法）

記住

專指法國勃根地的Côte de Nuits的葡萄園，與clos同義。

cloche 餐盤罩、保溫蓋（法） 　　　　　記住
[kloʃ]

用於菜餚的保溫或乳酪的保鮮，常用銀或其他金屬製成。

clos 葡萄園（法） 　　　　　記住

尤指法國勃根地裝有圍牆的葡萄園，與château同義。

cloudy （酒）混濁的 　　　　　記住
['klaudi]

酒類因變質而使酒液失去透明狀態，並產生絮狀沉澱的現象。

clove 丁香 　　　　　記住
[klov]

桃金娘科熱帶常綠喬木，丁子香的紅褐色小花蕾，香氣馥郁、味辛辣。

clove cassia 丁香桂皮 　　　　　記住
[klov] ['kæsɪə]

巴西產的喬木，和其他香料混合後可作調味香料。

clove July flowers syrup 丁香七月花糖漿 　記住
[klov] [dʒu'laɪ] ['flauɚ] ['sɪrəp]

蘇格蘭洛辛郡的古老配方，將方糖塊投入沸騰的康乃馨花液中製成。

clove nutmeg 丁香肉荳蔻 　　　　　記住
[klov] ['nʌtˌmɛg]

產於非洲東南部的喬木，類似普通肉荳蔻，調味香料。

clove oil 丁香油 　　　　　記住
[klov] [ɔɪl]

一種無色香精油，有強烈的芳香氣味，可用作糖果等的增味與調香。

club sandwich 總匯三明治（美） 　　　　記住
[klʌb] ['sændwɪtʃ]

club soda 蘇打水（美）　　記住
[klʌb] [ˈsodə]

用於調製飲料，市售有多種瓶裝品種。

coaster 杯墊，瓶墊　　記住
[ˈkostɚ]

此意特指在餐桌上放酒瓶配有輪子，銀製墊；但最常指普通杯墊。

coat 塗抹　　記住
[ˈkot]

在食物表面塗上雞蛋、麵包粉或稀麵糊等，使其均勻受熱，封住原汁。

coated rice 珍珠米　　記住
[ˈkotɪd] [raɪs]

用葡萄糖和滑石粉塗裹的白米，以具有珍珠般光澤而得名。

coating 麵衣，糖衣　　記住
[ˈkotɪŋ]

為使食品外觀漂亮，或為增加口感而塗抹的麵粉或糖。

Coca Cola 可口可樂　　記住
[ˈkokəˈkolə]

發泡碳酸飲料，1886年由美國製藥商彭伯頓發明。

cock 公雞　　記住
[kɑk]

泛指雄性家禽或野禽，與chicken同義。

cocktail¹ 雞尾酒　　記住
[ˈkɑkˌtel]

以烈酒或葡萄酒作基酒，混合果汁、雞蛋、苦味汁等調味。

cocktail² 開胃混合涼拌　　記住
[ˈkɑkˌtel]

如配有什錦水果、海鮮等的第一道開胃菜。

cocktail glass　雞尾酒杯
['kak͵tel] [glæs]

記住

高腳圓錐形酒杯或廣口低酒杯，可用於裝盛雞尾酒，容量3-4½盎司。

cocktail ketchup　什錦調味番茄醬
['kak͵tel] ['kɛtʃəp]

記住

加少量糖，亦可加入辣椒，醬汁較稀。

cocktail lounge　雞尾酒吧
['kak͵tel] [laundʒ]

記住

指俱樂部、旅館或餐廳中供應雞尾酒或飲料的休息室。

cocktail mix　雞尾酒混合料
['kak͵tel] [mɪks]

記住

一般預先準備，或製成罐頭出售，食用時簡單方便。

cocktail party　雞尾酒會
['kak͵tel] ['partɪ]

記住

指正式或非正式的社交活動，以供應雞尾酒和飲料為主的聚會。

cocktail sauce　開胃醬汁
['kak͵tel] [sɔs]

記住

用辣椒、胡椒和番茄醬製成，可用於搭配生菜沙拉。

cocktail sausage　小香腸
['kak͵tel] ['sɔsɪdʒ]

記住

cocktail shaker　雞尾酒搖壺
['kak͵tel] ['ʃekɚ]

記住

用於加冰塊搖勻雞尾酒，以金屬製成，分上下兩層，中間可過濾。

cocktail snack　小點心
['kak͵tel] [snæk]

記住

如堅果和乳酪片等，用於搭配雞尾酒。

cocktail stick　取食小叉
['kɑkɪtel] [stɪk]

用於挑起小塊食物，如肉片、洋蔥和香腸等。

cocktail strainer　雞尾酒過濾片
['kɑkɪtel] ['strenɚ]

裝在雞尾酒搖壺頂端的一薄層細孔金屬網，用於過濾雞尾酒或飲料。

coco　椰子（法）
['koko]

與coconut同義。

cocoa　可可
['koko]

可可樹原產於美洲熱帶地區，磨碎炒焦的可可豆可製做巧克力漿。

cocoa butter　可可脂
['koko] ['bʌtɚ]

從可可豆中提取的可食植物脂肪，色澤淡黃，味似巧克力，質高價高。

cocoa plum　可可李
['koko] [plʌm]

熱帶美洲的小喬木，果實為白色或黑色，常用於製蜜餞。

cocoa powder　可可粉
['koko] ['paudɚ]

與cocoa同義。

cocolait　椰乳

椰子果實胚乳的油水乳化物，常用來製成罐頭，可替代牛奶。

coconut　椰子
['kokəɪnʌt]

棕櫚科喬木的果實，呈卵形或橢球形，外殼很厚硬，內有椰肉和椰汁。

coconut cream 椰奶（漿） 　　記住
[ˈkokəˌnʌt] [krim]

與coconut oil同義。

coconut milk 椰汁 　　記住
[ˈkokəˌnʌt] [mɪlk]

新鮮椰子果肉中含有的液汁，味甜色白，可用製飲料或糕點等的配料。

coconut oil 椰油 　　記住
[ˈkokəˌnʌt] [ɔɪl]

椰子果肉經曬乾後榨取的油脂，為白色的半固體脂肪，也叫椰酪。

cod 鱈魚 　　記住
[kad]

鱈科冷水性重要經濟魚種，產於北大西洋西側，深海食用魚。

coddle 煨 　　記住
[ˈkadl̩]

將食物置於盛有較多液體的容器內，用小火長時間將食物燉至熟爛。

coffee 咖啡 　　記住
[ˈkɔfi]

熱帶常綠灌木，種子稱咖啡豆，烘烤後磨碎即成咖啡，可沖飲。

coffee bag 速溶咖啡 　　記住
[ˈkɔfi] [bæg]

指已配好的咖啡、奶粉、糖，沖飲即可。

coffee bar 咖啡廳 　　記住
[ˈkɔfi] [bar]

同café同義。

coffee bean 咖啡豆 　　記住
[ˈkɔfi] [bin]

與coffee同義。

coffee break[1]　咖啡時間（指休息時間）　記住
['kɔfi] [brek]

coffee break[2]　咖啡茶會　記住
['kɔfi] [brek]

與coffee hour同義。

coffee cake　咖啡糕點（美）　記住
['kɔfi] [kek]

早餐鬆軟糕點，有各種形狀，也指褐色水果麵包。

coffee cone　咖啡濾斗　記住
['kɔfi] [kon]

漏斗狀器具，器壁墊濾紙，用以過濾沖飲的咖啡顆粒。

coffee cream　咖啡乳脂　記住
['kɔfi] [krim]

約含有18-30%的鮮奶油的乳脂，與whipping cream同義。

coffee creamer　咖啡乳酪壺　記住
['kɔfi] ['krimɚ]

coffee cup　咖啡杯　記住
['kɔfi] [kʌp]

常指有柄馬克杯，用陶瓷、玻璃等製成。

coffee grinder　咖啡磨　記住
['kɔfi] ['graɪndɚ]

與coffee mill同義。

coffee grounds　記住
['kɔfi] [graundz]　咖啡渣

coffee hour　記住
['kɔfi] [aur]　咖啡時間

一般在正式聚會後舉行的茶會,多提供咖啡或小點心。

coffee house 咖啡館
['kɔfi] [haus]　記住

非正式社交的俱樂部,特指17、18世紀的英國咖啡館。

coffee mill 咖啡研磨器
['kɔfi] [mɪl]　記住

用於研磨咖啡豆的電動粉碎機。

coffee roll 咖啡麵包捲
['kɔfi] [rol]　記住

形似蛋糕捲的咖啡麵包,加葡萄乾、堅果仁等作裝飾。

coffee room 咖啡廳
['kɔfi] [rum]　記住

與coffee shop同義。

coffee royal 摻酒咖啡
['kɔfi] ['rɔɪəl]　記住

在黑咖啡中加入白蘭地和蘭姆酒等飲用。

coffee service 全套咖啡具
['kɔfi] ['sɝvɪs]　記住

通常為銀質或鍍銀餐具,包括咖啡壺、糖罐、鮮奶油缽與托盤等。

coffee shop 咖啡廳,咖啡館
['kɔfi] [ʃɑp]　記住

亦指旅館或餐廳中供應茶點、飲料和便餐的小店或櫃檯。

coffee spoon 咖啡匙
['kɔfi] [spun]　記住

比普通茶匙略小,用於飲咖啡時攪拌或調勻糖、奶。

coffee table 咖啡茶几
['kɔfi] ['tebl]　記住

擺放在沙發前的小餐桌。

coffee-mate 咖啡伴侶
['kɔfɪˌmet]

以奶精、糖、油脂、乳化劑等調成，可增添咖啡風味。

coffeepot 咖啡壺
['kɔfɪˌpɑt]

有蓋子和手柄的煮咖啡器具，同時內置過濾咖啡渣的設備。

Coffey-still 科非蒸餾器

可以大量生產威士忌等優質烈酒的設備，也稱連續式蒸餾釜。

Cognac 干邑白蘭地（法）
['kɔnjæk]

法國夏朗德省生產的高品質白蘭地。

Cointreau 橘味利口酒（法）
['kwɑntro]

19世紀時由康德露兄弟創始釀造，無色甜味烈酒，含酒精35%。

coke 可口可樂（美）
[kok]

與Coca Cola同義。

cola 可樂果
['kolə]

與kola nut同義。

colander 漏勺
['kɑləndɚ]

洗菜或煮水餃等麵食的瀝水湯勺，也可用於過濾等。與strainer同義。

cold buffet 冷肉類
[kold] [bu'fe]

與cold cuts同義。

cold cellar 冷藏庫
[kold] ['sɛlɚ]

記住

cold cuts 冷切肉
[kold] [kʌts]

記住

切片冷吃的燻肉、醃牛肉、火腿、香腸或乳酪等,適用於非正式餐宴。

Cold Duck 科達克酒
[kold] [dʌk]

記住

用美國的發泡紅葡萄酒和發泡白葡萄酒混合而成的一種雞尾酒。

cold slaw 涼拌包心菜絲
[kold] [slɔ]

記住

與cole slaw同義。

cold smoking 冷燻
[kold] ['smokɪŋ]

記住

以非明火加煙溫燻的一種食品燻製法。

cold storage 冷藏
[kold] ['storɪdʒ]

記住

常指食品在非結冰狀態下保存,用低溫保存新鮮食品的方法。

cole slaw 涼拌生菜絲(德國)
[kol] [slɔ]

記住

用生菜加鹽、醋和胡椒等涼拌而成,味酸可口,源自荷蘭語koolsla。

Collins 科林斯雞尾酒(美)
['kɑlɪnz]

記住

19世紀,著名的倫敦餐廳領班John Collins調制創始。

collins glass 科林斯酒杯(美)
['kɑlɪnz] [glæs]

記住

容量為10-14盎司的圓柱形酒杯。

colouring beer 加色啤酒
['kʌlərɪŋ] [bir]

深褐色啤酒，加有著色劑。

Columbia Excelso 哥倫比亞咖啡

特調濃咖啡，品質優，以產地命名。

comet wine 彗星葡萄酒
['kɑmɪt] [waɪn]

在彗星出現的年份中釀造的葡萄酒，據說十分醇美。

commune 聯社（法）
[kə'mjun]

法國波爾多，以某市鎮或莊園為中心的葡萄產地或葡萄酒釀製地。

compote¹ 水果茶（法）
['kɑmpot]

將水果切片後放入糖水中經文火燴煮而成的餐後甜點。

compote² 果盤（法）
['kɑmpot]

玻璃或瓷製的盤子，有高腳或托座，用於盛放水果或蜜餞等。

Comté 孔泰乳酪（法）
[kɔnt]

法國汝拉省特產壓製乳酪，呈車輪狀，色淡黃，味柔和。

coñac 干邑白蘭地酒（西）

與cognac同義。

concentrate 濃縮
['kɑnsən,tret]

用加熱使溶液中的溶劑蒸發而增大溶液的濃度，也指脫水濃縮的食品。

concentrated milk 濃縮牛乳、無糖煉乳
['kɑnsən͵tretɪd] [mɪlk]

不加糖的濃縮牛乳，經高溫殺菌除去一部分水分而成。

Concord 康科德葡萄
['kɑŋkɚd]

指雜交葡萄品種，一般用於作果醬、果凍和釀酒等，以原產地命名。

condensed milk flavour 煉乳味
[kən'dɛnst] [mɪlk] ['flevɚ]

冰淇淋由於採用罐頭煉乳為原料，而含有的味道。

condiment 調味品
['kɑndəmənt]

泛指各種辛香佐料，除在烹飪中使用外，還常置於餐桌上的調味瓶中。

confectioner's sugar 糖粉
[kən'fɛkʃənɚs] ['ʃugɚ]

與icing sugar同義。

confectionery[1] 甜食
[kən'fɛkʃə͵nɛri]

包括糖果、巧克力和糕點。

confectionery[2] 糖果（美）
[kən'fɛkʃə͵nɛri]

在美國僅指巧克力與蜜餞而言。

confit 燜肉凍（法）

原汁燜煮肉類，或烹飪時加蓋使食品不接觸空氣而製成的肉凍食品。

confiture 果醬，蜜餞（法）
['kɑnfɪ͵tʃur]

與jam同義。

Confrèrie des Chevaliers du Tastevin
品酒師協會（法）

`記住`

法國勃根地酒類專業組織，創建於1933年。

congee 米湯、粥
['kandʒi]

`記住`

將白米經水煮沸而成，類似中國的粥或稀飯，與conjee同義。

consommé 清湯（法）
[,kansə'me]

`記住`

清燉肉湯經煮沸、濃縮、調味、過濾等步驟，放置後清湯蛋白質凝結。

continental breakfast 大陸式早餐
[,kantə'nɛntl] ['brɛkfəst]

`記住`

簡便早餐，以咖啡、麵包為主，偶爾加奶油，味道清淡。

convenience food 速食
[kən'vinjəns] [fud]

`記住`

以容易製備，攜帶方便，營養豐富和加工簡單為特點。

cook¹ 烹飪
[kuk]

`記住`

與cooking同義。

cook² 廚師
[kuk]

`記住`

指在廚房中的操作人員，如糕點廚師、肉食廚師、湯類廚師等。

cook cheese 煮製乳酪
[kuk] [tʃiz]

`記住`

將未發酵的成熟凝乳煮到似糖蜜的稠度，然後盛入杯中食用。

cookbook 食譜
['kuk,buk]

`記住`

匯集烹飪方法、指導食品製做和供應的說明書。

cooked cheese 煮製乳酪
['kukt] [tʃiz]

與cook cheese同義。

cooked flavour 煮熟味
['kukt] ['flevɚ]

食品製作中產生的疵。

cooker[1] 炊具，烹調器具
['kukɚ]

泛指各種鍋或器具等。

cooker[2] 廚師；炊事員
['kukɚ]

cooker[3] 供烹煮的食物
['kukɚ]

專用於烹飪的蔬菜和蘋果，以區別於僅供生吃的食品。

cookery 烹飪
['kukɚri]

除烹調的實踐外，尤指烹飪的科學理論和知識。與cooking同義。

cookery book 菜譜，食譜
['kukɚri] [buk]

與cook book同義。

cookie 曲奇餅、餅乾（美）
['kuki]

泛指各種奶香濃郁、味甜鬆脆的小甜餅，在蘇格蘭則指一般麵包。

cookie cutter 曲奇成型刀
['kuki] ['kʌtɚ]

食品機械切刀，用於切製曲奇餅、餅乾或各種小甜餅等。

cooking 烹調，烹飪　　　　　　　　　　　　記住
['kukɪŋ]

通過食品加熱並加入各種調料製成可口且富有營養的菜餚。

cooking oil 烹飪油　　　　　　　　　　　　記住
['kukɪŋ] [ɔɪl]

與edible oil，西餐中一般指橄欖油。

cooking salt 精鹽　　　　　　　　　　　　記住
['kukɪŋ] [sɔlt]

食用鹽，為無色或白色結晶，味鹹，可用作調味與烹飪。

cooking wine 烹調用酒　　　　　　　　　　記住
['kukɪŋ] [waɪn]

俗稱料酒，在烹調中酒精成分消耗完成後會留下一部分酒香。

cool 變涼　　　　　　　　　　　　　　　　記住
[kul]

常指將食品冷卻到室溫。

cool chamber 冷藏室　　　　　　　　　　　記住
[kul] ['tʃembɚ]

cooperage 生啤酒桶　　　　　　　　　　　記住
['kupərɪdʒ]

即散裝啤酒桶。

coppa 高腳酒杯（義）　　　　　　　　　　記住

copper sponge 銅絲棉，菜瓜布　　　　　　記住
['kapɚ] [spʌndʒ]

用於廚房中擦洗餐具和鍋等。

copperware 銅炊具　　　　　　　　　　　　記住
['kapɚˌwɛr]

銅是熱的良導體,傳熱均勻快捷,可製成非常出色的鍋和其他廚具。

coq　雞(法)　　　　　　　　　　　　　[記住]

法文,與chicken同義。

coq au vin　油燜子雞(法)　　　　　　[記住]

法式著名菜餚。

cordial　甘露酒　　　　　　　　　　　[記住]
['kɔrdʒəl]

與liqueur同義。

cordial glass　甘露酒杯　　　　　　　[記住]
['kɔrdʒəl] [glæs]

容量為 1-2 盎司的小酒杯。

cordon bleu　藍緞帶(法)　　　　　　　[記住]

法國頒發給通過政府考試的,優秀女廚師的深藍色緞帶獎章。

cordon rouge　紅緞帶(法)　　　　　　[記住]

英國政府頒發給優秀廚師的獎章,圖紋為一枚白色心形櫻桃。

core[1]　(蘋果,梨等的)果心,果核　　[記住]
[kor]

core[2]　挖去…果核　　　　　　　　　[記住]
[kor]

意指用小刀剔除水果或蔬菜中心不可食用的部分。

coriander　芫荽;香菜　　　　　　　　[記住]
[ˌkoriˈændɚ]

俗稱香菜,傘形科一年生羽狀草本植物,用於食品的調味。

Corse　科西嘉(法)　　　　　　　　　[記住]

法國東南部地中海島嶼,為法國的一省,烹飪風格清爽美味。

cortes 科爾特斯酒（義） 記住

義大利皮埃蒙特產的乾白葡萄酒，參見Piedmont。

costard 英國蘋果 記住
['kɑstɚd]

與apple同義。

costoletta 炸牛排（義） 記住

與côtelette同義。

côte 山坡葡萄園（法） 記住

山坡葡萄園產的葡萄，口感與味道特殊，釀造出的酒有獨特的風味。

Côte de Beaune 科波納（法） 記住

法國勃根地的科多爾產酒地，生產具有世界聲譽的優質葡萄酒。

Côte de Blancs 科布朗克（法） 記住

法國香檳省的產酒地區，位於埃佩爾奈以南。

Côte de Blaye 科布拉葉（法） 記住

法國波爾多地區北部，加龍河東岸的產酒地。

Côte de Bouilly 科布依（法） 記住

法國勃根地博若萊產的乾白葡萄酒，酒味濃郁活潑、果香濃厚。

Côte de Nuit 科奴依（法） 記住

法國勃根地出產的酒，生產的幾乎全是紅葡萄酒，與Côte d'Or同義。

Côte d'Or 科多爾（法） 記住

法國勃根地最大的山坡釀酒地。

Côtes de Bourg 布爾格（法） 記住

法國波爾多的產酒地，生產上等乾紅葡萄酒和半乾白葡萄酒。

Côtes de Jura 汝拉（法） 記住

法國東部的產酒地，靠近瑞士邊境，生產紅、白葡萄酒。

Côtes de Rhone　羅納（法）　　　記住

法國主要的釀酒地區之一，位於里昂與夏維儂之間。

Côtes de Toul　圖勒（法）　　　記住

法國洛林（地名）特產的優質白葡萄酒，口味輕盈，常稱為Vin Gris。

cottage cheese　農家乳酪、鄉村乳酪　　　記住
['kɑtɪdʒ] [tʃiz]

又名荷蘭乳酪、口味柔和，新鮮柔軟，是一種流行的低脂食品。

cottage fried potatoes　家常炸薯條　　　記住
['kɑtɪdʒ] [fraɪd] [pə'teto]

cotto　煮熟的Cooked（義）　　　記住

餐飲用詞中，與well-done同義。

coulis[1]　濃汁；湯（法）　　　記住
[ku'li]

coulis[2]　海鮮醬（法）　　　記住

指經過過濾的稀醬，含有海鮮，常用做調味醬。

country sausage　農家香腸　　　記住
['kʌntrɪ] ['sɔsɪdʒ]

新鮮豬肉香腸，食用時可夾在餡餅內或者燒烤烹飪，內含有少量牛肉。

country-cured ham　乾醃火腿　　　記住
['kʌntrɪkjurd] [hæm]

家庭自製火腿。

coupe　高腳玻璃杯（法）　　　記住
['kupe]

上寬而底淺的碗狀甜酒杯，一般指香檳酒杯。

coupe glacée 水果聖代（法） 記住

冰淇淋冷飲，上置水果或其他配飾，與sundae同義。

course （菜的）一道 記住
[kɔrs]

餐宴中風格不同的菜餚，量詞。

Courvoisier 古瓦西埃酒、拿破崙干邑白蘭地（法） 記住

法國著名干邑白蘭地酒，歷史悠久，口味醇厚，與cognac同義。

cover[1] 全套餐具 記住
[ˈkʌvɚ]

刀叉、餐盤、臺布和餐巾等供一位客人使用的一整套餐具。

cover[2] 酒帽 記住
[ˈkʌvɚ]

啤酒麥芽汁發酵時的上層棕色泡沫，與cap同義。

cow 母牛 記住
[kau]

為獲取得牛奶而專門飼養的乳牛。

cow grease 奶油（美） 記住
[kau] [gris]

與butter同義。

cow juice 牛奶 記住
[kau] [dʒus]

俗語，與milk同義。

cowberry 蔓越橘 記住
[ˈkauˌbɛri]

cowboy cocktail 純威士忌美國西部牛仔俚語 記住
[ˈkauˌbɔɪ] [ˌkakˌtel]

Cozzi porcelain 科齊瓷器　　　　　記住

18世紀後期，義大利威尼斯生產的著名軟質瓷，其商標是一支鐵錨。

crab 蟹　　　　　記住
[kræb]

產於沿海鹹水或淡水中的甲殼類動物，有八足二螯。

crab apple 花紅　　　　　記住
[kræb] [ˈæpl]

俗稱海棠果或沙果，薔薇科蘋果屬植物，可製果醬蜜餞或酒。

crab butter 蟹黃　　　　　記住
[kræb] [ˈbʌtɚ]

蟹背甲殼中的淡黃色脂肪膏，味道鮮美。

cracked ice 碎冰　　　　　記住
[krækt] [aɪs]

常用於冰涼飲料和雞尾酒。

cracker 脆餅乾（美）　　　　　記住
[ˈkrækɚ]

一種極鬆脆的不甜薄餅乾，常與湯等同食，源自咬餅乾時發出的響聲。

cradle 酒籃　　　　　記住
[ˈkredl]

舊時用於從酒窖取出酒瓶，現在則指等待在餐桌邊服務斟酒的樣子。

cranberry 蔓越莓　　　　　記住
[ˈkrænˌbɛri]

果實為鮮紅色漿果，口味酸澀，煮熟後更美味。

cranberry sauce 酸果蔓醬汁　　　　　記住
[ˈkrænˌbɛri] [sɔs]

用於搭配火雞，cranberry同義。

crane 鶴
[kren]

crawfish 螯蝦
[ˈkrɔˌfɪʃ]

與crayfish同義。

crayfish 螯蝦
[ˈkreˌfɪʃ]

十足目甲殼動物，多數產於北美洲，又稱為小龍蝦，味道鮮美。

cream 鮮奶油
[krim]

亦稱乳脂，為牛奶中的淡黃色成分，含脂肪約18-38%。

cream cheese 鮮奶油乳酪
[krim] [tʃiz]

未成熟全脂乳酪，經加工後，其脂肪含量可超過50%

cream liqueur 鮮奶油甘露酒
[krim] [lɪˈkɝ]

乳脂利口酒，以白蘭地酒或威士忌酒作基酒，加入鮮奶油調味。

cream meal 白玉米粉
[krim] [mil]

cream of tartar 酒石酸
[krim] [αv] [ˈtɑrtɚ]

學名為酒石酸氫鉀，一般存於葡萄酒的沉澱中，可用於食品發酵。

cream puff 鮮奶油泡芙
[krim] [pʌf]

一種填有發泡鮮奶油或乳脂餡的油酥甜點。

cream roux 乳酪麵粉醬
[krim] [ru]

用於濃湯的增稠，與roux同義。

cream sauce　鮮奶油醬汁
[krim] [sɔs]

用鮮奶油、牛奶等調入奶油和麵粉等。

cream sherry　鮮奶油雪利酒
[krim] ['ʃɛrɪ]

以西班牙雪利酒Oloroso為基酒，調配成的一種甜味棕色雪利酒。

cream soda　鮮奶油蘇打水
[krim] ['sodə]

奶香味汽水，有氣泡，以香子蘭、鮮奶油、糖等製成。

cream soup　鮮奶油濃湯
[krim] [sup]

以穀粒粉、蔬菜泥、雞或魚加鮮奶油製成的濃湯。

cream soup bowl　雙耳鮮奶油湯碗
[krim] [sup] [bol]

cream soup spoon　鮮奶油湯匙
[krim] [sup] [spun]

圓形湯匙，比一般湯匙略短。

cream tea　鮮奶油茶點
[krim] [ti]

一般指塗抹果醬和鮮奶油的麵包或其他甜點，用餐時間常在下午。

creamer[1]　鮮奶油分離器
['krimɚ]

可攪打鮮奶油加以分離的器械。

creamer[2]　奶盅
['krimɚ]

一種有柄小口鮮奶油壺，供盛鮮奶油或咖啡。

creature 烈酒
['kritʃɚ]

特指愛爾蘭產的威士忌酒。

crème¹ 鮮奶油（法）
[krem]

與cream同義。

crème² 甘露酒（法）
[krem]

利口酒，因酒味濃醇香甜如鮮奶油。

crème au beurre 鮮奶油酪（法）

鮮奶油加糖粉、咖啡或巧克力、檸檬等調成的乳酪狀的內餡。

crème brûlée 焦糖鮮奶油（法）

或稱卡士達醬，為冷凍甜點，用玉米粉；蛋黃、糖和鮮奶油製成。

crème caramel 焦糖卡士達醬（法）

俗稱格司布丁，先用焦糖作底製成布丁，冷卻後反扣食用。

crème d'amandes 杏仁鮮奶油（法）

以奶油、雞蛋、糖和杏仁調製成的塗抹醬。

crème de banane 香蕉甘露酒（法）

以酒精浸泡香蕉製成的甜利口酒，有香蕉香味，含酒精29%。

crème de cacao 可可香草甘露酒（法）

較甜的利口酒，用可可和香子蘭增香。

crème de menthe 薄荷甘露酒（法）

綠色或白色的甜味較烈利口酒，加胡椒、薄荷等增香。

crème de noyau 苦杏仁甘露酒（法）

白蘭地為基酒，以核桃、李子、櫻桃和苦杏仁等香精油調香製成。

crème glacée 冰淇淋（法） 記住

與ice cream同義。

crème pâtissière 卡士達醬（法） 記住

加入牛奶和一些調味香料的味鮮奶油。

Crème Yvette 紫羅蘭甘露酒（法） 記住

將紫羅蘭花瓣浸以白蘭地製成的甜味利口酒。

crèmant 半氣泡酒（法） 記住

指氣泡較少的一些香檳酒，與sparkling wine同義。

Creole sauce 克里奧爾醬汁
['kriol] [sɔs] 記住

辣味辛香醬汁，用於搭配魚或肉類菜餚。

crèpe 法式薄餅（法）
[krep] 記住

用麵粉、蛋、溶化的鮮奶油、鹽、牛奶和水調和稀麵糊煎成的薄餅。

crèpe suzette 蘇珊薄煎餅（法） 記住

法式薄餅，其特點是將薄餅折成四疊，與crèpe同義。

crescent 羊角麵包
['krɛsn̩t] 記住

彎月形麵包或餅乾。

cress 水田芥
[krɛss] 記住

也叫水芹或獨行菜，原產於英國，富含維他命C，可用於製做沙拉。

crevette 蝦（法） 記住

crispbread 黑麥麵包乾
['krɪsp͵brɛd] 記住

croissant　牛角麵包（法）　　　　　　　　[記住]
[krwɑˈsɑŋ]

新月形麵包，含鮮奶油味極濃，法國人常用作早餐。

crude salt　粗鹽　　　　　　　　　　　　[記住]
[krud] [sɔlt]

顆粒較大的海鹽，一般用於烹調，但不屬餐桌上調味品。

crudo　生的，未熟的（義）　　　　　　　　[記住]

與raw同義。

cucumber sauce　鮮奶油黃瓜絲　　　　　　[記住]
[ˈkjukʌmbɚ] [sɔs]

用於搭配魚或羊肉。

cuisine　烹飪；烹調　　　　　　　　　　　[記住]
[kwɪˈzin]

指食品的烹飪製作方法。

cuit　煮熟的；濃縮葡萄酒（法）　　　　　　[記住]

與well-done同義。

culinaire　烹飪的，廚房的（法）　　　　　　[記住]

與culinary同義。

culinary　烹飪的，廚房的　　　　　　　　　[記住]
[kjuləˌnɛri]

指有關餐飲和烹飪的全部活動以及菜餚等。

cultured milk　發酵牛奶；酸牛奶　　　　　[記住]
[ˈkʌltʃɚd] [mɪlk]

將脫脂或半脫脂牛奶以乳酸菌培養而致酸化的牛奶，營養豐富。

cumin　歐蒔蘿　　　　　　　　　　　　　　[記住]
[ˈkʌmən]

也稱枯茗，傘形科一年生草本植物，是許多混合香料的主要成分。

cumquat 金桔
['kʌm͵kwɑt]

與kumquat同義。

cup¹ 容量單位，約合 **8-10** 盎司。
[kʌp]

cup² 杯子
[kʌp]

泛指以玻璃、陶瓷、紙材、金屬或其他材料製成的容器，用於裝飲料。

cup fungus 杯菌
[kʌp] ['fʌŋgəs]

盤菌類真菌，種類多，其中羊肚菌和鐘菌屬可供食用。

cupboard 櫃櫥
['kʌbəd]

起源於中世紀的一種家具，用以陳列盤碟的梯形餐具櫃和餐具架。

cupcake 紙杯蛋糕
['kʌp͵kek]

在紙杯或鬆餅烤模中烘出的鬆軟杯形蛋糕。

curacao 古拉索酒、柑橘香甜酒（法）
['kjurə͵so]

即橙度甘露酒，橙皮加香料製成，是現今唯一經蒸餾而成的利口酒。

curd 凝脂食品
[kɝd]

指呈凝乳狀的各種食品，如豆腐、乳酪、脂肪凝塊或果凍等。

curd cheese 農舍凝乳乳酪
[kɝd] [tʃiz]

與cottage cheese同義。

curd knife 乳酪切刀
[kɝd] [naɪf]

與cheese cutter同義。

curdle 凝結
['kɝdl̩]

指牛奶等因凝乳作用製成奶酪或變質形成結塊等。

currant 醋栗
['kɝənt]

學名茶藨子，漿果成熟時為紅色，汁多味甜，富含維他命C。

curried rice and beef 咖哩牛肉飯
['kɝɪd] [raɪs] [ænd] [bif]

curry 咖哩
['kɝi]

傳統的印度混合黃薑的調味粉，泛指具有這種風味的菜餚。

curry leaf 咖哩葉
['kɝi] [lif]

亞洲產的一種灌木的葉子，有辛辣味的汁液。

curry paste 咖哩醬
['kɝi] [pest]

以咖哩粉加各種調料製成有販售。

curry powder 咖哩粉
['kɝi] ['paʊdɚ]

調味料，味辛辣，與curry同義。

curry sauce 咖哩醬汁
['kɝi] [sɔs]

以咖哩粉、咖哩醬、水果、椰子汁和洋蔥等製成。

custard 卡士達醬　　　　　　　　　　　　記住
[ˈkʌstəd]

用雞蛋、牛奶、糖和香料混合製成的醬汁。

custard cup 蛋奶糕烘焙杯　　　　　　　記住
[ˈkʌstəd] [kʌp]

形似酒杯的深圓模子，用玻璃或瓷器製成，用於烘製蛋奶糕。

custard pudding 乳酪布丁　　　　　　　記住
[ˈkʌstəd] [ˈpudɪŋ]

俗稱格司布丁，與caramel同義。

cut¹ 切塊　　　　　　　　　　　　　　　記住
[kʌt]

如肉塊、蛋糕和乳酪等。

cut² （酒的）調配，調製　　　　　　　　記住
[kʌt]

cut back 稀釋　　　　　　　　　　　　　記住
[kʌt] [bæk]

在濃縮果汁中添加新鮮果汁以增進香味。

cut glass 刻花玻璃　　　　　　　　　　　記住
[kʌt] [glæs]

表面有許多刻面的玻璃製品，普遍應用於18世紀早期的英國馬克杯。

cut in 揉入　　　　　　　　　　　　　　記住
[kʌt] [ɪn]

在製作油酥食品時，將奶油和麵粉揉和，使其充分攪拌均勻。

cut maize 玉米片　　　　　　　　　　　記住
[kʌt] [mez]

把玉米蒸熟、壓團後切片、烘乾製成的食品。

cut noodle　切麵　　　　　　　　　　　記住
[kʌt] ['nudl]

以小麥粉加工製成的麵食，與pasta同義。

cutlery and tableware　刀具和餐具　　　記住
['kʌtləri] [ænd] ['tebl͵wɛr]

泛指刀、叉、凹形器皿如碟、匙、盤、咖啡壺和扁平餐具如餐盤等。

cutting board　砧板　　　　　　　　　　記住
['kʌtɪŋ] [bord]

有凹槽的可使肉汁流出的切肉板，與chopping board同義。

cuttlefish　烏賊；墨魚　　　　　　　　記住
['kʌtl̩fɪʃ]

俗稱墨魚或柔魚，海產十腕目頭足類軟體動物。

Cutty Sark　順風　　　　　　　　　　　記住
['kʌtɪ] [sɑrk]

著名蘇格蘭威士忌酒品牌名稱，用麥芽釀製，與whiskey同義。

cuve close　充氣法（法）　　　　　　　記住

用人工方法向緊閉的酒桶內充入二氧化碳以製造氣泡葡萄酒的方法。

cuvée[1]　一桶酒所釀出的產出量（法）　記住

cuvée[2]　混合葡萄酒（法）　　　　　　記住

由多種葡萄酒調配。

cuvée extra　特優級葡萄酒（法）　　　　記住

與cuvée同義。

Cyprus wines　塞浦勒斯葡萄酒　　　　　記住
['saɪprəs] [waɪn]

塞浦勒斯為地中海島嶼，其釀酒的歷史可始於西元前900年。

dagwood sandwich 大三明治（美）
[ˈdægwud] [ˈsændwɪtʃ]

記住

很多層次的三明治，以各種肉類、萵苣、蔬菜和調味夾餡料。

Daiquiri 黛吉利雞尾酒
[ˈdaɪkərɪ]

記住

亦稱大吉利酒，是著名的古巴萊姆酒，以產地命名。

dairy bar 乳品酒吧
[ˈdɛri] [bar]

記住

以供應牛奶、乳酪和冰淇淋等為主的餐廳。

dairy butter 新鮮淡味奶油
[ˈdɛri] [ˈbʌtɚ]

記住

奶油為延長保存期均加有少量鹽，幾乎不放鹽的為淡味奶油。

dairy cream 純鮮奶油
[ˈdɛri] [krim]

記住

全部由牛奶製的鮮奶油，區別於人造鮮奶油。

dairy food 乳製品
[ˈdɛri] [fud]

記住

以牛奶為原料加工製造的食品，如奶粉、鮮奶油、乳酪、酸奶或煉乳。

dairy products 乳製品
[ˈdɛri] [ˈprɑdəkt]

記住

以牛奶為原料製成的各種食品與副產品，包括乳清、乳酪蛋白等。

daisy¹　雛菊　[記住]
['dezi]

野菊花，其花蕾和葉常可用作涼拌的配料。

daisy²　代西雞尾酒　[記住]
['dezi]

由石榴汁、檸檬汁和烈性酒配製而成的混合飲料。

Damascus ware　大馬士革陶器　[記住]
[də'mæskəs] [wɛr]

穆斯林陶瓷器皿，具有自15世紀以來土耳其風格的名貴餐具。

Danish pastry　丹麥酥皮麵包　[記住]
['denɪʃ] ['pestrɪ]

營養豐富的甜點，由發酵麵團捲入油脂烤成。

Darjeeling　大吉嶺茶　[記住]
[dar'dʒilɪŋ]

產於印度北部大吉嶺山區的名茶，一般是指紅茶。

dark beer　黑啤酒　[記住]
[bark] [bir]

以烘過的焦麥芽釀成，色澤暗棕，口味特別芬芳。

dark roast　焦咖啡燒烤　[記住]
[dark]

炒成深色的咖啡，味香色濃。

dash　酹　[記住]
[dæʃ]

雞尾酒度量衡用語，一般少於1/8茶匙或等於 4-6 滴酒。1酹=0.9ml

date　海棗　[記住]
[det]

也稱棗椰，棕櫚科常綠喬木。像棗，果肉味甜，可用以製糖或釀酒。

date fig 無花果乾
[det] [fɪg]

記住

與fig同義。

decker sandwich 多層三明治（美）
['dɛkɚ] ['sændwɪtʃ]

記住

decorate 裝飾
['dɛkəˌret]

記住

泛指菜餚的外形裝盤和裝飾，是烹飪的操作內容之一。

deep fry 油炸
[dip] [fraɪ]

記住

把食物完全浸入沸油高溫加熱的烹飪法，用以阻止內部液汁流失。

deep fryer 深油炸鍋（美）
[dip] ['fraɪɚ]

記住

與deep-fat fryer同義。

deep-fat fryer 深油炸鍋
['dipˌfæt] ['fraɪɚ]

記住

方形炸鍋，將需油炸的食品浸入沸油中油炸再取出，亦稱油氽鍋。

deep-frying basket 瀝油網籃
['dipˌfraɪŋ] ['bæskɪt]

記住

金屬絲網籃，形狀與抽炸鍋相配，用於瀝乾油炸食品。

déglaze 調製肉汁（法）
[di'glez]

記住

將煎炒或烤後的肉粒連汁再加入適量的湯和其他調味品即成。

degree 度
[dɪ'gri]

記住

指溫度計量單位，以水為例，冰點為0℃；沸點為100℃。

dehydration 脫水　　　　　　　　　　　　　記住
[ˌdihaɪˈdreʃən]

食品保藏方法，在加工時脫去水分，以阻止食品變質。

dehydrofreezing 脫水冷凍　　　　　　　　記住
[diˌhaɪdrəˈfrizɪŋ]

dejeuner 早餐，午餐（法）　　　　　　　記住

與breakfast同義。

delicious 美味的　　　　　　　　　　　　記住
[dɪˈlɪʃəs]

指以甜味為主的糖果、蛋糕等食品。

demi 一杯（啤酒）（法）　　　　　　　記住
[ˈdɛmɪ]

在法國，一杯啤酒的容量相當於半品脫，三杯相當於1公升。

demi-glace 濃西班牙醬汁（法）　　　　　記住

經過熬煮、去油脂的棕色肉醬汁，再加入不甜的葡萄酒調味而成。

demi-sec （酒）半甜的（法）　　　　　　記住

指淡淡的，但在用於香檳酒時則往往為較甜的，含糖分5 - 7%。

demi-tasse 小咖啡杯、濃縮咖啡杯（法）　記住
[ˈdɛmɪtæs]

也指一種小甜點杯。

Denominación de Origen 酒類產地名稱監製（西）記住

西班牙政府規定酒類按產地名稱命名的法規

Denominazione di Origine Semplice　　　記住
原產地商標管理（義）

義大利的一種酒類管理規定，相當於法國的VDQS。

depot 酒泥（法）
['dipo]

記住

與dregs同義。

dessert 尾食、飯後甜點
[dɪ'zɝt]

記住

西餐的最後一道菜。

dessert fork 甜點叉
[dɪ'zɝt] [fɔrk]

記住

比正餐叉略小，但叉尖稍圓鈍。

dessert plate 小甜點盤
[dɪ'zɝt] [plet]

記住

中型盤，直徑為18-20cm左右，用於放甜點和涼菜等。

dessert spoon 甜點匙
[dɪ'zɝt] [spun]

記住

大小介於湯匙與茶匙之間，於吃甜點時使用。

dessert wine 餐後甜酒
[dɪ'zɝt] [waɪn]

記住

需搭配甜點或在甜點後飲的酒，常為甜味葡萄酒或雪利酒

detergent 清潔劑
[dɪ'tɝdʒənt]

記住

泛指各種用於廚房清潔的化學品，如沙拉脫、清潔劑等

dew cup 晨酒
[dju]

記住

指雞尾酒，一般為清晨喝的提神小酒。

dextrose 葡萄糖
['dɛkstros]

記住

與glucose同義。

dice 丁；小塊　　　　　　　　　　　　　記住
[daɪs]

指切成小方塊的各種食品，如肉丁、馬鈴薯丁等。

diet¹ 膳食　　　　　　　　　　　　　　記住
['daɪət]

每日營養的飲食。

diet² 規定飲食　　　　　　　　　　　　記住
['daɪət]

以保健、治療、減肥等為目的，經特別調製和烹飪處理製成的食品。

dietary 食譜　　　　　　　　　　　　　記住
['daɪəˌtɛrɪ]

指每日每餐的計畫膳食或特定配製的飲食。

dietetics 營養學　　　　　　　　　　　記住
[ˌdaɪə'tɛtɪks]

研究食品營養尤其是食品健保的科學。

digestif 餐後酒（法）　　　　　　　　記住
['diʒɛ'stif]

與dessert wine同義。

digestive biscuit 粗麵餅乾　　　　　　記住
[də'dʒɛstɪv] ['bɪskɪt]

微甜的圓形餅乾，有助於消化。

Dijon mustard 第戎芥末醬　　　　　　記住

法國芥末醬，味較辣，常加入白葡萄酒，產於法國的第戎。

dill 蒔蘿　　　　　　　　　　　　　　記住
[dɪl]

或稱土茴香，用於食品調味，其氣味強烈而刺鼻，略似茴蒿。

dill oil　蒔蘿油
[dɪl] [ɔɪl]

從蒔蘿籽中提取出來的精油，稍有甜辣味，常用作芳香劑和調味劑。

diner　餐車
['daɪnɚ]

火車上的餐車備有各種菜式，有些餐車上的餐飲較昂貴。

dining car　餐車
['daɪnɪŋ] [kar]

常指火車上的餐廳與diner同義。

dinner　正餐
['dɪnɚ]

原指每天的早、中、晚三餐，現指正式宴會，如法語dixheures。

dinner cloth　餐巾，檯布
['dɪnɚ] [klɔθ]

鑲有花邊的織物，佈置在餐桌上。

dinner fork　正餐叉
['dɪnɚ] [fork]

一種有較大叉齒的餐叉。

dinner knife　正餐刀
['dɪnɚ] [naɪf]

一種尺寸最大的餐刀，刀刃為銅質或銀質，通常配有華麗的手柄。

dinner plate　餐盤
['dɪnɚ] [plet]

大餐盤，用於盛主菜，直徑為23-25cm左右。

dinnerware　餐具
['dɪnɚˌwɛr]

任何以金屬、玻璃和陶瓷為原料的盤、盆、刀、叉等的總稱。

dip 澆汁、醬　　　　　　　　　　　　　記住
[dɪp]

鮮奶油醬汁，也指加入魚、燻肉和洋蔥的酸鮮奶油濃湯。

dish 餐盤　　　　　　　　　　　　　　記住
[dɪʃ]

一種中心凹陷大的淺盤，用於盛放食品和菜餚，或指一盤菜。

dish butter 餐用奶油　　　　　　　　記住
[dɪʃ] [ˈbʌtɚ]

用於供早餐時塗抹麵包等，常另碟盛放，有時切成薄片。

dish rag 洗碗布　　　　　　　　　　　記住
[dɪʃ] [ræg]

與dish towel同義。

distil 蒸餾　　　　　　　　　　　　　記住
[dɪsˈtɪl]

與distilling同義。

distillation 蒸餾　　　　　　　　　　記住
[ˌdɪstl̩ˈeʃən]

與distilling同義。

distilled liquor 蒸餾酒　　　　　　記住
[ˌdɪstl̩ˈeʃən] [ˈlɪkɚ]

指乙醇濃度高於原發酵物的各種酒精飲品，一般含酒精達 35-80%。

distilling 蒸餾　　　　　　　　　　　記住
[dɪsˈtɪlɪŋ]

指將液體轉化成氣體，再凝結為液體的過程，如：純製水和酒的製備。

D.O.C. 義大利酒類產地名稱監製（義）　記住

相當於法國的AOC制，屬義大利政府對酒類品質控制的規定。

dolce　甜點、甜＝sweet（義）　　記住
['doltʃe]

與dessert同義。

dolphin　海豚　　記住
['dɑlfɪn]

哺乳動物之一，生活在海洋中。

Don Perignon　唐‧佩里尼翁（法）　　記住

名貴香檳酒品牌，17世紀，法國埃佩爾奈附近上維葉修道院僧侶所創。

dosage　添瓶　　記住
['dosɪdʒ]

香檳酒釀製工序之一，在取出瓶中沉澱酒泥後須再加入一定量的酒。

double　雙份（法）　　記住
['dʌbḷ]

烹調方法，將兩片烤餅或烤肉重疊烤製，也指將飲品或湯汁濃縮。

double boiler　套鍋（美）　　記住
['dʌbḷ] ['bɔɪlɚ]

帶蓋雙層鍋，底鍋放熱水；上鍋用於攪打各種調味汁。

double consommé　加濃清湯　　記住
['dʌbḷ] [ˌkɑnsə'me]

與consommé同義。

double cream　濃鮮奶油　　記住
['dʌbḷ] [krim]

含脂肪48%，與cream同義。

double saucepan　雙層底鍋　　記住
['dʌbḷ] ['sɔsˌpæn]

上層放食品，下層放水，食品則不會變焦，也稱套鍋。

dough 生麵團
[do]
　　　　　　　　　　　　　　　　　　　　記住

麵粉加水或其他成分，如發酵劑、起酥油、蛋和香料等揉合而成。

dough mixer 和麵機
[do] ['mɪksə·]
　　　　　　　　　　　　　　　　　　　　記住

doughnut 甜甜圈
['do͵nʌt]
　　　　　　　　　　　　　　　　　　　　記住

也稱多福餅，環狀油炸麵食，鬆脆可口。

Douro 杜羅河（葡萄牙）
　　　　　　　　　　　　　　　　　　　　記住

葡萄牙杜羅河谷生產的葡萄，可用於釀製著名的波爾特酒。

Drambuie 蘇格蘭蜂蜜酒（蘇格蘭）
[dræm'buɪ]
　　　　　　　　　　　　　　　　　　　　記住

蘇格蘭最古老、最優秀的麥芽威士忌酒，色澤金黃，味甜。

dregs 酒泥，酒渣
[drɛg]
　　　　　　　　　　　　　　　　　　　　記住

指葡萄酒的沉澱，有時也指一種暗紅色葡萄酒。

dressing 沙拉調料
['drɛsɪŋ]
　　　　　　　　　　　　　　　　　　　　記住

攪拌沙拉用的調料很多，如美乃滋、油醋醬、鮮奶油醬汁等。

dried fruit 乾果乾
[draɪd] [frut]
　　　　　　　　　　　　　　　　　　　　記住

將蘋果、桃、李、杏、梅、葡萄等加糖烘乾而成，也可自然風乾。

drink 飲料
[drɪŋk]
　　　　　　　　　　　　　　　　　　　　記住

泛指各種飲品，但西餐中常指酒類飲料，與beverage同義。

drinkable 適於飲用的
['drɪŋkəbḷ]

記住

可指飲料或酒。

drinking straw 吸管
['drɪŋkɪŋ] [strɔ]

記住

與straw同義。

drip coffee 滴濾咖啡（美）
[drɪp] ['kɔfɪ]

記住

讓沸水慢慢滴入磨碎的咖啡豆所形成的咖啡飲品，與French drip同義。

drive-in 餐廳汽車餐飲服務設施（美）
[draɪv'ɪn]

記住

駕駛人可直接開入餐廳內，購賣便於攜帶的飲料和食品，不必下車。

drumstick 雞腿下段
['drʌm͵stɪk]

記住

常指煮熟的雞腿肉，因形似鼓槌而得名。

dry 乾的、不甜的、澀
[draɪ]

記住

酒類專用，主要適用於葡萄酒。

dry gin 乾琴酒
[draɪ] [dʒɪn]

記住

即琴酒的原酒，常用作雞尾酒的基酒。

dry martini 乾馬丁尼酒
[draɪ] [mar'tinɪ]

記住

以琴酒、苦艾酒等調製的雞尾酒，以青橄欖或一片檸檬作配飾。

du jour 每日特餐（法）

記住

與plat du jour同義。

Dubonnet 多金力苦酒（法）　　　　　　　記住
[,dubə'ne]

法國一種暢銷的開胃甜酒，味甜帶苦，含有奎寧等多種調味料。

Dubonnet cocktail 杜博內雞尾酒　　　　記住
[,dubə'ne] ['kɑkˌtel]

由等量的杜博內酒和杜松子酒混合，加入冰和檸檬汁調製而成。

duck 鴨　　　　　　　　　　　　　　　記住
[dʌk]

鴨科水禽的統稱，品種多，一般分潛鴨、鑽水鴨和棲鴨三大類。

duck egg 鴨蛋　　　　　　　　　　　　記住
[dʌk] [ɛg]

指家鴨的蛋，比雞蛋大且營養豐富，但常有異味而很少用於烹飪

dulce 甜葡萄酒（西班牙）　　　　　　　記住
['dʌlse]

與sweet wine同義。

dumb waiter 菜梯　　　　　　　　　　　記住
[dʌm] ['wetɚ]

開架式冷盤菜架，可旋轉，供人們選用各種冷菜。

dumpling 湯團　　　　　　　　　　　　記住
['dʌmplɪŋ]

用發酵小麵團製成的一種麵食，可煮、蒸或放入湯內與燉煮。

durian 榴槤果　　　　　　　　　　　　記住
['durɪən]

產於馬來群島的一種灌木的果實，果肉柔軟，奶黃色，但氣味較臭。

durum wheat 杜蘭小麥　　　　　　　　　記住
['djurəm] [hwit]

由硬粒小麥磨成的麵粉，含麵筋蛋白豐富，可用於製義大利麵等。

dust 撒粉
[dʌst]

意將少量糖粉、麵粉或麵包粉均勻地撒在食品表面。

dusting powder 細粉
[ˈdusˌtɪŋ] [ˈpaudɚ]

指撒在麵團表面的麵粉或撒在烤餅模中以免黏粘的麵包粉。

Dutch gin 荷蘭琴酒
[dʌtʃ] [dʒɪn]

荷蘭產的杜松子酒，口味辣中帶甜，比其它產地的杜松子酒豐醇。

Dutch sauce 荷蘭醬汁
[dʌtʃ] [sɔs]

Dutch treat 各自付賬
[dʌtʃ] [trit]

流行於西方國家的一種消費方式，就餐各方只負擔自己消費的金額。

earthenware 陶器
['ɝθən͵wɛr]

記住

燒成溫度未到玻璃熔化點的陶器，廣泛被用作餐具和廚房器皿。

East India Sherry 東印度雪利酒
[ist] ['ɪndɪə] ['ʃɛrɪ]

記住

印度、印度支那和馬來半島等地所產，酒經充分陳化而味道醇厚。

Easter egg 復活節彩蛋
['istɚ] [ɛg]

記住

用蛋煮熟著色，染以鮮明的色彩，加上裝飾，作為復活節禮品或裝飾。

easy-open can 罐裝飲料
['izi͵opən] [kæn]

記住

金屬飲料罐，上端有一拉環，飲時只需一拉即可打開

eatable 適合食用的
['itəbl]

記住

eau 水（法）
[o]

記住

與water同義。

eau de seltz 汽水（法）

記住

與soda water同義。

eau de vie 白蘭地酒（法）

記住

意即「生命之水」，泛指任何烈性酒，一般含酒精 40-45%。

eau de vie de mare　葡萄殘渣白蘭地（法）　　記住

以蒸餾葡萄果皮、枝幹與籽等製成的白蘭地酒，風味獨特，濃烈苦澀。

eau de vie de vin　葡萄白蘭地（法）　　記住

泛指法國除去cognac，armagnac兩種酒以外的白蘭地酒，含酒精40%。

Edam　埃丹乳酪、艾登起司　　記住
['idæm]

荷蘭產半凝固狀乳酪，外塗紅色石蠟；內部深金黃色，可作小點心。

edible oil　食用油　　記住
['ɛdəbl] [ɔɪl]

泛指人類可食用的油脂，如花生油、橄欖油、芝麻油、豬油、牛油等。

edible snail　蝸牛　　記住
['ɛdəbl] [snel]

與snail同義。

eel　鰻魚　　記住
[il]

一種真骨魚類，形細長而近圓筒形，表面多黏液而光滑。

egg　蛋　　記住
[ɛg]

人類食品中的蛋白質主要來源之一。

egg apple　茄子　　記住
[ɛg] ['æpl]

與eggplant同義。

egg beater　打蛋器　　記住
[ɛg] ['bitɚ]

手動或電動的旋轉攪拌器，用來打勻雞蛋，也適用於攪拌鮮奶油等。

egg flip 熱蛋奶酒
[ɛg] [flɪp]

記住

與eggnog同義。

egg powder 蛋粉
[ɛg] ['pɑudɚ]

記住

用蛋黃經烘乾製成的粉末，保藏時間久不會變質，與dried egg同義。

egg washing 蛋漿、雞蛋液
[ɛg] ['wɑʃɪŋ]

記住

將雞蛋打勻後即成蛋漿，用於塗抹在麵團表面。

egg white 蛋白
[ɛg] [hwaɪt]

記住

也稱蛋清，是雞蛋中黏稠的白色流體部分，常用作甜點的裝飾。

egg yolk 蛋黃
[ɛg] [jok]

記住

雞蛋的中心黃色部分，含有較多的蛋白質和卵磷脂等，營養豐富。

eggcup 蛋杯
['ɛɡˌkʌp]

記住

盛放帶殼煮蛋的小瓷杯，其口徑與雞蛋相吻合，常用於英國早餐。

eggnog 蛋酒
['ɛɡˌnɑg]

記住

由雞蛋、糖、牛奶或乳脂配成的雞尾酒，一般為聖誕節飲品。

eggplant 茄子
['ɛɡˌplænt]

記住

草本植物，原產於東南亞，其果實為圓形或長圓形。

Eiswein 冰酒（德）

記住

指用經過冬天 -8℃ 霜凍葡萄釀成的優質酒。

electric mixer　電動攪拌器
[ɪˈlɛktrɪk] [ˈmɪksə]

可用於攪拌麵粉、肉粒、打蛋、打醬或打出果汁等。

émincé　薄片，肉片（法）

薄牛肉片，上蓋醬汁後放入烘箱中烤熟食用。

emincer　切成薄片（法）

常指將紅蘿蔔、蘑菇、馬鈴薯、蘋果和肉等切成薄片，與slice同義。

Empire wine　皇家葡萄酒
[ˈɛmpaɪr] [waɪn]

指在英國境內釀造並銷售的各種葡萄酒，也指英國口味的葡萄酒。

emulsifier　乳化劑
[ɪˈmʌlsɪfaɪə]

在食品製作中能使一種液體懸浮於另一種液體中的化學添加劑。

emulsion　乳化劑
[ɪˈmʌlʃən]

將杏仁或其他植物種子一起研磨成的乳狀液體，亦指經乳化的油脂。

enamel ware　搪瓷餐具
[ɪˈnæml̩] [wɛr]

俗稱琺瑯製品，指一種不透明或半透明的玻璃狀塗層，可耐酸鹼。

endive　菊苣（美）
[ˈɛndaɪv]

也稱苦苣，其葉片細長或捲曲，稱為皺葉萵苣，可作涼拌菜。

English breakfast　英式早餐
[ˈɪŋglɪʃ] [ˈbrɛkfəst]

以火腿、雞蛋為主的一種簡便早餐，配以紅茶和麵包。

English breakfast tea　英式早茶
['ɪŋglɪʃ] ['brɛkfəst] [ti]　　　　　記住

英國式早餐用茶,一般指紅茶,常需煮較長時間才能飲用。

English china　骨瓷
['ɪŋglɪʃ] ['tʃaɪnə]　　　　　記住

半透明的白色瓷器,約在1800年英國創始,也稱bone china。

English cookery　英國烹調
['ɪŋglɪʃ] ['kukərɪ]　　　　　記住

英國菜,以選料嚴格,以重視口味和烹飪品質為特征。

English marmalade　英國式果凍
['ɪŋglɪʃ] ['marml͵ed]　　　　　記住

加苦味橙皮製成的果凍甜點。

English muffin　英式鬆餅、馬芬
['ɪŋglɪʃ] ['mʌfɪn]　　　　　記住

將揉成捲的發酵麵團切成圓塊,在鐵盤上烘烤而成。

English mustard　芥末醬
['ɪŋglɪʃ] ['mʌstɚd]　　　　　記住

英式淡黃色芥末,與mustard同義。

English service　英國式餐桌服務
['ɪŋglɪʃ] ['sɝvɪs]　　　　　記住

英式服務,先由主人為客人盛湯,再依順序將湯盤傳遞給每位客人。

English wine　英國葡萄酒
['ɪŋglɪʃ] [waɪn]　　　　　記住

enology　葡萄釀酒學
[i'nalədʒɪ]　　　　　記住

葡萄釀酒的理論與應用的科學。

ensalada 沙拉（西） 記住

ensalada rusa 俄式沙拉（西） 記住

以馬鈴薯、紅蘿蔔、甜菜、豌豆、肉或火腿等作配料製成的涼拌菜。

entremes 甜點（西） 記住

與entremets同義。

entremets 甜點（法）
['ɑntrə‚me] 記住

常在主菜與水果之間上桌，現在則指正餐後上桌的甜點。

enzyme 酶
['ɛnzaɪm] 記住

由生物體細胞產生的一種有機膠質，可加速有機體內的生化反應。

épice 香料（法） 記住

調味劑，如丁香、肉桂、荳蔻或胡椒等。

erbaggi 蔬菜（義） 記住

與vegetable同義。

escargot 蝸牛（法）
[ɛskɑr'go] 記住

與snail同義。

Escoffier 埃斯考非（法） 記住

法國最偉大的烹飪名家，被尊為現代烹飪之父。

espresso 蒸汽咖啡（義）
[ɛs'prɛso] 記住

義大利式燒煮咖啡，本詞也指咖啡器皿和咖啡館。

essence 香精
['ɛsn̩s] 記住

與essential oil同義。

essential oil 精油 　　　　　　　　　　　記住
[ɪ'sɛnʃəl] [ɔɪl]

某些香草植物體內所含的揮發性物質，常用作食品調料或防腐劑。

evaporate 蒸發 　　　　　　　　　　　記住
[ɪ'væpəˌret]

指液體經表面緩慢轉化為氣體的物理過程。

evaporated milk 淡煉乳 　　　　　　　記住
[ɪ'væpəˌretɪd] [mɪlk]

將牛奶在高溫與高壓下蒸發，使體積濃縮到原來的一半且無糖。

ewe 母綿羊肉 　　　　　　　　　　　記住
[ju]

在法國常用鹽漬後食用，肉質較一般羊肉略嫩。

ewe's milk 羊奶 　　　　　　　　　　記住
[jus] [mɪlk]

extra dry 特別不甜 　　　　　　　　　記住
['ɛkstrə] [draɪ]

指酒精飲料無甜味的或稍帶甜味的，使用於香檳酒，與extra sec同義。

extra sec （香檳酒）稍甜的 　　　　　記住
['ɛkstrə] [sɛk]

含糖1.5-3%之間。

F

fadelini　細通心麵（義）

記住

其粗細介於capellini，spaghetti之間，可水煮。

family style　家常式用餐法
['fæməlɪ] [staɪl]

記住

指將飲食飯菜放在餐盤中，置於桌上，供就餐者隨意自取的方式。

farfalle　蝴蝶形通心麵（義）

記住

義大利特色麵食，可用於烘烤或煮湯。

farmer cheese　農家乳酪
['farmɚ] [tʃiz]

記住

指粗製乳酪，用全脂或脫脂牛奶經壓縮而成。

farmer sausage　農家香腸
['farmɚ] ['sɔsɪdʒ]

記住

用細絞牛、豬肉製的濃味燻香腸。

fast food　快餐
[fæst] [fud]

記住

速食，與fast food restaurant同義。

fast food restaurant　快餐館
[fæst] [fud] ['rɛstərənt]

記住

能迅速將烹調食品提供給顧客的餐館，通常出售漢堡包和清涼飲料。

fat　脂肪
[fæt]

記住

各種動植物脂肪的總稱，包括奶油、瑪琪琳、豬油，也指肥肉。

fennel 大茴香 ［記住］
['fɛnl]

歐洲出產的草本香草植物，其嫩莖可作為蔬菜食用。

ferment 酵母 ［記住］
['fɝmɛnt]

與yeast同義。

fermentation 發酵 ［記住］
[ˌfɝmɛn'teʃən]

由酵母或其他發酵物質等使糖類轉變為酒精的化學變化。

fermented bean curd 豆腐乳 ［記住］
[ˌfɝmɛn'tɪd] [bin] [kɝd]

用小塊豆腐做坯，經過發酵和醃製而成。

fermented milk 發酵乳 ［記住］
[ˌfɝmɛn'tɪd] [mɪlk]

以牛奶、羊奶等為原料，加以酵母或乳酸菌，使乳糖轉化為乳酸或酒。

fermented soya beans 豆豉 ［記住］
[ˌfɝmɛn'tɪd] ['sɔɪə] [bins]

將黃豆或黑豆泡透蒸熟，經過發酵而成，有鹹淡兩種，為菜餚調味。

fibrous 多纖維的 ［記住］
['faɪbrəs]

食品中含有一定的纖維素，能有利於消化或改善大腸的功能。

fico 無花果（義） ［記住］

與fig同義。

fidelini 細通心麵（義） ［記住］

fig 無花果 ［記住］
[fɪg]

桑科榕屬植物，原產於土耳其或印度等地，是最古老的栽培果樹之一

fig meat 無花果醬
[fɪg] [mit]
記住

以無花果粉加糖和檸檬酸製成，可用作調料。

fillet 嫩里脊肉
[ˈfɪlɪt]
記住

俗稱腓力，為豬或牛脊椎間呈長條形的嫩肉，常製成牛排。

fillet steak 腓力牛排
[ˈfɪlɪt] [stek]
記住

與fillet同義。

fine 上等白蘭地（法）
[ˌfin]
記住

與fine champagne同義。

fine champagne 上等白蘭地（法）
[ˌfin] [ʃamˈpanjə]
記住

據法國釀酒法規，只有夏朗德地區的優質干邑白蘭地才可以此命名。

fine grind （咖啡豆）細研磨
[faɪn] [graɪnd]
記住

finest old vintage 陳年優質葡萄酒
[ˈfaɪˌnɪst] [old] [ˈvɪntɪdʒ]
記住

簡稱F.O.V.，作為優質酒等級之一，受到高度重視，與vintage同義。

finger bowl 洗指缽、洗手盅
[ˈfɪŋgɚ] [bol]
記住

淺的寬口瓷碗，裝入溫水後放置於餐桌上，供客人在餐宴間使用。

finger food 用手指取食的食品
[ˈfɪŋgɚ] [fud]
記住

在西餐中依常規可直接用手取食的食品，如紅蘿蔔和麵包等。

fining 澄清　　　　　　　　　　　　　　　　記住
['faɪnɪŋ]

製酒過程，使飲料或葡萄酒通過過濾或其他方式去除懸浮物。

finished milk 成品奶　　　　　　　　　　　記住
['faɪnɪŋ] [mɪlk]

指已經過消毒殺菌過程可以裝瓶的新鮮牛奶。

Fino 菲諾酒（西）　　　　　　　　　　　　記住
['fino]

西班牙出產優質微澀不甜雪利酒，色澤淡，一般含酒精15%。

Fins Bois 芬·布瓦（法）　　　　　　　　　記住

法國干邑白蘭地酒產地，生產的酒往往再經酒商調配後販售。

first cut 頭餾分　　　　　　　　　　　　　記住
['fɝst] [kʌt]

俗稱酒頭，蒸餾酒釀製過程中最初產生的酒液，味較淡，品質不佳。

fish 魚　　　　　　　　　　　　　　　　　記住
[fɪʃ]

指各種可食的海水或淡水魚類，含豐富蛋白質、維他命、礦物質等。

fish and chips 炸魚加炸薯條　　　　　　　記住
[fɪʃ] [ænd] [tʃɪps]

英國民族風味餐之一。

fish boiler 煮魚鍋　　　　　　　　　　　　記住
[fɪʃ] ['bɔɪlɚ]

以鋁或其他金屬製成的大鍋，上有瀝水的網架，常用於煮魚。

fish chowder 魚湯、巧達湯　　　　　　　　記住
[fɪʃ] ['tʃaudɚ]

與chowder同義。

fish fork 魚叉
[fɪʃ] [fork]

記住

四齒餐叉，比沙拉叉略大，常與魚刀同時使用。

fish fry 油炸魚野餐（美）
[fɪʃ] [fraɪ]

記住

尤指一種將直接捕得的魚油炸後食用的野餐。

fish knife 魚刀
[fɪʃ] [naɪf]

記住

寬邊尖頭餐刀，用於取食各種魚類菜餚和分開魚骨等。

fish oil 魚油
[fɪʃ] [ɔɪl]

記住

從魚類或其他水生動物體內提取的脂肪油，可食用。

five spices, the 五香
[faɪv] [spaɪs] [ðə]

記住

花椒、八角、桂皮、丁香和茴香五種調味香料。

fizz 菲茲雞尾酒（美）
[fɪz]

記住

起泡雞尾酒，蘇打水、費士飲料、基酒、檸檬汁加糖等調配而成。

flagon 大肚短頸瓶
['flægən]

記住

有手柄的酒壺，用金屬或陶瓷製成，可用於盛入各種葡萄酒。

flake 碎片
[flek]

記住

指碎的魚肉或玉米片等，如corn flake。

flambé 桌邊烹調（法）
[flɑm'be]

記住

法式菜的一種獨特服務方式，在食品表面淋酒，點燃後上桌。

flame tokay　紅托卡伊酒　　　　　　　　記住
[flem] [to'ke]

匈牙利托卡伊葡萄酒，呈亮紅色，與Tokay同義。

flank　腹肋肉　　　　　　　　　　　　記住
[flæŋk]

外形成狹長條狀，位置在胸與腿肉之間，主要用於燜煮。

flat silver　餐具　　　　　　　　　　記住
[flæt] ['sɪlvɚ]

與flatware同義。

flat wine　低度酒　　　　　　　　　　記住
[flæt] [waɪn]

指不含氣泡的酒，與still wine同義。

flatware　扁平餐具　　　　　　　　　記住
['flæt,wɛr]

指扁平狀的淺餐具，如菜盆、餐盤等，以區別於碗、杯等深口餐具。

flavour　味道　　　　　　　　　　　　記住
['flevɚ]

吃東西時五官體會到的全部感覺，產於口內以甜、鹹、酸和苦為主。

flavouring　調味香料　　　　　　　　記住
['flevɚɪŋ]

fleurs de vin　酒花（法）　　　　　　記住

酒在發酵過程中，因微生物的作用而在表面產生的藍白色花絮。

Flip　飛帕雞尾酒　　　　　　　　　　記住
[flɪp]

流行於18世紀英國和美國的混合酒，用燙紅的鐵棒將酒加熱飲用。

Float 漂漂酒、漂浮 記住
[flot]

以白蘭地或利口酒為基酒的混合飲品，在酒面上漂以一層牛奶。

flor 酒花（西） 記住

西班牙雪利酒在發酵過程中會存在一種不可預見的泡沫，稱為酒花。

Florentine, à la 佛羅倫斯式（法） 記住

以菠菜作墊底，上置魚或蛋，澆以莫內醬汁，再撒上乳酪屑的菜式。

flounder 比目魚 記住
['flaundə]

亦稱偏口魚，是多種身體扁平的海水魚類的統稱。

flour¹ 麵粉 記住
[flaur]

由小麥精磨而成的細粉，尤指排除麩皮的混合麥粉，可製糕點和麵包。

flour² 穀粉 記住
[flaur]

如黑麥、大麥、蕎麥、稻米等，也指馬鈴薯粉、香蕉粉等。

flouring 撒粉 記住
[flaurɪŋ]

指在即將入油鍋炸的魚、肉或麵食外先塗蛋漿或麵粉的初加工過程。

fluidounce 液量盎司 記住
['fluɪdˌauns]

液體容量單位，美制約合1/16品脫；英制約合1/20品脫。

foam 泡沫 記住
[fom]

指啤酒等在開瓶倒入杯中時，在酒面形成的漂浮潔白的微細泡沫。

foie 肝（法）
[fwa]

與liver同義。

foie gras 肥鵝肝（法）
[fwa'gra]

用強製餵食法催肥的鵝肝，質地細膩堅實，呈粉紅色

fold 調拌，混合
[fold]

把較稀的原料均勻地調入較稠的原料中。

Folle Blanche 白福爾葡萄（法）

法國夏朗德地區的一種白葡萄品種，味酸，用於釀製普通葡萄酒

fond 高湯（法）

與stock同義。

fond blanc 白色高湯（法）

以小牛肉或雞肉為主煮成的高湯，常加入麵粉而成乳白色濃汁。

fond brun 棕色高湯（法）

以牛肉、野味或羊肉熬煮而成，與fond blanc同義。

fondue 火鍋（法）
[fan'dju]

起源於瑞士的一種鄉村烹調方法。

fondue au fromage 乳酪火鍋（法）

fondue fork 涮肉叉
[fan'dju] [fork]

細長的通常有二個尖齒的肉叉，用於烹飪時涮肉。

Fontainebleau 楓丹白露（法）
['fɑntɪnˌblo']

記住

法國巴黎以南60公里小鎮上的宮殿，風景秀麗，以葡萄酒和乳酪著稱。

food 食物；食品
[fud]

記住

一般指固體狀食品，為人體維持生長、提供熱量的主要來源。

Food and Agriculture Organization （聯合國）糧食及農業組織
[fud] [ænd] ['ægrɪˌkʌltʃɚ] [ˌɔrgənə'zeʃən]

記住

聯合國的常設機構之一。

food flavouring 調味料
[fud] ['flevɚɪŋ]

記住

指經化學合成的液體香精，由精油、果汁及其他調香劑配製而成。

food mixer 電動食品攪拌機
[fud] ['mɪksɚ]

記住

與food processor同義。

food poisoning 食物中毒
[fud] [pɔɪsn̩ɪŋ]

記住

因食用含有毒素食物而引起的疾病，症狀主要有嘔吐、腹瀉、腹痛等。

food preservation 食品保藏
[fud] [ˌprɛzɚ'veʃən]

記住

指採用冷凍、乾製、醃漬等方法，保存食品使之免於自然變質的技術。

food processor （多功能）食品加工處理器
[fud] ['prɑsɛsɚ]

記住

forbidden fruit 柚子
[fɚ'bɪdn̩] [frut]

記住

該詞字面含義為禁果，據說是夏娃在天國花園中受引誘而食的果實。

fork 餐叉
[fɔrk]
記住

一端為手柄，另一端為叉齒的進食用具。

fouille-au-pot 砂鍋，燉鍋（法）
記住

fowl 家禽
[faul]
記住

指飼養或家養以取得肉、蛋為主的禽類，是人類的主要食品。

foxy （葡萄酒）蔓藤味的
['faksi]
記住

美國康科德（Concord）地區產的葡萄酒所具有的特殊氣味。

fraise 草莓（法）
記住

與strawberry同義。

Fraise, Crème de 奶油草莓香甜酒（法）
記住

fraise des bois 歐洲草莓（法）
記住

野生草莓，與strawberry同義。

framboise 覆盆子（法）
記住

與raspberry同義。

Francaise, à la 法國式（法）
記住

指以雞蛋和麵包粉裹的炸馬鈴薯泥，填以蔬菜丁、蘆筍尖等餡料。

frangelico 榛子香甜酒（義）
記住

frappé¹ 冰奶飲料（法）
[fræ'pe]
記住

用凍牛奶和冰淇淋等攪拌成泡沫狀，加香料而成的一種半稠飲料。

frappé² 碎冰酒（法）
[fræ'pe]
記住

餐後雞尾酒，碎冰調配利口酒盛入高杯而成。

free-run 自流汁
[fri͵rʌn]

葡萄在充分成熟時自然破裂流出的汁液，其甜度比榨汁的高。

freeze drying 冷凍乾燥
[friz] [draɪɪŋ]

快速乾燥方法，使食品中的水分處於高度真空的冷凍狀態昇華。

freezer 冷凍箱
['frizɚ]

指家用冰箱存放冷凍食品用的部分，溫度一般可保持在-18℃以下。

freezing 冷凍
['frizɪŋ]

用低溫抑制微生物生長以保鮮食品的方法，近年來發展速凍法

freezing point 冰點
['frizɪŋ] [pɔɪnt]

一般指水結冰時的溫度，即0℃或32℉。

french 切成長條
[frɛntʃ]

將食材切成細長條的加工方法。

French bread 法國麵包
[frɛntʃ] [brɛd]

帶有一層松脆麵包皮的開縫麵包，也指各式各樣的法國麵包。

French chop 法國羊排
[frɛntʃ] [tʃɑp]

在肋骨末端取肉加以修整，再套上扇形紙飾。

French dressing 法式沙拉調料
[frɛntʃ] ['drɛsɪŋ]

由橄欖油、鹽、醋、檸檬汁和胡椒、芥末及其他香料製成的調味料。

French fries　法式炸薯條　　　　　　　　　記住
[frɛntʃ] [fraɪz]

French ice cream　法式冰淇淋　　　　　　　記住
[frɛntʃ] [aɪs] [krim]

以乳脂、蛋黃和牛奶為配料製成的冰淇淋。

French pastry　法式鬆餅　　　　　　　　　記住
[frɛntʃ]['pestrɪ]

以蛋糊、水果等作餡的一種酥麵點心，通常用油酥麵團製成。

French roast　法式咖啡　　　　　　　　　　記住
[frɛntʃ] [rost]

指炒得較焦色的深色咖啡。

French service　法式餐桌服務　　　　　　　記住
[frɛntʃ] ['sɚvɪs]

高級餐飲服務方式，以小餐車在客人面前烹調菜餚為特色。

French toast　法式吐司　　　　　　　　　　記住
[frɛntʃ] [tost]

將麵包片浸入牛奶雞蛋麵糊中，取出後迅速煎炸或烘烤而成。

French wines　法國葡萄酒　　　　　　　　　記住
[frɛntʃ] [waɪns]

fresh　新鮮的　　　　　　　　　　　　　　記住
[frɛʃ]

該詞有多種含義，如食品未經加工的、冰凍的或淡的、未加調料的。

fridge　電冰箱　　　　　　　　　　　　　　記住
[frɪdʒ]

與refrigerator同義。

fried chicken 炸燻肉（美） 記住
[fraɪd] [ˈtʃɪkɪn]

美國西部牛仔俚語。

fried egg 煎蛋 記住
[fraɪd] [ɛg]

俗稱荷包蛋，與poached egg同義。

friedcake 甜甜圈，炸麻花 記住
[ˈfraɪdˌkek]

有各種形狀，如圈形、條狀或球狀等。

frige 電冰箱（縮） 記住
[frɪdʒ]

與refrigerator同義。

fritter 多拿滋、油炸餅 記住
[ˈfrɪtɚ]

一指素炸餅即油炸的麵糊，另指裹菜泥的脆炸餅，或是炸肉餅。

friture 油炸（法） 記住

frog 蛙 記住
[frɑg]

fromage 乳酪（法） 記住
[frɔˈmɑʒ]

與cheese同義。

fromage blanc 鮮奶酪（法） 記住

全脂或脫脂牛奶製成，未經發酵，或加入鮮奶油調味。

fromage bleu 藍紋乳酪（法） 記住

與blue cheese同義。

fromage de soja 豆腐（法） 記住

與bean curd同義。

fromage glacé 冰淇淋（法） 記住

與ice cream同義。

froth 泡沫 記住
[frɔθ]

與foam同義。

frozen pudding 凍布丁 記住
['frozn̩] ['pudɪŋ]

營養豐富的甜牛奶蛋糊食品，與ice pudding同義。

fruit 水果 記住
[frut]

多種木本或草本植物果實的總稱，種類多，屬主食品。

fruit brandies 水果白蘭地 記住
[frut] ['brændis]

用果汁或果仁發酵並蒸餾而成的烈性酒。

fruit cocktail 什錦水果沙拉 記住
[frut] ['kɑkˌtel]

由酸味水果和甜味水果做成的什錦涼拌，常用葡萄酒來調香。

fruit cup 什錦水果杯 記住
[frut] [kʌp]

一份有水果的冰淇淋，可作為開胃品或甜點。

fruit knife 水果刀 記住
[frut] [naɪf]

有裝飾的金屬刀具，可用於水果的去皮、去核和切片等。

fruit liqueur 水果利口酒 記住
[frut] [lɪˈkɚ]

將水果浸入純白蘭地酒而成的甜味酒或用果汁加烈性酒調配而成。

fruit punch 果汁賓治
[frut] [pʌntʃ]　　　　　　　　　　　　　　　　記住

混合清涼飲料，以果汁、汽水和葡萄酒等調配而成。

fruit salad 水果沙拉
[frut] [ˈsæləd]　　　　　　　　　　　　　　　　記住

原汁水果碎丁，常用罐頭水果切碎拌製，色澤對比強烈。

fruit soup 冷水果羹
[frut] [sup]　　　　　　　　　　　　　　　　　　記住

以漿果、蘋果及桃、梨等水果製成。

fruit squeezer 榨汁器
[frut] [ˈskwizɚ]　　　　　　　　　　　　　　　　記住

fruit wine 果子酒
[frut] [waɪn]　　　　　　　　　　　　　　　　　記住

用各種水果釀成的酒，不包括葡萄酒，可家釀或販售。

fruitcake 水果蛋糕
[ˈfrutˌkek]　　　　　　　　　　　　　　　　　　記住

以果仁、麵粉、蜜餞、雞蛋、乾果作配料的蛋糕，用白蘭地酒調香。

fruity 果香味濃的
[ˈfrutɪ]　　　　　　　　　　　　　　　　　　　記住

葡萄酒品質標準之一。

frutta 水果（義）　　　　　　　　　　　　　記住

與fruit同義。

fry 炸
[fraɪ]　　　　　　　　　　　　　　　　　　　　記住

食物調理方式之一，與frying同義。同時也可泛指油炸的食品。

frying 炸　　　　　　　　　　　　　　　　記住
[fraɪˈɪŋ]

指將食品全部浸沒在沸油中加熱的食品烹飪方法。

frying basket 瀝油網籃　　　　　　　　　記住
[fraɪˈɪŋ] [bæskɪt]

frying pan 油炸鍋　　　　　　　　　　　記住
[fraɪˈɪŋ] [pæn]

指長柄平底鍋，俗稱法蘭盤，一般用金屬製成。

full-bodied （酒體）醇厚的　　　　　　　記住
[ˈfʊlˌbadɪd]

一般指香味濃郁、口味豐厚而酒精含量較高等幾個方面。

fumé 煙燻的（法）　　　　　　　　　　　記住

與smoke同義。

fumé blanc 蘇維翁白葡萄（法）　　　　　記住

與Sauvignon Blanc同義。

fumet 燉肉濃汁（法）　　　　　　　　　記住
[ˈfjumɪt]

濃縮的燉肉原汁，由魚、肉等加蘑菇、蔬菜用文火長時間燉煮而成。

fungus 真菌　　　　　　　　　　　　　　記住
[ˈfʌŋgəs]

植物類，無葉綠素，菌絲體中有明顯的細胞核，部份可食。

funnel 漏斗　　　　　　　　　　　　　　記住
[ˈfʌnl̩]

一種圓錐形容器，中央有孔並呈管狀長頸，用於協助灌裝液體或粉末。

fusilli 螺旋形細麵條（義）　　　　　　　記住

與tortiglioni同義。

g　克（縮）　　　　　　　　　　　記住

gram的縮寫，公制重量單位，約0.035盎司。

galantine　肉凍捲（法）　　　　記住
['gælənˌtin]

亦指雞凍，製法是將肉或雞煮酥爛後使其自然凝凍。

gallery tray　高邊銀托盤　　　　記住
['gælərɪ] [tre]

與tray同義。

Galliano　加里亞諾酒（義）　　　記住

義大利產的一種香草利口酒，色澤金黃，盛入細長獨特的高頸酒瓶。

gallon　加崙　　　　　　　　　　記住
['gælən]

液體單位，英制1加崙等於4.546公升；美制等於3.785公升。

Gamay　加美葡萄（法）　　　　　記住
[gæ'me]

法國勃根地與Beaujdais兩地出產的著名深色葡萄釀成的紅葡萄酒。

Gamay Beaujolais　博酒萊加美葡萄（法）　記住
[gæ'me] [ˌbojə'le]

美國加州培育出產的稱為黑比諾葡萄品種。

game　野味　　　　　　　　　　　記住
[gem]

指野獸、野禽的肉，野味肉質鮮美，但較粗老，是公認的美味佳餚。

garbage disposal unit 廚房垃圾處理系統
['garbɪdʒ] [dɪ'spozl̩] [junɪt]

記住

連接廚房下水道的電動攪碎機，可粉碎廚房垃圾後沿下水道排出。

garden stuff 園藝蔬菜
['gardn̩] [stʌf]

記住

亦指經精心培育的園藝水果，與garden vegetable同義。

garden vegetable 園藝蔬菜
['gardn̩] ['vɛdʒətəbl̩]

記住

泛指在家庭後園中培育的各種蔬菜，別於農村大規模生產的蔬菜

garlic 大蒜
['garlɪk]

記住

多年生草本植物，地下鱗莖味辛辣，有刺激性氣味。

garlic bolt 蒜苗
['garlɪk] [bolt]

記住

與garlic sprouts同義。

garlic bread 大蒜奶油麵包片
['garlɪk] [brɛd]

記住

法式或義式的奶油麵包片，烘焙到鬆脆時食用。

garlic butter 蒜泥奶油
['garlɪk] ['bʌtɚ]

記住

調入大蒜泥的食用奶油，常用作調味料或塗抹於麵包上作為配料。

garlic dill pickles 大蒜蒔蘿泡菜
['garlɪk] [dɪl] ['pɪkls]

記住

以大蒜和蒔蘿調味的醃黃瓜泡菜。

garlic mustard 蒜芥
['garlɪk] ['mʌstɚd]

記住

有大蒜香味的芥菜植物，與mustard同義。

garlic oil　蒜油
['garlɪk] [ɔɪl]

記住

黃色香精油，有強烈的蒜味，可用作調味料。

garlic powder　純大蒜粉
['garlɪk] ['paudɚ]

記住

高級調味料，市面有販售品。

garlic salt　大蒜鹽
['garlɪk] [sɔlt]

記住

以大蒜粉和鹽製成的混合物，多用作調味料。

garlic sprouts　蒜苗
['garlɪk] [spraut]

記住

蒜的花軸，可做蔬菜食用，含有大蒜素，氣味辛刺。

garnish　（飲料）裝飾物
['garnɪʃ]

記住

用以增加飲料色和味的輔助食品，常佈置在主菜的周圍或中央。

garniture　飾菜（法）
['garnɪtʃɚ]

記住

與garnish同義。

gastronomy　烹調法
[gæs'tranəmɪ]

記住

指對食物選擇、烹飪、供應和享受的過程。

gâteau　蛋糕，糕餅（法）
[gæ'to]

記住

一般比較鬆軟，上飾以果醬、鮮奶油、水果等，與cake同義。

gazpacho　西班牙冷湯（西）
[gas'pako]

記住

西班牙安達魯西亞風味冷湯。

Gebäck 蛋糕；麵包（德） 記住

gelatin 吉利丁
['dʒɛlətn̩]

能形成膠凍的動物蛋白質，主要用於食品生產和家庭烹飪。

gelatin dessert 水果甜凍
['dʒɛlətn̩] [dɪˈzɜ˞t]

加入草莓、櫻桃、蘋果等香料的果凍甜點，外觀裝飾，香甜可口。

gelato 冰淇淋（義）

與ice cream同義。

generic wine 原產地型葡萄酒
[dʒɪˈnɛrɪk] [waɪn]

使用原產地盛產的葡萄釀造且以該產地名命名的葡萄酒，如勃根地。

geneva 荷蘭杜松子酒
[dʒəˈnivə]

該詞源於法語genièvre，意為杜松子。

German mustard 德式芥末醬
['dʒɝmən] ['mʌstɚd]

以龍蒿香料、酒和辛辣料製成的芥末調味醬。

German sausage 德國香腸
['dʒɝmən] ['sɔsɪdʒ]

德式大臘腸，以豬肉、牛肉、小牛肉、肝、燻肉和血混合製成

German wines 德國葡萄酒
['dʒɝmən] [waɪns]

Germany 德國
['dʒɝmənɪ]

Getreidekümmel 茴香酒（德）

以茴香和蘭芹等調香的利口酒。

Gewürz 調味品（德）

泛指各種調味料和香料。

Gewürztraminer 香葡萄（德）

法國阿爾薩斯地區、德國、東歐等地產的一種辛辣味的香葡萄。

Gibson 吉布森雞尾酒（美）
['gɪbsn̩]

以馬丁尼酒為基酒、加入苦艾酒和小洋蔥為配料混合而成。

gimlet[1] 螺絲錐
['gɪmlɪt]

有柄的尖形工具，可用於刺穿酒桶取酒。

gimlet[2] 螺絲錐雞尾酒
['gɪmlɪt]

用發泡酸橙汁加糖和杜松子酒的混合飲品。

gin 琴酒
[dʒɪn]

亦稱杜松子酒，屬香料型蒸餾酒。

gin and it 琴酒與苦艾酒

混合雞尾酒，為gin and Italian vermouth的縮寫。

gin fizz 杜松子汽酒
[dʒɪn] [fɪz]

以杜松子酒調配蘇打水而成的氣泡飲品。

gin rickey 琴酒汽水
[dʒɪn] ['rɪkɪ]

一種高腳杯飲品，用琴酒、檸檬汁和蘇打水調配而成。

gin sour 酸味琴酒
[dʒɪn] ['saur]

加安古斯吐拉苦精、檸檬汁、糖和冰塊的雞尾酒，以琴酒作基酒。

ginger 薑
['dʒɪndʒɚ]

薑科多年生草本植物，原產於東南亞，其根莖芳香而辛辣。

ginger ale 薑汁汽水
['dʒɪndʒɚ] [el]

亦稱乾薑水，甜味發泡飲品，常用於稀釋烈性酒。

ginger beer 薑汁啤酒
['dʒɪndʒɚ] [bir]

用生薑、水、糖、酒石酸和酵母等混合發酵製成，含酒精2%。

ginger cake 薑餅
['dʒɪndʒɚ] [kek]

ginger champagne 薑汁香檳（美）
['dʒɪndʒɚ] [ʃæm'pen]

不含酒精的美國混合飲品，用薑汁代替酒類加其他配料混合而成。

ginger liqueur 薑汁利口酒
['dʒɪndʒɚ] [lɪ'kɚ]

用生薑根浸入烈性酒而製成的一種餐後酒。

ginger root 薑根
['dʒɪndʒɚ] [rut]

呈棕色的多節根，含有濕潤的黃色根肉，辣味較生薑強烈。

ginger wine 薑汁酒
['dʒɪndʒɚ] [waɪn]

在葡萄酒中加入生薑汁、果汁和其他辛香料。

gingerade 薑汁啤酒
[ˈdʒɪndʒɚˈred] 記住

與ginger beer同義。

gingerbread 薑餅
[ˈdʒɪndʒɚˈbrɛd] 記住

以糖蜜和生薑為主要配料的糕餅。

ginkgo 銀杏，白果
[ˈgɪŋko] 記住

俗稱公孫果，是原產於中國的一種高大闊葉喬木的果實。

ginseng 人參
[ˈdʒɪnˌsɛŋ] 記住

多年生草本植物，其肉質主根肥大，味略苦甜，屬名貴滋補藥品。

girdle 平底淺鍋
[ˈgɝdl̩] 記住

圓形鐵板，做烤餅時用的炊具，與griddle同義。

glacé de sucre 糖霜（法） 記住

將糖粉與蛋白混合攪拌形成蛋白糖霜（蛋糕裝飾）。

glacé de viande 肉汁（法） 記住

將牛肉、雞肉或豬肉加骨等熬濃收縮到膠凍狀，作為醬汁的增稠料。

glass 玻璃器皿
[glæs] 記住

指以玻璃製成的各種容器、餐具、酒瓶、酒杯等，與glass shapes同義。

glass shapes 酒杯形狀
[glæs] [ʃeps] 記住

glassware 玻璃器皿
[ˈglæsˌwɛr] 記住

總稱，泛指玻璃製的全部容器和餐具等，與glass同義。

glaze¹　上釉汁
[glez]
　　記住

烤肉加熱時產生的肉汁調味後，反覆澆在肉或雞上，增加賣相。

glaze²　糖漿
[glez]
　　記住

用於使糕點增加光澤，外形美觀。

Glenfiddich　格蘭菲迪思
　　記住

蘇格蘭最著名的純麥芽威士忌中一種，由少數幾個家庭式酒坊釀製

globefish　河豚
['glob͵fɪʃ]
　　記住

glucose　葡萄糖
['glukos]
　　記住

單糖的一種，可經植物的光合作用合成，或由澱粉酶分解而成。

goat　山羊
[got]
　　記住

goat's milk　山羊奶
[gots] [mɪlk]
　　記住

山羊奶的蛋白質與脂肪含量高，氣味較強烈，可製作羊奶酪和蛋糕。

goblet　高腳玻璃酒杯
['gɑblɪt]
　　記住

同時可指用金屬製的高腳水杯。

Goldbeerenauslese　金黃色白葡萄酒（德）
　　記住

與Auslese同義。

golden egg roll　雞蛋麵包
['goldn̩] [ɛg] [rol]
　　記住

以蛋黃、植物色素和藏紅花等作配料發酵烘焙，色金黃味濃香。

golden fizz 金黃氣泡酒
['goldn] [fɪz] 　記住

由杜松子酒、檸檬汁、蘇打水、蛋黃配製而成。

golden gin 金杜松子酒
['goldn] [gɪn] 　記住

最早產於16世紀的荷蘭，是從發酵的穀物漿汁中蒸餾而來的一種烈酒。

golden syrup 金黃色糖漿
['goldn] ['sɪrəp] 　記住

蜂蜜、轉化糖和澱粉糖漿混合而成，常用於餐桌上的調味品。

goose 鵝
[gus] 　記住

gooseberry 醋栗
['gus‚bɛri] 　記住

產於北半球的灌木果樹，亦稱鵝莓。

gooseberry sauce 鵝莓醬汁
['gus‚bɛri] [sɔs] 　記住

供搭配鴨、鵝和鯖魚等的調味醬。

goosefish 鮟鱇
　記住

鮟鱇科約12種可食用魚種的統稱，產於世界暖海或溫帶海洋。

Gordon's Dry Gin 戈登乾琴酒
['gɔrdən's] [draɪ] [gɪn] 　記住

英國的老牌杜松子酒，口味乾冽爽。

Gorgonzola 戈爾貢佐拉乳酪（義）
[‚gɔrgən'zolə] 　記住

義大利倫巴第的米蘭地區出產的藍紋牛乳乳酪。

Gouda 高達奶酪 `記住`
['gɑudə]

荷蘭產半硬質牛奶酪，以產地命名，為薄圓環形，外塗黃色石蠟。

goulash 菜燉牛肉、匈牙利燉牛肉 `記住`
['gulæʃ]

匈牙利傳統燉菜，始於9世紀馬札爾牧羊人。

gourmet 美食家 `記住`
['gurme]

對食品有深入的研究，見多識廣且有豐富的品嚐經驗的專家。

grain 穀物，穀粒 `記住`
[gren]

穀物類，如小麥、燕麥、稻米、小米等。

grain alcohol 糧穀酒精 `記住`
[gren] ['ælkə,hɔl]

與grain spirit同義。

grain spirit 糧穀白酒 `記住`
[gren] ['spɪrɪt]

用穀物，尤指用玉米和麥芽等釀製而成的酒，如威士忌等。

grain whiskey 糧穀威士忌 `記住`
[gren] ['hwɪskɪ]

蘇格蘭產出的主要烈酒品種，用未經發芽的小麥釀造。

Gran Spumante 格蘭酒（義） `記住`

義大利生產的不含糖氣泡葡萄酒，按法國香檳法生產

grana reggiano 勒佐奶酪（義） `記住`

有刺激味的全脂硬質奶酪，產於艾米利亞地區，與帕馬乳酪口感相似。

Grand Marnier 格朗馬尼耶酒 `記住`

也叫橙味利口酒，色澤金黃，有橙子的芳香，酒味醇厚可口。

grand moussex　多氣泡的（法） 記住

酒類術語，指香檳酒瓶內具有較高的壓力，因而產生的氣泡也較多。

Grande Champagne　大香檳酒（法） 記住

僅限於法國大香檳地區生產的科涅克型白蘭地酒。

grande cuisine　法式大餐（法） 記住

16世紀起發展成的法式名菜，菜色豐富、裝飾精美且服務品質優。

Grant's　格蘭特酒
[grænt] 記住

蘇格蘭威士忌酒品牌，歷史悠久，口味微甜。

granulated sugar　砂糖
[ˈɡrænjəˌletɪd] [ˈʃuɡɚ] 記住

經過離心過篩和結晶等過程而製成的顆粒食糖，分赤砂與白砂兩種。

grape　葡萄
[grep] 記住

葡萄科植物，品種多樣，原產於北溫帶，已有數千年的栽培史。

grape brandy　純葡萄白蘭地
[grep] [ˈbrændi] 記住

經由葡萄酒蒸餾而成的白蘭地，以區別於其他水果白蘭地。

grape juice　生葡萄汁
[grep] [dʒus] 記住

可直接飲用，但大多用於釀酒。

grapefruit　葡萄柚
[ˈɡrepˌfrut] 記住

亦稱柚、文旦或朱欒，芸香科柑橘類球形果實。

grapefruit juice　葡萄柚汁
['grep͵frut] [dʒus]

記住

常製成罐裝飲料，分為含糖與無糖兩種。

grapefruit knife　葡萄柚刀
['grep͵frut] [naɪf]

記住

有鋸齒的彎形小刀，用於切開葡萄柚及去核等。

grapefruit oil　葡萄柚油
['grep͵frut] [ɔɪl]

記住

芳香的黃色揮發油，從葡萄柚的新鮮果皮中提取而成，可用作香料。

grapefruit spoon　葡萄柚匙
['grep͵frut] [spun]

記住

有鋸齒邊緣的小匙，用於切開或挖出葡萄柚的果肉。

grappa　果渣白蘭地（義）
['grɑpə]

記住

義大利的澀（不甜）味葡萄渣白蘭地，與marc同義。

gras　肥肉（法）

記住

與fat同義。

gras-double　牛肚（法）

記住

烹飪時加入火腿、大蒜、蔬菜和香料植物佐味，與tripe同義。

grass　生菜
[græs]

記住

亦指生菜沙拉，與cos lettuce同義。

grass carp　草魚，鯇
[græs] [kɑrp]

記住

一種可食用的以水草為食的淡水魚，屬鯉科，肉味美。

grasshopper　蚱蜢雞尾酒
[ˈgræsˌhapɚ]　　　　　　　　　　　　　記住

用薄荷甜酒、可可香草甜酒等調製而成的著名雞尾酒。

grasso　（肉）肥的（義）　　　　　記住

與fat同義。

grate　將（乳酪）擦屑、磨粉
[gret]　　　　　　　　　　　　　　　記住

用餐飲器具將乳酪等食品磨成細末或細絲。

gratinate　焗烤乳酪（食品）　　　　記住

於食品表面蓋上一層乳酪屑，然後放在烤板或烤箱下方烘烤。

gratuite　贈品（法）　　　　　　　記住

指餐廳中免費供應的點心或飲料等。

gravy　肉汁；（作調味用的）滷
[ˈgrevɪ]　　　　　　　　　　　　　　記住

以馬鈴薯、麵粉或香料、葡萄酒加肉汁調製而成的調味滷汁。

gravy boat　船形肉滷盤
[ˈgrevɪ] [bot]　　　　　　　　　　　記住

盤淺，一邊有嘴，另一邊有手柄，並配以底盤，用於端送肉汁。

gravy sauce　肉汁醬汁
[ˈgrevɪ] [sɔs]　　　　　　　　　　　記住

將烤肉時滴下的肉汁加入各種調味料和增稠劑製成的佐餐用醬汁。

grease　肥肉
[gris]　　　　　　　　　　　　　　　記住

與fat同義。

greasy　含脂肪的，多脂肪的
[ˈgrizɪ]　　　　　　　　　　　　　　記住

Greek wines 希臘葡萄酒
[grik] [waɪns]

早在拜占庭時代，希臘就以釀製葡萄酒著稱。

green¹ （酒）新釀的
[grin]

green² 生的
[grin]

泛指肉半生不熟或未經醃燻的，水果未成熟的或其他食品未煮熟等。

green Chartreuse 綠夏特赫斯酒
[grin] [ʃɑr'truz]

法國17世紀格勒諾布爾苦修會修士初創，以一百多種芳香草藥釀造。

green crab 青蟹
[grin] [kræb]

生長於沿海淡水中的食用蟹。

green goods 綠葉蔬菜
[grin] [gudz]

指青綠色葉子的各種蔬菜，一般含有豐富的維他命和礦物質。

green onion 嫩洋蔥
[grin] ['ʌnjən]

一般常帶有莖葉，用於涼拌，與onion同義。

green pepper 青椒
[grin] ['pɛpɚ]

亦稱甜椒，是一種未熟透的青辣椒，可用作涼拌或炙烤。

green tea 綠茶
[grin] [ti]

將茶的嫩芽置於高溫中烘烤，破壞茶葉中的酶，使其停止發酵而製成。

green turnip 青蘿蔔
[grin] ['tɝ.nɪp]

記住

根莖類蔬菜，與蘿蔔外形相似呈青綠色，與turnip同義。

Grenache 格雷那什葡萄（法）

記住

法國、西班牙和美國等地的葡萄品種果香濃郁，色淡味醇。

grenadine 石榴糖漿（法）
[ˌgrɛnəˈdin]

記住

甜味果汁糖漿，以少量酒和石榴汁調配而成，可用作雞尾酒的調味。

grid 爐柵
[grɪd]

記住

與gridiron同義。

griddle 鏊、剪板煎鍋
['grɪdl]

記住

一種平底淺鐵鍋，呈圓形，中心稍凸，用於煎蛋、肉片和烙餅等。

gridiron 烤架
['grɪdˌaɪə·n]

記住

一種金屬網格，可直接放置需加以炙烤的食品。

grill¹ 烤架
[grɪl]

記住

與gridiron同義。

grill² 燒烤
[grɪl]

記住

在敞開的烤架或鐵板上燒烤各種肉類、雞或魚等，同時塗以鹵汁。

grill bar 烤肉酒吧
[grɪl] [bɑr]

記住

一種提供炭烤牛肉為主的餐廳。

grill car 快餐車
[grɪl] [kɑr]

通常供短途旅客就餐的車廂，其設備和供應的餐飲較簡單和便宜。

grillardin 烤肉廚師（法）

指在大餐廳中負責燒烤肉類食品的專職廚師。

grilled meat 烤肉
[grɪld] [mit]

置於鐵絲網或鐵板上用明火直接烤熟的牛、羊肉。

grind 碾碎，磨碎
[graɪnd]

指用磨子將穀物類碾碎成粉末狀。

grinder 絞肉機（美）
['graɪndɚ]

grindstone 磨刀石
['graɪndˌston]

傳統的磨製刀具的石塊，現在大多用電動磨刀機。

grist 麥芽
[grɪst]

大麥經人工處理後長出的幼芽，可用於釀造酒類或作麥芽糖。

grocer 食品雜貨商
['grosɚ]

出售食品和雜貨的商店。

grocery 食品雜貨店
['grosəri]

groom's cake 結婚蛋糕
[grums] [kek]

常呈寶塔形，上飾巧克力與鮮奶油等花飾與wedding cake同義。

ground rice 米粉
[graund] [raɪs]

記住

Gruyère 格呂耶爾乳酪（法）
[gruˈjɛr]

記住

瑞士的全奶硬質乳酪，色澤淡黃，有果仁味，經壓榨乾燥而成。

guava 番石榴
[ˈgwɑvə]

記住

桃金娘科喬木或灌木植物，產於熱帶美洲，品種多樣。

Guinea corn 高粱
[ˈgɪni] [kɔrn]

記住

Guinea fowl 珠雞
[ˈgɪni] [faul]

記住

原產於幾內亞的一種家禽，羽毛有白色斑點，類似珍珠，可食用。

Guinea pepper 朝天番椒
[ˈgɪni] [ˈpɛpɚ]

記住

產於非洲的喬木果實，有芳香辣味，可用作調味品。

gunpowder tea 珠茶
[ˈgʌnˌpaudɚ] [ti]

記住

指中國綠茶，因葉片搓成圓形顆粒狀形似珍珠而得名。

Guyenne 吉耶訥（法）

記住

法國地區名，以菌塊、大蒜、洛克福爾乳酪和鵝肝醬等食品聞名於世。

haddock 黑線鱈魚 ⬜記住
['hædək]

產於大西洋北部水域。

hake 狗鱈 ⬜記住
[hek]

亦稱牙鱈或無鬚鱈,產於大西洋海域。

half-done 半熟的 ⬜記住
['hæf,dʌn]

Ham 火腿 ⬜記住
[hæm]

新鮮的或經過鹽漬、煙燻和乾燥醃製的豬後腿,也可用豬肩部肉代替。

Hamburg 漢堡雞(德) ⬜記住
['hæmbɝg]

紅冠青腳的小種雞,原產於德國漢堡而得名。

hamburger 漢堡包 ⬜記住
['hæmbɝgɚ]

指發源於漢堡的熟牛肉餅。

hamburger roll 漢堡麵包 ⬜記住
['hæmbɝgɚ] [rol]

一種圓形麵包,用於夾入牛肉餅,製成漢堡包。

hamburger steak 漢堡牛排 ⬜記住
['hæmbɝgɚ] [stek]

以絞細的碎牛肉加入各種調料而成，用於夾入漢堡包中作為添加物。

hang　風乾微腐　　　　　　　　　　　　　　　記住
[hæŋ]

將野雞、鹿肉或牛肉等懸掛，使其在空氣中老熟陳腐、風乾

hangover　宿醉　　　　　　　　　　　　　　　記住
['hæŋˏovɚ]

大量飲酒後身體感到不適，頭痛甚至噁心昏迷。

happy hour　快樂時間、免費時間　　　　　　　記住
['hæpɪ] [aur]

指正餐前二個小時左右飲雞尾酒或其他飲料的時間。

hard　1.硬的，老的　2.（酒）含酒精度高的　　記住
[hard]

hard crab　硬殼蟹　　　　　　　　　　　　　記住
[hard] [kræb]

hard nut　堅果，硬果　　　　　　　　　　　記住
[hard] [nʌt]

一種果殼與果仁均較硬實的果實，一般含油脂量及蛋白質均較高

hard sauce　甜鮮奶油汁　　　　　　　　　　記住
[hard] [sɔs]

用鮮奶油和糖製成，加入蘭姆酒或白蘭地調味用於耶誕蛋糕布丁

hard water　硬水　　　　　　　　　　　　　記住
[hard] ['wɔtɚ]

指含相當濃度的鈣、鎂和鐵的離子的水，硬水不宜飲用。

hard-boiled　（蛋）煮得老的　　　　　　　記住
['hardˏbɔɪld]

蛋白與蛋黃都已凝固。也叫硬煮蛋。

hare 野兔 記住
[hεr]

與家兔外形相似，體形較大，肉質肥嫩。

haricot de mouton 菜豆燉羊肉（法） 記住

法國菜，以羊肉為主要原料，加蕪菁、馬鈴薯等配菜燉煮。

Haut-Brion 上布利昂酒（法） 記住

法國上等波爾多紅葡萄酒，產於格拉夫地區，名聲顯赫。

haute cuisine 高級烹飪（法） 記住

指最高水準的烹飪技術和美食藝術。

Hawaii 夏威夷 記住
[hə'waɪji]

Hawaiian punch 夏威夷賓治 記住
[hə'waɪjən] [pʌntʃ]

混合果汁，以菠蘿、香蕉和柑桔汁等調配而成。

hazelnut 榛子 記住
['hezḷˌnʌt]

head 酒頭 記住
[hεd]

也稱頭餾分，是蒸餾酒生產過程中最先蒸餾出的酒分，品質較差。

head lettuce 結球萵苣 記住
[hεd] ['lɛtɪs]

也叫捲心萵苣，外形為堅實緊密的球狀萵苣。

heart 心 記住
[hart]

動物的下水之一，尤指羊心與小牛心。

heart cherry　心形櫻桃
[hart] [ˈtʃɛrɪ]

記住

西班牙櫻桃，因外形呈心形而得名味甜柔軟。

Heering's cherry brandy　丹麥櫻桃白蘭地
[ˈhɛrɪŋs] [ˈtʃɛrɪ] [ˈbrændi]

記住

含酒精24.5%。與cherry heering同義。

hen　母雞
[hɛn]

記住

指出生超過1年的雌雞，重量在2公斤以下，肉質鮮嫩。

Hennesy　軒尼詩白蘭地（法）

記住

法國的著名干邑白蘭地，口味溫和舒適。

herb　芳草植物、花草植物
[hɝb]

記住

烹調中用於調香的各種芳香草本植物。

herb butter　香草奶油
[hɝb] [ˈbʌtɚ]

記住

將新鮮植物香料切細末，拌以奶油和檸檬汁作成三明治的塗料。

herb liqueurs　芳草利口酒
[hɝb] [lɪˈkɝ]

記住

以富有香味的草本植物為主要調味料的各種利口酒，如茴香酒等。

herb of kings　王者之香
[hɝb] [ɑv] [kɪŋs]

記住

即羅勒，古希臘人十分推崇其優雅濃烈的香味。

herb tea　香茶
[hɝb] [ti]

記住

在沸水中泡以草本香草植物，據說有滋補作用和醫療價值。

herb vinegar　香草醋
[hɝb] [ˈvɪnɪgɚ]
　　記住

將新鮮或乾香料植物放入罐中，以醋浸沒，存放三周以上製作調味汁。

hickory　山核桃
[ˈhɪkərɪ]
　　記住

產於美洲的一種喬木的堅果，與普通核桃屬於不同的品種。

high wine　烈酒
[haɪ] [waɪn]
　　記住

highball　高飛球杯酒（美）
[ˈhaɪˌbɔl]
　　記住

也叫開波酒，用威士忌或白蘭地等烈酒作基酒，摻入水或汽水調成

hog　閹公豬
[hɑg]
　　記住

尤指已長足的，重120磅以上的飼養豬。

hog's fat　豬脂
[hɑgs] [fæt]
　　記住

依附於豬腰與肋骨間的板油，用於製血腸布丁或其他餡料。

hog's grease　豬油
[hɑgs] [gris]
　　記住

與hog's fat同義。

hold over　宿醉
[hold] [ˈovɚ]
　　記住

與hang over同義。

hollandaise　酸辣醬（法）
　　記住

亦稱荷蘭醬汁，是一種蛋黃鮮奶油醬汁，加醋或檸檬汁等調味。

Hollands 荷蘭琴酒
['hɑləndz]

記住

與Dutch gin同義。

Holy Communion 聖餐
['holi] [kə'mjunjən]

記住

基督教新教的宗教儀式，教徒們領取少量餅和酒食用，以紀念耶穌。

home-brew 家釀酒
[hom bru]

記住

指家釀啤酒。

home-freezing 冷凍
[hom 'frizɪŋ]

記住

指在溫度攝氏零下18度的家用冰箱冷凍櫃保存食品。

home-made wines and beers 家釀葡萄酒與啤酒
['hom,med] [waɪns] [ænd] [birs]

記住

通常指家釀蘋果酒和蜂蜜酒等。

homogenised milk 均脂牛奶
[ho'mɑdʒə,naɪzd] [mɪlk]

記住

牛奶加壓通過小孔使脂肪分解且均勻分佈，以提高其品質與口感。

honey 蜂蜜
['hʌnɪ]

記住

由蜜蜂釀製的可食黏液，含有豐富的果糖、礦物質和維生素

honey bee 蜜蜂
['hʌnɪ] [bi]

記住

牙買加雞尾酒名，以蘭姆酒、蜂蜜和酸橙汁調製而成。

honey biscuit 蜂蜜餅乾
['hʌnɪ] ['bɪskɪt]

記住

用乾發酵粉發起的脆餅乾，上塗蜂蜜和奶油。

honey cake 蜂蜜蛋糕
['hʌnɪ] [kek]

記住

以蜂蜜替代糖焙烘成的蛋糕。

honey dew 蜜香瓜
['hʌnɪ] [dju]

記住

白色甜瓜品種，味甜多汁，氣味芳香。

honey peach 水蜜桃
['hʌnɪ] [pitʃ]

記住

其果實的核小，汁多味甜，優品質水果。

honeydew melon 香瓜
['hʌnɪ] ['mɛlən]

記住

也稱蜜瓜或白蘭瓜，表皮光滑，果肉甜，汁多且可口。

hood 廚房抽風機
[hud]

記住

也叫脫油排煙器，吸風罩式動力抽風裝置，可排除油煙。

hop 啤酒花
[hɑp]

記住

也叫忽布或蛇麻子花，主要用於啤酒的調味和調香。

Horlick's 好力克

記住

英國Horlick公司生產的一種麥乳精飲品，以麥精與牛奶為主要原料。

horned orange 佛手柑
[hɔrnd] ['ɔrɪndʒ]

記住

生長於亞洲的一種觀賞植物，果味很香，果肉分叉似人手指。

horse's neck 馬頸
[hɔrs] [nɛk]

記住

指雞尾酒中作裝飾的檸檬皮或橙皮等，常捲成旋狀細條。

horseradish 辣根
['hɔrsˌrædɪʃ]

記住

十字花科多年生耐寒草本植物，味辛辣，可用作調味劑。

horseradish sauce 辣根醬汁
['hɔrsˌrædɪʃ] [sɔs]

記住

芬蘭式醬汁的一種，用辣根粉加肉汁、奶油、麵粉和醋等調配而成。

hot brown 布朗三明治
[hɑt] [brɑun]

記住

以雞肉、燻肉和火腿為夾餡料的三明治，用乳酪作配料。

hot cake 薄煎餅
[hɑt] [kek]

記住

與pancake同義。

hot dog 熱狗
[hɑt] [dɔg]

記住

又稱frankfurter，一種濃味混合肉類香腸，習慣夾在圓柱形麵包中。

hot oven 快速烘箱
[hɑt] ['ʌvən]

記住

爐溫可迅速升到250℃以上，便於快速烘烤食品。

hot sandwich 熱三明治
[hɑt] ['sændwɪtʃ]

記住

僅一面烤熱的三明治，可隨意夾餡。

hot sauce 辣醬汁
[hɑt] [sɔs]

記住

泛指加入辣椒作配料的各種調味醬汁。

hot toddy 熱托迪酒
[hɑt] ['tɑdɪ]

記住

一種香甜熱酒，以白蘭地或威士忌等加糖和香料並用熱水沖飲。

hotplate 保溫瓶具 `記住`
[ˈhɑtplet]

可攜帶的食品加熱器，其外殼有熱水夾層，具有加熱與保溫的功能。

huitre 牡蠣（法） `記住`

肉質鮮嫩的海鮮類，可入菜。

hulled rice 糙米 `記住`
[hʌld] [raɪs]

穀皮未被完全脫掉的白米，纖維素、無機鹽和維生素B等含量高。

Hungarian paprika 匈牙利辣椒粉 `記住`
[hʌŋˈgɛrɪən] [pæˈprikə]

一種別有風味的紅辣椒粉，略有刺激味，與Hungarian pepper同義。

Hungarian sausage 匈牙利香腸 `記住`
[hʌŋˈgɛrɪən] [ˈsɔsɪdʒ]

用豬肉和牛肉做的辣味生燻香腸。

Hungarian wines 匈牙利葡萄酒 `記住`
[hʌŋˈgɛrɪən] [waɪns]

hunter style 獵人式 `記住`
[ˈhʌntɚ] [staɪl]

番茄葡萄酒醬汁，與Chasseur, à la同義。

husk 果殼 `記住`
[hʌsk]

泛指穀物的外殼、豆類的莢、玉米苞葉和種子的殼等。

hydrogenated fat 氫化油、油酥 `記住`
[ˈhaɪdrədʒənˌetɪd] [ɔɪl]

經催化加氫使植物油硬化，用的作麵點的油酥。

IBA 國際酒吧協會（縮） 記住

International Bartenders'Association的縮寫

ICA 國際廚師協會（縮） 記住

International Chefs Association的縮寫

ice 冰 記住
[aɪs]

調酒用的小冰塊或冷凍用大冰塊。

ice bucket 冰桶 記住
[aɪs] [ˈbʌkɪt]

裝冰塊的桶，供冷凍或冰鎮香檳酒及白葡萄酒用。

ice cellar 冰窖（美） 記住
[aɪs] [ˈsɛlɚ]

其溫度常接近冰點，一般挖在地下，供放置食品或飲料。

ice chest 冰箱 記住
[aɪs] [tʃɛst]

與refrigerator同義。

ice cream 冰淇淋 記住
[aɪs] [krim]

冷凍奶製品，由乳脂、牛奶、糖和其他調味料製成。

ice cream cone 蛋捲冰淇淋 記住
[aɪs] [krim] [kon]

於錐形捲筒中盛入各式口味的冰淇淋。

ice cream fork　冰淇淋叉　　　　　記住
[aɪs] [krim] [fɔrk]

匙式叉，末端有三短齒，用於取食冰淇淋。

ice cream pie　冰淇淋派　　　　　記住
[aɪs] [krim] [paɪ]

包入冰淇淋為餡的派。

ice cream scoop　冰淇淋勺　　　　記住
[aɪs] [krim] [skup]

常以不鏽鋼或銅製成，呈勺形，有柄，可挖取冰淇淋球。

ice crusher　碎冰機　　　　　　　記住
[aɪs] [ˈkruʃɚ]

用於打碎冰塊，以調製雞尾酒。

ice cube　小冰塊　　　　　　　　記住
[aɪs] [kjub]

用於加入飲料和雞尾酒等。

ice milk　牛奶凍　　　　　　　　記住
[aɪs] [mɪlk]

使用脫脂牛奶製成的軟質冰淇淋。

ice pick　（餐桌上的）碎冰錐　　記住
[aɪs] [pɪk]

ice tea　冰茶　　　　　　　　　　記住
[aɪs] [ti]

通常指冰鎮過的紅茶，有時加入檸檬汁或其他配料。

ice tong　冰夾　　　　　　　　　記住
[aɪs] [tɑŋ]

用來夾取小方冰塊的夾子。

iced 冰鎮的
[aɪst]

記住

指飲料等含有碎冰塊的,與chilled同義。

iced coffee 冰咖啡
[aɪst] [ˈkɔfɪ]

記住

咖啡中常加入糖、鮮奶油或少量白蘭地酒作配料調味。

iced drink 加冰飲料,冰沙
[aɪst] [drɪŋk]

記住

俗稱刨冰,以果汁飲料和碎冰屑組成的一種冷飲。

icing 糖衣
[ˈaɪsɪŋ]

記住

用食糖、奶油、牛奶及香料等混合而成,塗在糕點表面而成糖衣酥皮。

icing sugar 糖粉
[ˈaɪsɪŋ] [ˈʃugə]

記住

精煉的細質白糖,用於糕點和甜點等的裝飾,與icing同義。

Idaho potato 愛達荷馬鈴薯(美)
[ˈaɪdəˌho] [pəˈteto]

記住

美國一種連皮烤的大馬鈴薯常配鮮酸奶油食用,亦可用油炸馬鈴薯。

imitation milk 代乳品
[ˌɪməˈteʃən] [mɪlk]

記住

以非奶食品依照奶粉營養成分和營養價值經人工仿製而成的食品。

Indian potato 甘薯
[ˈɪndɪən] [pəˌteto]

記住

與sweet potato同義。

indigestion 消化不良
[ˌɪndəˈdʒɛstʃən]

記住

消化系統的功能障礙,常有腹部不適、噁心、嘔吐和腹瀉等症狀。

inflation 膨脹
[ɪn'fleʃən]

指乳酪或罐頭等因變質引起的體積變大現象。

記住

infuse 浸泡，浸漬
[ɪn'fjuz]

將固體泡入液體中。

記住

infusion 浸劑
[ɪn'fjuʒən]

將香料植物或草藥浸於液體中，經提取有療效成分後製成。

記住

inn 旅館、飯店
[ɪn]

供旅客住宿並供應膳食的建築設施。

記住

insalata 沙拉（義）

與salad同義。

記住

instant 即溶的
['ɪnstənt]

指粉末狀沖劑，如咖啡和桔子粉等可直接沖入沸水飲用。

記住

instant coffee 速溶咖啡
['ɪnstənt] ['kɔfɪ]

將磨細的咖啡粉末攪拌以配料，方便即沖即飲

記住

instant food 沖泡式飲品
['ɪnstənt] [fud]

粉狀的咖啡、可可、奶粉等，可直接沖入沸水製成飲料。

記住

instant milk 即溶奶粉
['ɪnstənt] [mɪlk]

以全脂鮮牛奶或脫脂牛奶加工研磨成粉末，可用溫水直接沖泡飲用。

記住

Institut National des Appellations d'Origine I
（酒類）原產地監製委員會　　記住

負責酒類的制定和審查，對酒的生產進行全面的品質監管的專業機構

intense 濃郁的　　記住
[ɪn'tɛns]

尤指酒類等香味濃烈的。

intermediate moisture foods 半乾食品、軟點心　　記住
[ˌɪntɚ'midɪət] ['mɔɪstʃɚ] [fudz]

指介於乾食品（如餅乾）和濕食品（如果汁）之間的鬆軟食品。

International Bartenders' Association 國際酒吧協會　記住
[ˌɪntɚ'næʃənl] ['barˌtɛndɚz] [əˌsosɪ'eʃən]

國際酒吧經營者組織，旨在促進成員國的交流，培養同業專業人員。

International Chefs Association 國際廚師協會　　記住
[ˌɪntɚ'næʃənl] [ʃɛfs] [əˌsosɪ'eʃən]

總部設在加拿大的溫哥華，成立於1947年，現有50多個成員國。

intoxication 酒精中毒　　記住
[ɪnˌtaksə'keʃən]

Irish coffee 愛爾蘭咖啡　　記住
['aɪrɪʃ] ['kɔfɪ]

餐後飲料，加入愛爾蘭威士忌、糖和鮮奶油，可不攪拌即飲。

Irish coffee liqueur 愛爾蘭咖啡利口酒　　記住
['aɪrɪʃ] ['kɔfɪ] [lɪ'kɚ]

愛爾蘭威士忌作基酒，加入咖啡、蜂蜜和各種香料調製的利口酒。

Irish Mist Liqueur 愛爾蘭霧酒　　記住
['aɪrɪʃ] [mɪst] [lɪ'kɚ]

蜂蜜加香利口酒，以格蘭蜜斯特酒作基酒，含酒精40%。

Irish whiskey　愛爾蘭威士忌
[ˈaɪrɪʃ] [ˈhwɪskɪ]

記住

主要以麥芽釀製的威士忌，有獨特的風味。

it　義大利苦艾酒（縮）

記住

與Italian vermouth同義。

Italian beef　義大利牛肉
[ɪˈtæljən] [bif]

記住

美國的一種廉價辣味熟牛肉。寓意義大利人喜歡濃辣的調料。

Italian chestnut　甜味板栗
[ɪˈtæljən] [ˈtʃɛsˌnʌt]

記住

與chestnut同義。

Italian cookery　義大利烹調
[ɪˈtæljən] [ˈkukɚɪ]

記住

Italian corn salad　義大利生菜
[ɪˈtæljən] [kɔrn] [ˈsæləd]

記住

歐洲南部出產的一種肉質植物，常用於涼拌菜。

Italian dressing　義大利調味汁
[ɪˈtæljən] [ˈdrɛsɪŋ]

記住

指加有大蒜和薄荷的拌沙拉調汁。

Italian paste　營養麵條
[ɪˈtæljən] [pest]

記住

以小麥為主製成的乾麵條，特指通心粉，起源於義大利。

Italian roast　義大利式焙炒法
[ɪˈtæljən] [rost]

記住

指將咖啡炒得較黑的一種方法，泡製的咖啡味較苦。

Italian sandwich　義大利三明治
[ɪ'tæljən] ['sændwɪtʃ]

記住

將整只長形麵包對半切開，當中夾肉、乳酪和蔬菜等。

Italian vermouth　義大利苦艾酒
[ɪ'tæljən] ['vɝ·muθ]

記住

一種有甜味的苦艾酒，也稱義大利味美思。

Italian wines　義大利葡萄酒
[ɪ'tæljən] [waɪns]

記住

jack 蘋果白蘭地　　　　　　　　　記住
[dʒæk]

與applejack同義。

Jack & Rose Cocktail 傑克玫瑰　　記住
[dʒæk ņ roz] [ˈkɑkˌtel]

以蘋果白蘭地為基酒，調入檸檬汁、紅石榴糖漿和冰塊的雞尾酒。

jacketed pan 套鍋　　　　　　　　記住
[ˈdʒækɪˌtɪd] [pæn]

與double boiler同義。

jam 果醬　　　　　　　　　　　　記住
[dʒæm]

以水果煮熟加糖製成的稠厚甜味醬，可用作餡或麵包抹醬等。

Jamaica rum 牙買加蘭姆　　　　　記住
[dʒəˈmekə] [rʌm]

以甘蔗糖汁和蔗渣經緩慢發酵而製成的烈性酒。

jambon 火腿（法）　　　　　　　　記住

與ham同義。

jambon de Paris 巴黎火腿（法）　　記住

未經煙燻或僅經微燻的去骨火腿，與jambon blanc同義。

jambon de Parme 帕馬火腿（法）　　記住

義大利風味火腿，主要以帕馬乳酪調味。

japan 日本漆器　　　　　　　　　　　　　　　記住
[dʒəˈpæn]

光亮薄胎漆器，色澤以烏黑為主，綴以各種艷麗的圖案

Japan tea 日本茶　　　　　　　　　　　　　記住
[dʒəˈpæn] [ti]

指未經發酵的淡色綠茶。

Japanese cookery 日式料理　　　　　　　記住
[ˌdʒæpəˈhiz] [ˈkukɚɪ]

jar [dʒɑr] 廣口瓶　　　　　　　　　　　　　記住

大口無頸容器，用玻璃或陶瓷製成，用於盛放食品。

jasmine 茉莉花　　　　　　　　　　　　　　記住
[ˈdʒæsmɪn]

園藝觀賞花卉，常晒乾後用於泡茶或在烹調中作調香料。

jasmine tea 茉莉花茶　　　　　　　　　　記住
[ˈdʒæsmɪn] [ti]

將常綠灌木茉莉花的白色花瓣經乾製後且燻製的茶葉，香味濃郁。

Java 爪哇雞　　　　　　　　　　　　　　　記住
[ˈdʒɑvə]

原產於印尼爪哇島的培育雞，世界著名雞種之一。

Java tea 爪哇茶　　　　　　　　　　　　　記住
[ˈdʒɑvə] [ti]

產於印尼爪哇島的茶葉品種，據說有滋補作用。

jellied consommé 吉利丁清湯　　　　　　記住
[ˈdʒɛlɪd] [ˌkɑnsəˈme]

清湯煮成後用吉利丁凝固，冷凍後食用，風味獨特。

jellied egg 全蛋凍　　　　　　　　　　　　記住
[ˈdʒɛlɪd] [ɛg]

將軟煮蛋放入肉凍中,製成的菜餚名稱。

jelly　果凍 ［記住］
['dʒɛlɪ]

將水果或蔬菜汁加糖煮沸,加入果膠、吉利丁等,冷卻後即為成品。

jelly meat　肉凍 ［記住］
['dʒɛlɪ] [mit]

以肉或魚加吉利丁製成的膠凍狀食品。

jelly powder　果凍粉 ［記住］
['dʒɛlɪ] ['paudə]

以食用吉利丁加果汁香料等製成,可製成果凍。

jellyfish　海蜇 ［記住］
['dʒɛlɪˌfɪʃ]

亦稱水母,外形為透明有傘蓋狀的海洋軟體動物。

Jerusalem artichoke　菊芋 ［記住］
[dʒəˈrusələm] ['artɪˌtʃok]

也稱洋薑,菊科向日葵,屬植物,其地下塊莖呈不規則長圓形。

jeune　（食品）新鮮的;（酒）新釀的（法） ［記住］
[ʒɝn]

Johannisberger　約翰尼斯堡酒（德） ［記住］
[dʒoˈhænɪsˌbɝg]

德國西部出產白葡萄酒,為德國最優秀品質的酒,依產地命名。

jubilé　節日式（法） ［記住］

Jubilée ['dʒubli]　**火燒** ［記住］

與flambé同義。

Jubilée port　慶典葡萄酒 ［記住］
['dʒubli] [port]

1897年，為紀念英國女王維多利亞即位60周年而釀造的優品質葡萄酒。

jug 大口水壺　記住
[dʒʌg]

有柄和壺嘴的水罐，用於盛放啤酒或其他液體，作為餐宴時的容器。

juice 汁　記住
[dʒus]

泛指果汁、肉汁和蔬菜汁等，果汁中比較常見的有檸檬汁和柳橙汁等。

juice extractor 榨果汁機　記住
[dʒus] [ɪk'stræktɚ]

可用於榨橙汁和檸檬汁等。

juicy 多汁的　記住
['dʒusi]

指多汁的水果，如梨、檸檬等，或指肉類在烹調時產生鮮嫩的肉汁。

julep 薄荷飲料（美）　記住
['dʒulɪp]

流行於美國南部的混合飲料。

julienne, à la 切成絲的（法）　記住

指肉或蔬菜切成細絲的烹調方法，有時指菜絲湯，也稱朱利安清湯。

juniper 杜松　記住
['dʒunəpɚ]

又稱刺柏，含幾十種芳香常綠喬木或灌木，可製香料或作釀酒配料。

junk food 劣質食物、垃圾食物　記住
[dʒʌŋk] [fud]

尤指經過化學加工的高熱量但無其他營養價值的食品。

jus [ʒus] 汁（法）　記住

與juice同義。

Kabinnet 珍品酒（德） 記住

酒類專業術語，指值得收藏的珍貴葡萄酒。

Kaffee 咖啡（德） 記住
['kɑfi]

與coffee同義。

kahlúa 咖啡利口酒（西） 記住

原產於墨西哥，其風格與Tia Maria不同，含酒精26.5%。

kale 羽衣甘藍 記住
[kel]

十字花科類，耐寒的蔬菜，含有豐富的維他命，常用於煮甘藍湯。

Kamikaze 神風雞尾酒（日） 記住
[ˌkɑmɪ'kɑzi]

以檸檬汁、橘味酒和伏特加調配而成。

kasher 猶太食品 記住
['kɑʃɚ]

keemun 祁門紅茶（中） 記住

屬著名的中國紅茶，很受西方國家重視，與black tea同義。

Kentucky ham 肯德基火腿（美） 記住
[kən'tʌkɪ] [hæm]

指煙燻火腿，以山核桃殼、玉米棒或檫樹木為燻製燃料加工而成。

Kg. 公斤（縮） 記住

kilogram的縮寫。

kidney　腰　記住
['kɪdnɪ]

泛指豬、牛、羊等的可食腎臟，烹調方法一般為炒或煮湯。

kidney bean　菜豆　記住
['kɪdnɪ] [bin]

也稱菜豆、四季豆或腰豆，為一種一年生草本植物。

kilo　公斤（縮）　記住

kilogram的縮寫。

kilocalorie　千卡、大卡　記住
['kɪlə,kælərɪ]

營養學上表示熱量的單位。參考calorie。

kilogram　千克　記住
['kɪlə,græm]

也稱公斤，公制重量單位，約合2.21磅。

kimchi　泡菜（韓）　記住
[kɪmtʃhi]

專指朝鮮泡菜，味酸辣，其中醃黃瓜是不可缺少的配菜。

king, à la　澆以奶汁的（法）　記住

烹調方法之一，將食物切成小粒，浸泡在鮮奶油白醬中攪拌而成。

king salmon　王鮭（美）　記住
[kɪŋ] ['sæmən]

也稱大鱗大馬哈魚，產於北太平洋水域，肉呈紅色，重可達100磅。

Kir　基爾酒　記住

由黑醋栗利口酒和白葡萄酒調製成的開胃酒。

Kirsch 櫻桃白蘭地（德）
['kɪrʃ]

無色乾味白蘭地酒，常以黑櫻桃汁為原料發酵蒸餾而成。

kirschwasser 櫻桃白蘭地（德）
['kɪrʃˌvasɚ]

產於德國黑森林地區，是同類酒中品質最好的，有獨特風味。

kitchen 廚房
['kɪtʃɪn]

擁有各種烹調設備如烤箱、深油炸鍋或各種炊事用具的加工場所。

kitchen brush 廚房刷
['kɪtʃɪn] [brʌʃ]

用於廚房設備清洗的各種規格刷子，常以豬鬃、尼龍或金屬絲製成。

kitchen car （火車的）餐車
['kɪtʃɪn] [kɑr]

與diner同義。

kitchen equipment 廚具設備
['kɪtʃɪn] [ɪ'kwɪpmənt]

泛指廚房中的全套餐具和廚具。

kitchen helper 幫廚
['kɪtʃɪn] ['hɛlpɚ]

指廚房下階工作人員。

kitchen stuff[1] 蔬菜
['kɪtʃɪn] [stʌf]

或指供烹調食品的總稱。

kitchen stuff[2] 廚房下腳
['kɪtʃɪn] [stʌf]

尤指鍋上刮下的油垢。

kitchenette　小廚房（法）
[ˌkɪtʃɪnˈɛt]

空間佈置緊湊而且設備齊金與kitchen同義。

記住

kitchenware　廚具
[ˈkɪtʃɪnˌwɛr]

與kitchen equipment

記住

kiwi　鷸鴕
[ˈkiwi]

俗稱幾維鳥，為產於紐西蘭的無翼鳥，外形略似家雞。

記住

kiwi fruit　奇異果
[ˈkiwi] [frut]

與Chinese gooseberry同義。

記住

kiwi liqueur　奇異果利口酒
[ˈkiwi] [lɪˈkɝ]

紐西蘭出產的開胃利口酒，色澤淡綠，果香濃郁，含酒精40%。

記住

knead　揉，捏（麵團）
[nid]

將麵團用力壓緊磋揉，使其均勻一致，屬麵製品的初加工過程。

記住

kneading-trough　和麵槽
[nidɪŋ trɔf]

過去為木製圓盆，現改為用輕質金屬盆，常用於攪拌與揉和麵團等。

記住

knife　刀
[naɪf]

廚房用刀也叫菜刀，大小和形狀依用途不同而各異。

記住

kinfe case　刀叉盒
[naɪf] [kes]

成對地放置在餐具櫃內，供存放刀叉等餐具的皮盒或木盒。

記住

knife grinder 磨刀機
[naɪf] [ˈgraɪndɚ]

記住

安裝有磨刀石的砂輪,為廚具一種。

knife rest 餐刀架
[naɪf] [rɛst]

記住

在餐桌上用於放置餐刀。

knife sharpener 砥桿、操刀
[naɪf] [ˈʃɑrpn̩ɚ]

記住

切肉時磨刀用的小鐵桿。

kola nut 可樂果
[ˈkolə] [nʌt]

記住

梧桐科可樂果樹的堅果,原產於熱帶非洲常含有咖啡因,味澀。

Kraut 德式酸菜(德)
[kraut]

記住

kümmel 蒔蘿利口酒(德)
[ˈkɪml̩]

記住

配料中有荷蘭產葛縷子等,常用於調配雞尾酒,或稱茴香酒。

kumquat 金橘
[ˈkʌmkwɑt]

記住

芸香科金橘屬常綠小喬木,果實呈橘黃色圓形;果肉微酸、多汁。

La Mancha 拉曼查（西）　　　　記住

位於西班牙中部的釀酒區域，包括馬德里以南的幾個省。

La Rioja 拉里奧哈（西）　　　　記住

位於西班牙東北的釀酒地名，在阿拉瓦省等地。

label （酒）標籤　　　　記住
['lebḷ]

指貼在酒瓶上記載酒名、產地、葡萄品種、釀酒商、釀造年代等資料。

lactose 乳糖　　　　記住
['læktos]

有機化合物，為白色結晶狀粉末，存在於哺乳動物的乳汁中。

ladle 長柄湯勺　　　　記住
['ledḷ]

一種帶曲柄的半球形大湯勺，用於盛湯和麥粥等。

Lafite, Château 拉斐特酒（法）　　　　記住

法國梅鐸地區的頭苑紅葡萄酒，起源於1800年。與château同義。

lait 牛奶（法）　　　　記住

與milk同義。

lamb 羔羊肉　　　　記住
[læm]

指出生不滿一年的小羊的肉。

langue 舌（法） 記住
[laŋg]

如牛舌或豬舌等，可烹飪為菜餚，與tongue同義。

lard 豬油 記住
[lard]

用豬的脂肪經熬煉而得的油脂，屬優質烹調與烘焙用油脂。

larding needle 嵌肥肉針 記住
[lardɪŋ] ['nidl̩]

末端為空心開叉的大針，用於將肥肉嵌入瘦肉中，與larding pin同義。

lasagne 寬麵條、千層麵（義） 記住
[lə'zanjə]

扁寬的義大利麵條，常加入乳酪、肉末和番茄醬等作調味料食用。

lasagne alla bolognese 波隆納風味寬麵條（義） 記住

以波隆納香腸佐味的滷汁麵條。

late bottled 陳年酒 記住
[let] ['batl̩d]

酒類專業術語，將酒先在木桶中陳釀3-6年之後裝瓶後再繼續陳化。

Latour, Cuâteau 拉吐爾酒（法） 記住

法國梅鐸地區產的頭苑紅葡萄酒，早在18世紀就已出口到英國。

latte 奶，牛奶（義） 記住
['late]

與milk同義。

laurel 月桂 記住
['lɔrəl]

樟科月桂屬常綠灌木或小喬木，也稱甜月桂。

lavender 薰衣草　　　　　　　　　　記住
['lævəndɚ]

唇形科香草植物，原產地中海沿岸國家，現已人工栽培以取得香精油。

Lazy Susan 餐桌轉盤　　　　　　　記住
['lezɪ] ['suzn̩]

置於餐桌中央便於就餐者取用的可轉動圓盤。

lecithin 卵磷脂　　　　　　　　　　記住
['lɛsəθɪn]

存在於雞蛋黃、動物腦中的營養物質。

leek 韭蔥　　　　　　　　　　　　　記住
[lik]

百合科耐寒植物，與洋蔥相似。

lees 酒泥，酒垢　　　　　　　　　　記住
[liz]

葡萄酒等在發酵過程中或老熟過程中產生於桶底的沉澱物。

légume 蔬菜（法）　　　　　　　　記住
[lɪ'glum]

lemon 檸檬　　　　　　　　　　　　記住
['lɛmən]

雲香科小喬木的果實，外形圓，果肉味極酸，富含維他命C。

lemon gin 檸檬琴酒　　　　　　　　記住
['lɛmən] [dʒɪn]

以檸檬代替杜松子調香的琴酒。

lemon grass 香茅草　　　　　　　　記住
['lɛmən] [græs]

香草植物，有檸檬香味，可提取棕黃色香精油，用於食品調香。

lemon thyme　檸檬百里香 記住
['lɛmən] [taɪm]

有檸檬香味的野生香草植物，可用於烹飪。

lemon twist　轉檸檬皮 記住
['lɛmən] [twɪst]

插在雞尾酒杯邊緣作為點綴用的意思。

lemonade　檸檬汽水 記住
['lɛmən'ed]

碳酸飲料，用檸檬汁加糖和水等配製而成，少數為發泡飲料。

lichen　地衣 記住
['laɪkən]

真菌和藻類的結合體，可作食品、藥物和染料等。

light whiskey　美國淡威士忌 記住
[laɪt] ['hwɪskɪ]

窖藏4年以下色味較淡的威士忌酒。

lime　萊姆 記住
[laɪm]

栽培於熱帶地區的喬木果實，果皮薄，果肉柔軟多汁味酸。

lime juice cordial　酸橙香汁 記住
[laɪm] [dʒus] ['kɔrdʒəl]

以整只酸橙的汁經濃縮後加檸檬汁、糖、色素和防腐劑製成。

liqueur　甘露酒 記住
[lɪ'kɝ]

俗稱利口酒，為香甜型蒸餾酒，酒精含量達24-60%。

liqueur galliano　加利亞諾酒（義） 記住

義大利出產的香味利口酒，該酒以義大利最早的歌劇作家命名。

liqueur glass 甘露酒杯
[lɪ'kɝ] [glæs]

記住

高腳玻璃小酒杯，用以裝利口酒，容量為1盎司。

liqueur jaune 黃色利口酒（法）

記住

指法國的夏特赫斯酒。

liquor 烈性酒
['lɪkɚ]

記住

指白蘭地、蘭姆和威士忌等含酒精度較高的酒，與spirit同義。

liver 肝
['lɪvɚ]

記住

liver paste 肝泥醬
['lɪvɚ] [pest]

記住

將肝煮熟後經碾碎過濾而成。

livestock 家畜
['laɪvˌstɑk]

記住

人類飼養的哺乳類動物的總稱。

loaf 長方麵包、塊狀食品
[lof]

記住

指蛋糕、乳酪、香蕉塊或巧克力等。

loaf pan 麵包斗
[lof] [pæn]

記住

長方形烤斗，用於烤製麵包或點心。

lobster 海螯蝦
['lɑbstɚ]

記住

俗稱龍蝦，海產甲殼類動物，廣泛分佈各海洋中，屬名貴的食用蝦。

loin　腰肉
[lɔɪn]

記住

指牛、羊或豬的腰部肉和裡脊肉與sirloin同義。

loin chop　（豬、羊等的）腰肉排
[lɔɪn] [tʃɑp]

記住

Loire Valley　羅瓦爾河谷

記住

法國主要釀酒區，風景秀麗，氣候濕潤，土壤肥沃，菜餚種類多。

London Gin　倫敦琴酒
['lʌndən] [dʒɪn]

記住

指在倫敦地區釀製的乾性杜松子酒，通常含酒精40%。

long drink　長飲酒
[lɔŋ] [drɪŋk]

記住

指用高杯盛裝的含冰塊雞尾酒。

Lorraine　洛林乳酪（法）
[lo'ren]

記住

法國洛林地區產的全脂牛乳乳酪，重6公斤，含乳脂40-45%。

Lorraine, à la　洛林式（法）

記住

指用紅葡萄酒煮紅葉包心菜，並用辣根和煎馬鈴薯丸作配料的菜餚。

lotus seed　蓮子
['lotəs] [sid]

記住

蓮屬植物的種子，含澱粉質，可用作食品搭配。

Louis XIV　路易十四

記住

法國國王，在位期間頗有政績，被譽為「太陽王」。

love apple　番茄
[lʌv] ['æpl]

記住

俚稱，即西紅柿，最早從1578年從摩洛哥經義大利傳遍歐洲。

low tea 簡易茶點、下午茶之低茶
[lo] [ti]

以區別英式下午茶的簡單的茶點，常指碳酸飲料和小餅乾。

記住

low-calorie food 低熱量食品
[loˈkælərɪ] [fud]

指含有較少脂肪和澱粉的食品，如水果、蔬菜等。

記住

low-proof （酒）含酒精度低的
[ˈloˌpruf]

記住

lunch 午餐
[lʌntʃ]

介於早餐與晚餐之間的中餐。

記住

lunch wagon 餐車
[lʌntʃ] [ˈwægən]

與diner同義。

記住

luncheon 午餐會
[ˈlʌntʃən]

指比較正式的由數人共進的午餐，或可伴隨一些事務性談話內容。

記住

Luxembourg wines 盧森堡葡萄酒
[ˈlʌksəmˌbɚg] [waɪns]

近法國與德國邊境摩澤爾河岸的葡萄園，生產以產地命名的葡萄酒。

記住

lychee 荔枝
[ˈlaɪtʃi]

原產於中國的喬木，果肉呈白色半透明狀，水分多，味極甜。

記住

Lyon 里昂（法）

法國城市名，位於法國南部，濱地中海，以野味、家禽、肉類聞名。

記住

Lyon sausage 里昂香腸

法國里昂出產的經長期乾燥後再煙燻的香腸。

記住

macaroni 通心麵（義）
[ˌmækəˈronɪ]
記住

原產於義大利那不勒斯的一種營養麵條，由粗粒麵粉製成。

macaroni salad 通心麵沙拉
[ˈmækəˈronɪ] [ˈsæləd]
記住

將通心麵煮熟冷卻後，拌入黃瓜、洋蔥、胡椒、番茄和萵苣等即成。

Mâcon 馬孔
[mɑˈkɔŋ]
記住

法國勃根地羅瓦爾地名，盛產葡萄酒，也指馬孔葡萄酒。

Mâconnaise, à la 馬孔式（法）
記住

指用馬孔葡萄酒烹製的肉類菜餚，與Mâcon同義。

Madeira 馬德拉酒（西）
[məˈdɪrə]
記住

原產於大西洋馬德拉島的甜味琥珀色強化葡萄酒，芳香獨特。

madeira cake 馬德拉蛋糕
[məˈdɪrə] [kek]
記住

以馬德拉酒調味的蛋糕，以檸檬或蜜餞檸檬皮作點綴。

madeira sauce 馬德拉醬汁
[məˈdɪrə] [sɔs]
記住

以馬德拉酒調味的棕色醬汁，搭配烤肉或煙燻肉等深色肉類。

magnum 大香檳酒瓶（法）
[ˈmægnəm]
記住

容量為53盎司或1.5公升，約為普通酒瓶的2倍。

Mai Tai　邁代雞尾酒　　　　　　　　　　記住
['maɪˌtaɪ]

以蘭姆酒作基酒，加入柑香酒、大麥杏仁汁，酸橙汁等調配而成。

mais　玉米，玉米粉（法）　　　　　　　　記住

與maize同義。

maitre d'hôtel　餐廳主任（法）　　　　　記住
[ˌmetrə doˈtɛl]

餐廳的主要負責人，口語時指以奶油歐芹和檸檬汁調製的醬汁。

maize　玉米　　　　　　　　　　　　　　記住
[mez]

也稱玉蜀黍，一年生穀類植物，原產於美洲，可作為主食。

Malaga　馬拉加葡萄酒　　　　　　　　　記住
['mæləgə]

西班牙產的加度葡萄酒，有些酒至今已保存近百年。

Malibu　馬利伯酒　　　　　　　　　　　記住
['mæləˌbu]

無色的利口酒，是許多雞尾酒的配料。

malt　麥芽　　　　　　　　　　　　　　記住
[mɔlt]

在飲料和食品中，用作發酵基質或增加風味，以提高營養的穀物產品。

malt beverage　麥芽飲料　　　　　　　　記住
[mɔlt] ['bɛvərɪdʒ]

包括啤酒、強麥酒、烈性黑啤酒等酒精飲料。

malt bread　麥芽麵包　　　　　　　　　記住
[mɔlt] [brɛd]

malt brewing　麥芽釀酒
[mɔlt] [ˈbruɪŋ]

記住

釀製麥芽酒及啤酒的過程，在麥芽汁中加入啤酒花和酵母。

malt extract　麥精
[mɔlt] [ɪkˈstrækt]

記住

用大麥浸漬、發芽和糖化製成的浸膏，主要成分是麥芽糖和澱粉酶。

malt liquor　麥芽酒
[mɔlt] [ˈlɪkɚ]

記住

泛指任何由麥芽釀成的酒，如啤酒即屬麥芽酒的一種。

malt sugar　麥芽糖
[mɔlt] [ˈʃugɚ]

記住

與maltose同義。

malt vinegar　麥芽醋
[mɔlt] [ˈvɪnɪgɚ]

記住

以大麥芽的浸出汁經發酵製成，但不經過蒸餾，直接釀成醋。

malt whiskey　麥芽威士忌
[mɔlt] [ˈhwɪskɪ]

記住

以麥芽汁經發酵及蒸餾製成的烈性酒，品質以蘇格蘭的最佳。

malting　大麥發芽
[mɔltɪŋ]

記住

尤指麥芽的糖化過程，可作為釀製啤酒或威士忌的初級產品。

maltose　麥芽糖
[ˈmɔltos]

記住

單糖，為白色針狀結晶。其甜味僅為蔗糖的33%，也稱飴糖。

maple　楓樹，槭樹
[ˈmepl]

記住

原產於南美洲，現廣泛種植於加拿大和美國等地，可出產楓糖原漿。

maple honey　稀楓糖漿
[ˈmepl̩] [ˈhʌnɪ]

其粘稠度似蜂蜜而得名。

maple sugar　楓糖
[ˈmepl̩] [ˈʃugɚ]

也稱檓糖。將楓葉用糖煮到糖漿狀，經攪拌後食用。

maple syrup　楓糖
[ˈmepl̩] [ˈsɪrəp]

與maple sugar同義。

maraschino　馬拉斯加櫻桃酒（義）
[ˌmærəˌskino]

義大利或南斯拉夫生產的一種櫻桃利口酒，採用馬拉斯加櫻桃汁釀成。

maraschino cherry　酒漬糖水櫻桃
[ˌmærəˈskino] [ˈtʃɛrɪ]

多用於甜點、蛋糕等的點綴裝飾。

marble beef　五花牛肉
[ˈmɑrbl̩] [bif]

牛的胸肋間切塊肉因瘦肉與脂肪相間，形似大理石花紋而得名。

marc　果渣白蘭地（法）
[mɑrk]

用葡萄的果皮、果梗經壓榨後的殘渣釀成的葡萄酒再經蒸餾而成。

marc de　果渣白蘭地（法）

一般日子時，法國人常飲的酒，唯有在重大節日才飲干邑白蘭地。

margarine　瑪琪琳
[ˈmɑrdʒərin]

主要由一種或多種動植物油脂製成的食品。

margarita　瑪格麗特酒（美）　記住
[ˌmɑrgəˈritə]

以龍舌蘭酒、橙味白蘭地等調配而成的墨西哥口味雞尾酒。

Margaux　馬爾戈、馬構（法）　記住

法國波爾多地名，生產世界著名的紅葡萄酒。

Margaux, Château　馬爾戈酒（法）　記住

法國梅鐸地區出產的頭苑紅葡萄酒，早在17世紀起就出口到英國。

marigold　金盞花　記住
[ˈmærəˌgold]

也稱萬壽菊，原產於西班牙的園藝香料植物。

marinade　醃漬汁 (n)　記住
[ˌmærəˈned]

將醋、酒、鹽和辛香料、香草植物等調配而成，用來浸漬魚、肉等。

marinate　淹漬 (v)　記住
[ˈmærəˌnet]

用醃漬汁浸漬魚和肉，使肉嫩且可口。

marron　栗子（法）　記住
[ˈmærən]

與chestnut同義。

marrow　南瓜　記住
[ˈmæro]

與pumpkin同義。

Marsala　馬薩拉酒（義）　記住
[marˈsɑlɑ]

義大利著名的強化葡萄酒外觀呈深紅色，類似西班牙的雪利酒。

Martell　馬爹利酒（法）　記住

常譯為馬參利，法國著名的干邑白蘭地酒，創始於1715年，味稍辣。

Martini 馬丁尼酒（義）　　　　　　記住
[mar'tinɪ]

原產於義大利的乾味苦艾酒，可純飲或調配雞尾酒。

Mascarpone 馬斯卡普尼乳酪（義）　記住
['mæskarpon]

義大利倫巴第地區產的牛乳乳酪，重量為100-200克，含乳脂47%。

Mateus Rosé 粉紅葡萄酒（法）　　　記住

葡萄牙出產氣泡葡萄酒，產於濱海杜羅，與vinho verde同義。

matured 陳熟，成熟　　　　　　　記住
[mə'tjurd]

指成熟的水果等，尤指經過陳化的酒。

mayonnaise 美乃滋、蛋黃醬（法）　記住
[ˌmeə'nez]

由蛋黃、橄欖油、檸檬汁或醋混製的調味醬。

mead 蜂蜜酒　　　　　　　　　　記住
[mid]

用蜂蜜，大麥芽與酵母加水發酵而成，或可加入其他香料。

meal 飲食　　　　　　　　　　　記住
[mil]

指日常生活中的就餐活動，主要分早、中、晚三餐。

meat 肉類　　　　　　　　　　　記住
[mit]

泛指豬肉、牛肉、羊肉和家禽等各種肉類。

meat pudding 肉漿，肉布丁　　　　記住
[mit] ['pudɪŋ]

英國菜，以羊脂麵殼填以肉醬，外裹臘紙和細白布，經蒸煮而成。

meat purée 肉泥　　　　　　　　　　　　記住
[mit] [pju're]

用雞肉、兔肉或豬肉製成的泥狀食品,易於消化。

melt 融化　　　　　　　　　　　　　　　記住
[mεlt]

指奶油等經加熱變成流質的過程。

Menthe, Crème de 薄荷甘露酒(法)　　　記住

以薄荷為主要調味的利口酒,口味清涼,含酒精30%。

menu 菜單(法)　　　　　　　　　　　　記住
['mεnju]

Mercurey 梅居里酒(法)　　　　　　　　記住

法國波爾多地區釀製的口感稍澀(不甜)的紅葡萄酒。

Merlot 梅洛葡萄(法)　　　　　　　　　記住
[mɝ'lo]

法國聖埃米揚地區的一種移植葡萄品種,具有梅鐸紅葡萄的特色。

mezcal 墨西哥龍舌蘭酒(西)　　　　　　記住

microwave oven 微波爐　　　　　　　　　記住
['maɪkro,wev] ['ʌvən]

以振動頻率為915-2450兆赫的電磁波激發食物分子使之力

Midori liqueur 綠色利口酒　　　　　　　記住

日本香瓜汁酒,色澤亮綠,味甜如瓜汁,常用於調配雞尾酒。

miel 蜂蜜(法)　　　　　　　　　　　　記住

與honey同義。

miele 蜂蜜(義)　　　　　　　　　　　　記住

與honey同義。

Milanaise, à la　米蘭式（法） <kbd>記住</kbd>

以奶油、乳酪、通心粉等作配料的雞、牛肉或炸蛋，以番茄醬汁調味。

mild ale　淡麥芽酒 <kbd>記住</kbd>
[maɪld] [el]

英國出產的淡啤酒，含極少量酒花，口味接近古代的傳統啤酒。

milk　奶，乳 <kbd>記住</kbd>
[mɪlk]

哺乳動物乳腺分泌出的一種白色或淡黃色液體，具營養成分。

milk chocolate　牛奶巧克力 <kbd>記住</kbd>
[mɪlk] [ˈtʃɑkəlɪt]

以可可粉、牛奶和糖等為配料製成。

milk powder　奶粉 <kbd>記住</kbd>
[mɪlk] [ˈpaudɚ]

milk punch　牛奶潘趣酒 <kbd>記住</kbd>
[mɪlk] [pʌntʃ]

烈酒如蘭姆酒或威士忌，加入牛奶、糖、肉荳蔻等冰鎮飲用。

milk shake　奶昔 <kbd>記住</kbd>
[mɪlk] [ʃek]

俗稱奶昔，混合，用牛奶、糖、果汁、香料和冰淇淋混合成。

mill　食品粉碎機 <kbd>記住</kbd>
[mɪl]

可磨製咖啡、香料、麵包粉等，也可用於水果榨汁。

millet　粟 <kbd>記住</kbd>
[ˈmɪlɪt]

也叫穀子或小米，是亞洲、非洲等一些地區的主要糧食作物之一。

mimosa 含羞草
[mɪˈmosə]

`記住`

蘭科植物，可生食，一般放在涼拌菜或湯中。

mince 碎末
[mɪns]

`記住`

泛指切成小塊或細末的食品。

mineral 礦物質
[ˈmɪnərəl]

`記住`

對人體生長與構成有一定作用的礦物質包括鐵、鈣、銅、碘、硫等。

mineral water 礦泉水
[ˈmɪnərəl] [ˈwɔtɚ]

`記住`

天然礦泉水，含有鹽分或多種礦物質，具有醫療作用。

minestrone 義大利菜絲湯（義）
[ˌmɪnɪˈstronɪ]

`記住`

義大利風味食品之一。

mint 薄荷
[mɪnt]

`記住`

唇形科香草植物，主要分留蘭香和胡椒薄荷兩類其味清涼芳香。

mint julep 薄荷冰酒
[mɪnt] [ˈdʒulɪp]

`記住`

以威士忌、糖、冰加蘇打水調製而成，用一枝薄荷作點綴，故名。

mint sauce 薄荷醬汁
[mɪnt] [sɔs]

`記住`

吃烤羔羊時拌用，是西菜中的重要調汁之一。

mirepoix 調味蔬菜（法）

`記住`

以紅蘿蔔、洋蔥、芹菜加火腿用文火煨煮而成，用作湯汁的調味料。

mist 霧酒　記住
[mɪst]

雞尾酒的一種，與冰酒（frappé）相似，適於飯後消遣。

mixer 攪拌器
['mɪksɚ]

電動廚房機械，用於抽打，攪拌與混和各種食品原料。

mixing glass 調酒杯　記住
['mɪksɪŋ] [glæs]

杯身有刻度，用於調配雞尾酒等。

mocha 摩卡咖啡　記住
['mokə]

摩卡是也門塔伊茲省城鎮，著名咖啡出口中心。

mode, à la 時式的（法）　記住

用於冷飲食時澆以冰淇淋的；或指牛肉切成大塊的等多種意義。

Möet et Chandon 莫耶特‧香當（法）　記住

法國埃佩爾奈（Epernay）地區產的著名香檳酒名，與champagne同義。

molasses 糖蜜，廢糖蜜　記住
[mə'læsɪz]

在製糖過程中逐步由粗糖分離而得到的深褐色或淡棕色黏性糖漿。

Mornay sauce 莫內醬汁　記住
['more] [sɔs]

以貝夏美醬汁為基料，加入鮮奶油、蛋黃和乳酪屑的濃味醬汁。

Moscatel 麝香葡萄酒　記住
[ˌmʌskə'tɛl]

西班牙與法國等用麝香葡萄（Muscat）釀成的各種加度葡萄酒。

moscato 圓葉麝香葡萄（義） 　記住
[mɑˈskɑto]

與muscat同義。

Mosel-Saar-Ruwer 摩澤爾‧薩爾‧魯沃（德） 　記住

德國的三條河流名，也即法國主要釀酒區。

Moulin-à-Vent 穆蘭（法） 　記住

法國羅瓦爾地名，著名釀酒區，該地出產優質醇厚加度紅葡萄酒

mousse 鮮奶油凍、慕斯（法） 　記住
[mus]

也可音譯為木司，一種有大量泡沫的美味涼菜。

mousseux 發泡酒（法） 　記住

指有天然氣泡的葡萄酒，通常不包括香檳酒。

Mozzarella 馬芝瑞拉（義） 　記住
[ˌmɑzəˈrɛlə]

義大利坎帕尼亞那不勒斯地方產的淡味乳酪，濕潤柔軟。

muffin 英國鬆餅、馬芬餅 　記住
[ˈmʌfɪn]

速製麵點之一將雞蛋和麵糊攪和，放入杯模中烤成。

mug 普通大啤酒杯、馬克杯（型） 　記住
[mʌg]

有柄和嘴，容量大，形狀為直筒形。

mulberry 桑 　記住
[ˈmʌlˌbɛrɪ]

落葉喬木之一，其果實呈暗紫色，稱為桑葚。

mulled drinks 熱飲料 　記住
[mʌld] [drɪŋk]

一般指不含酒精的飲料，用於區別於熱葡萄酒，與mulled wines同義。

mulled wines 熱葡萄酒　　　　　　　　記住
[mld] [waɪns]

Müller-Thurgau 米勒‧圖爾高葡萄（德）　　記住

德國萊茵黑森地區的用於釀酒用葡萄品種。

muscadet 麝香葡萄（法）　　　　　　　　記住

法國南特及下羅瓦爾地區的葡萄品種。

muscat [ˈmʌskət] 麝香葡萄（法）　　　　記住

該詞源自義大利語的mosca（蒼蠅），因香味誘人會引大量蒼蠅而名。

Muscat d'Alsace 阿爾薩斯麝香葡萄酒（法）　記住

優質乾白葡萄酒，被推為該類酒中的世界名酒。

mushroom [ˈmʌʃˌrum] 蘑菇　　　　　　記住

複雜的肉質真菌，從地下菌絲體產生，是烹飪中常見的用料之一。

must 前發酵葡萄汁　　　　　　　　　　記住
[məst]

處於發酵前階段或即將發酵的葡萄汁或其他果汁，亦指新釀葡萄酒。

mustard [ˈmʌstəd] 芥末　　　　　　　記住

辛辣調味品，將黑芥或白芥的種子碾碎磨細調糊而成

mustard family 十字花科　　　　　　　記住
[ˈmʌstəd] [ˈfæməlɪ]

雙子葉植物科，一年生或多年生草本植物，花瓣四枚呈十字而得名。

mutton [ˈmʌtṇ] 羊肉　　　　　　　　　記住

尤指綿羊肉。

Myer's 邁爾斯酒　　　　　　　　　　　記住

牙買加產的蘭姆酒，主要出口到美國。

Napoleon　拿破崙酒
[nə'poljən]

記住

指存放6年以上的優質白蘭地。

Napolitain, à la　那不勒斯式（法）

記住

以寬麵條、乳酪和番茄醬作配料的菜式亦指三色冰淇淋。

natural wine　佐餐葡萄酒
['nætʃərəl] [waɪn]

記住

指自然發酵的普通酒與table wine同義。

Nebbiolo　奈皮奧羅葡萄（義）

記住

義大利巴羅洛、皮埃蒙特等地的最優品質紅葡萄。

Nebbiolo Spumante　奈皮奧羅氣泡葡萄酒（義）

記住

義大利的優質酒，口味類似Asti Spumante，口感略澀且不甜。

nectar ['nɛktɚ]　**蜜汁飲料**

記住

由水果汁、蜂蜜和葡萄酒的混合飲料。

negus ['nigəs]　**尼格斯酒**

記住

甜味混合飲料，配料有波爾特酒、檸檬汁、紅葡萄酒和熱水等。

neutral spirit　中性酒精
['njutrəl] ['spɪrɪt]

記住

指無色、無味的烈性蒸餾酒，可用於作調配其他烈性酒的基酒。

New Zealand wines　紐西蘭葡萄酒
[nju'zilənd] [waɪns]

記住

Nicoise, à la　尼斯式（法）　記住

以法國東南部近地中海的城市尼斯命名的菜式。

night cap [naɪt] [kæp]　夜酒、睡前酒　記住

在就寢前飲的催眠飲品，如利口酒、葡萄酒、熱可可和烈酒等。

noble rot ['nobl] [rɑt]　葡萄白腐菌　記住

當葡萄過度成熟時，所感染的真菌會侵入果皮，使果汁外溢。

Noilly Prat　諾以利酒（法）　記住

法國出產的乾性苦艾酒，常用作開胃酒。

Noisette, Crème de　果仁甘露酒（法）與liqueur同義。　記住

noix　胡桃（法）與walnut同義。　記住

noodle ['nudl]　麵條　記住

以麵粉、水和雞蛋製成的麵食，為長條狀而與其他麵食有所區別。

Normande, à la　諾曼地式（法）　記住

諾曼地在法國西北部，以蘋果酒、乳酪和水產品等聞名於世。

Nouvelle Cuisine　新式烹飪（法）　記住
[ˌnuvɛlkwi'zin]

20世紀初在法國出現的新烹飪流派，其菜餚數量少品質高。

Noyau, Crème de　核仁甘露酒（法）　記住

以杏仁、桃仁等泡製的利口酒，以百年以上的法國核仁酒最為著名。

Nuits-Saint-Georges　聖喬治酒（法）　記住

法國勃根地產的一種優質乾紅葡萄酒，以產地命名。

nutmeg　肉荳蔻　記住
['nʌtˌmɛg]

常綠喬木，也叫肉果，其種子為長圓形，質硬而芳香。

oat 燕麥
[ot]
記住

有時也叫雀麥或烏麥，屬於主要食物原料之一。

oatmeal 燕麥粥
['ot͵mil]
記住

也指燕麥粉，除去麥殼經細磨而成的穀粉，常用於煮粥或烤餅。

oenology 釀酒學
[i'nɑlədʒɪ]
記住

有關釀酒理論研究與應用的科學。

okra 秋葵
['okrə]
記住

錦葵科一年生草本植物，廣泛種植於熱帶和亞熱帶地區。

olive 油橄欖
['ɑlɪv]
記住

亦稱洋橄欖或齊墩果，一種常綠小喬木，葉子對生，花色白，味香。

olive oil 橄欖油
['ɑlɪv] [ɔɪl]
記住

從成熟的洋橄欖的果肉提取的油，大部分用於烹飪與食品保藏。

Oloroso 奧洛羅索酒（西）
[͵olə'roso]
記住

西班牙出產的芳香雪利酒，隨著存放年代的增加逐漸變為乾性酒。

omelette [ˈɑmlɪt]　煎蛋捲　　　　　　　　　　　記住

omelette flambé　火燒杏力蛋（法）　　　　　記住
[ˈɑmlɪt] [flamˈbe]

煎蛋捲的一種，上澆白蘭地酒後用明火點燃後食用。

on the rocks　加冰的　　　　　　　　　　　　記住
[ɑn] [ðθ] [rɑks]

酒類專業術語，指飲料中加冰塊或先加冰後倒入飲料。

onion [ˈʌnjən]　洋蔥　　　　　　　　　　　　記住

原產於亞洲的圓形鱗莖植物，味辛辣強烈，廣泛用作蔬菜和調味。

Oporto　波爾圖葡萄酒（葡）　　　　　　　　記住

產於葡萄牙的港市波爾圖，波爾圖酒大多在此裝船啟運出口。

orange [ˈɔrɪndʒ]　柑橘　　　　　　　　　　　記住

雲香科柑橘屬小喬木，原產熱帶亞洲，最重要的水果類是甜橙和橘。

orange bitters　苦橙汁　　　　　　　　　　　記住
[ˈɔrɪndʒ] [ˈbɪtɚs]

加入香料，常用作雞尾酒的配料。

orange blossom　橙花　　　　　　　　　　　記住
[ˈɔrɪndʒ] [ˈblasəm]

橙子果樹的花蕾，可做為泡茶或泡菜的香料，亦指含橙汁雞尾酒。

orange juice　橙汁　　　　　　　　　　　　記住
[ˈɔrɪndʒ] [dʒus]

從新鮮橙子中榨出的鮮果汁。

orange pekoe　橙味白毫茶　　　　　　　　　記住
[ˈɔrɪndʒ] [ˈpiko]

印度和斯里蘭卡產的上等茶葉，尤指用嫩枝和嫩葉製成。

osso buco 燉小牛脛（義）
[ˌɑsoˈbuko]

義大利菜餚，先將牛脛骨切成片，以油嫩煎後與大蒜同燉。

記住

ounce 盎司
[auns]

英制重量單位，合約28.35克，液體的1盎司則合29.573毫升。

記住

Ouzo 茴香利口酒（希臘）
[ˈuzo]

希臘產的一種無色不甜的烈酒，常加入清水和冰塊混合形成乳白色。

記住

Ovaltine 阿華田

由英國Wander公司製造的營養型食品商品名。

記住

oven [ˈʌvən] 烘箱

用乾熱氣烹飪食品的封閉容器，用於各種菜餚的烘烤的廚具。

記住

oxtail 牛尾
[ˈɑksˌtel]

牛尾經去皮後用於燜煮或製成牛尾湯。法國大革命時是窮人的主食。

記住

oyster [ˈɔɪstɚ] 牡蠣

也稱蠔，一種海產雙殼類軟體動物，生活在海底或沿海淺水岩石上。

記住

oyster fork 牡蠣叉
[ˈɔɪstɚ] [fork]

細長的小餐叉，有二齒或三齒狀，用來食牡蠣及其他貝殼類海鮮。

記住

oyster knife 牡蠣餐刀
[ˈɔɪstɚ] [naɪf]

短刀身的不開刃餐刀，安有木柄，用於開啟牡蠣或蛤等。

記住

paella 西班牙海鮮燴飯（西）
[pɑˈeljə]

記住

西班牙創始的世界聞名的特色菜餚。有時也指一種有兩個柄的煎鍋。

pain 麵包，麵製糕點（法）

記住

pain de campagne 鄉下麵包（法）

記住

指論斤出售的普通麵包。

palm 棕櫚
[pɑm]

記住

泛指棕櫚科植物，為熱帶、亞熱帶喬木或灌木，如椰子、棗椰等。

palm butter 棕櫚油
[pɑm] [ˈbʌtɚ]

記住

呈固體狀的油脂，主要從棕櫚仁中壓榨而成。

pan 鍋
[pæn]

記住

指金屬或陶瓷的廚房廚具，形狀寬圓而淺，用來烹調或烤煮食物。

pan gravy 鍋煮肉汁
[pæn] [ˈgrevɪ]

記住

指用少量水煮肉，加入調味料燜煮但未濃縮的肉汁。

panbroil 煎烤（美）
[ˈpænˌbrɔɪl]

記住

用平底鍋加入少量油脂加熱烹飪，不加蓋以保持食品的原汁。

pancake 薄烤餅　　　　　　　　　　　記住
['pæn,kek]

用麵糊在平底鍋上烙成的薄餅，製做方法比麵包的歷史更為悠久。

pandoro 維羅納式蛋糕、黃金麵包（義）　記住

以麵包或蛋糕浸泡牛奶和蛋汁，然後以奶油炸黃即成。

pane 麵包（義）與bread同義。　　　　記住

pan-fired tea 炒青　　　　　　　　　記住
['pæn,faɪrd] [ti]

以平鍋烘炒的綠茶品種。

panfry 煎，爆　　　　　　　　　　　記住
['pæn,fraɪ]

在平底鍋中用少量油煎，依靠食品本身的原汁烹調的方法。與fry同義。

papaya 番木瓜　　　　　　　　　　　記住
[pə'paɪə]

原產於熱帶美洲的喬木果實，形似甜瓜，果肉多汁。

paper-towel 紙巾（廚房）　　　　　　記住
['pepɚ,tauəl]

捲筒狀有孔的吸水紙，廚房必備。

papillote 油紙（法）　　　　　　　　記住
['pæpə,lot]

烤肉時用於包裹肉塊或骨，以使其不相互黏連。

paprika 辣椒粉、匈牙利甜紅椒粉　　　記住
[pæ'prikə]

用辣椒果實製成的調味品，呈紅色，含有豐富的維他命C、辣椒素。

parer 去皮刀　　　　　　　　　　　　記住
[pɛrɚ]

用於削果皮或蔬菜。

parfait 凍糕、百匯（法）　記住
[par'fe]

以攪鮮奶油、咖啡、多層水果和冰淇淋等製成的冷凍甜點。

parfum 香味（法）　記住

尤指用於冰淇淋或冷凍甜點的調香料。

paring knife 削皮刀　記住
['pɛrɪŋ] [naɪf]

尖刃小刀，用於水果和蔬菜的削皮。

Parma ham 帕馬火腿　記住
['parmə] [hæm]

甜味義大利醃火腿，切成薄片，作為開胃拼盤之一。

Parmesan 帕馬乳酪　記住
['parmə‚zan]

義大利硬乳酪，經多年陳熟乾燥而成。

parmigiano 帕馬乳酪（義）　記住

以原產地義大利城市Parma而得名，與Parmesan同義。

parsley 歐芹、巴西利、西洋香芹　記住
['parsli]

傘形科二年生植物，原產地中海沿岸，歐美人取以鮮食或乾用。

parsley flakes 乾歐芹葉　記住
['parsli] [fleks]

用於作菜餚的調香料。

pasha 咖啡利口酒（土耳其）　記住
['pæsə]

pasta 西式麵食 `記住`
['pɑstə]

硬質小麥粉與溫水混合揉成麵團，透過模子擠壓成狀，為西方主食

paste¹ 油酥麵團用 `記住`
[pest]

用於作酥皮點心或餡餅等。參見shortening。

paste² 醬；餡 `記住`
[pest]

如肉醬、魚醬、肉與肝醬等，一般經研磨調拌均勻而成。

pasteurisation 巴氏殺菌 `記住`
[ˌpæstərəˈzeʃən]

指煮沸消毒過程，拜19世紀法國的著名化學家路易‧巴斯德所創。

pasteurised homogenised milk 巴氏消毒均質牛奶 `記住`
[ˌpæsˈtəraɪst] [hoˈmɑdʒəˌnaɪd] [mɪlk]

低溫殺菌法，使牛奶表面不會產生脂肪凝結現象。

pastry 酥皮糕點 `記住`
['pestrɪ]

用麵粉、鹽、脂肪和少量水混合成黏稠麵團而製成的食品。

pastry bag 擠花袋 `記住`
['pestrɪ] [bæg]

漏斗狀布袋，袋口套以有各種花紋的擠花嘴，用於糕點的表面裝飾。

pastry fork 糕點叉 `記住`
['pestrɪ] [fork]

四齒尖叉，邊緣有刀口，用於取食鬆軟的鮮奶油糕點。

pastry wheel 輪狀滾花刀 `記住`
['pestrɪ] [hwil]

帶柄小型有齒劃輪，用木或金屬製成，用於切割糕點或擀薄麵團。

pâté 法式餡餅（法）
[paˈte]

記住

patent still 連續式蒸餾釜
[ˈpætn̩t] [stɪl]

記住

指連續重複烈酒蒸餾過程的釀酒設備，用於釀製優質威士忌。

Pauillac 波亞克（法）

記住

法國波爾多地區梅鐸鎮，此地釀製出世界最好喝的葡萄酒。

pea 豌豆
[pi]

記住

豆科一年草生植物，種子可作蔬菜嫩食，果實可製做湯用的乾豌豆。

peach 桃
[pitʃ]

記住

薔薇科小灌木，果實呈淡黃色、外皮有絨狀細毛，味甜多汁。

peach brandy 桃汁利口酒
[pitʃ] [ˈbrændi]

記住

用成熟的桃子和桃仁釀成，不屬白蘭地酒，味甜濃醇，香味充分。

peach wine 桃子酒
[pitʃ] [waɪn]

記住

以桃子、糖、橙子、檸檬和酵母發酵而成。

peanut 花生
[ˈpiˌnʌt]

記住

也稱落花生，豆科一年生作物，其莢果含有豐富的蛋白質、脂肪。

peanut butter 花生醬
[ˈpiˌnʌt] [ˈbʌtɚ]

記住

將花生仁炒熟去皮去胚後碾磨成泥狀，稱為花生醬。

pear 梨 記住
[pɛr]

梨屬果樹的果實，呈長圓形，皮色淡黃，有些有斑點。

pêche 桃子（法） 記住

與peach同義。

Pecorino Romano 羅馬乳酪（義） 記住

義大利羅馬地區和撒丁島等地產的羊奶酪。

peel 果皮 記住
[pil]

新鮮蔬菜或水果的外皮，或指蜜餞果皮。

peeling 外皮，果皮 記住
['pilɪŋ]

與peel同義。

pekoe 白毫 記住
['piko]

也稱香紅茶，高級中國紅茶品種。

penne 短通心麵（義） 記住

呈斜圓柱形中空，常用於烘烤。

pepper 辣椒 記住
['pɛpɚ]

也稱庭園椒，一種茄科植物，富含維他命A及C。

pepper sauce 酸辣醬汁 記住
['pɛpɚ] [sɔs]

將小辣椒浸泡在食用醋內，切碎後存放於玻璃瓶中，可用作調味料。

pepper shaker 胡椒粉瓶（美） 記住
['pɛpɚ] ['ʃekɚ]

peppermint 胡椒薄荷
['pɛpə·ˌmɪnt]

記住

俗稱薄荷，多年生草本植物，用作調料，乾製後常用於調味。

perch 鱸魚
[pɝtʃ]

記住

歐洲產的淡水魚種，是著名的食用魚之一，肉肥味美，肉質實。

perfume 香精
['pɝˈfjum]

記住

選用某些芬芳物質按適當比例混合的產品，分為天然或化學合成香精。

Pernod 綠茴香酒（法）
[pɛr'no]

記住

法國產的黃綠色乾利口酒，用茴香代替有毒性的苦艾。

Perrier 佩里埃礦泉水（法）

記住

法國著名天然礦泉水，無色無味，水品質極佳。

pesto 綠色醬汁（義）
['pesto]

記住

由新鮮羅勒、大蒜和橄欖油製成，可作為義大利實心麵條的調味佐料。

petit-dejeuner 早餐（法）

記住

與breakfast同義。

Petite Champagne 小香檳區（法）
['pɛti] [ʃæm'pen]

記住

法國科涅克生產的白蘭地酒，常與其他白蘭地酒調配。

petite gruyère 小格呂耶爾乳酪（法）
['pɛti] [gru'jɛr]

記住

外裹鋁箔的一種小乳酪，與Gruyère同義。

Petite Syrah 小薩拉葡萄　　　　記住

指釀酒用葡萄品種，適用於釀製各種香味郁濃的葡萄酒。

pickle cabbage 酸菜　　　　記住
['pɪkl] ['kæbɪdʒ]

將白菜或包心菜等經發酵鹽醃而變酸的菜，為開胃或配餐用的醬菜。

pick-me-up 提神飲料、醒酒　　　　記住
[pɪk'mi‚ʌp]

適用於清晨飲的混合酒，用白蘭地作基酒，常在酒內加一個生雞蛋。

pie 西式餡餅　　　　記住
[paɪ]

焙烤食品麵皮夾層中置入甜味或鹹味的餡，烤至鬆脆。

Piedmont 皮埃蒙特　　　　記住
['pidmɑnt]

位於義大利西北部，農業生產十分發達，以生產優質葡萄酒稱著。

pig¹ 豬　　　　記住
[pɪg]

pig² 豬肉（美）　　　　記住
[pɪg]

與pork同義。

pigeon 家鴿　　　　記住
['pɪdʒɪn]

品種很多，尤指肉用家鴿，營養豐富，味道鮮美，是菜餚中的珍品。

Pilsen 比爾森啤酒　　　　記住

捷克出產的著名淡啤酒，口味爽利，以產地命名。

Pilsner 比爾森啤酒、淡啤酒（捷克）　　　　記住
['pɪlzənɚ]

與Pilsen同義。

pimiento 西班牙甜椒（西）
[pɪmˈjɛnto]
記住

一種圓錐形粗短辣椒品種，原產於西班牙，含有特殊的甜味和淡香。

Pimm's Cups 皮姆利口酒
[pɪms] [kʌps]
記住

英國出產的有百年歷史的利口酒，常摻入檸檬汁而調成雞尾酒飲用。

pine seed 松子
[paɪn] [sid]
記住

與pinenut同義。

pineapple 菠蘿
[ˈpaɪnˌæpl]
記住

即鳳梨，產於熱帶南美洲，現廣泛種植於世界各熱帶、亞熱帶地區。

pinenut 松子
[ˈpaɪnˌnʌt]
記住

也稱松子或雪松子，一般為歐洲五針松的果實，炒熟後作為糕點裝飾。

pink wine 桃紅葡萄酒
[pɪŋk] [waɪn]
記住

與rosé同義。

Pinot Blanc 白皮諾葡萄（法）
記住

原產於法國香檳省、勃根地和阿爾薩斯地區的優質葡萄。

Pinot Gris 灰皮諾葡萄（法）
記住

法國出產的優質葡萄，用於釀製各種酒體濃重而醇厚的白葡萄酒。

Pinot Noir 黑皮諾葡萄（法）
記住

法國出產的紫紅色優質葡萄，釀成的乾紅葡萄酒香味濃郁。

pint 品脫　　　　　　　　　　　　　　　 記住
[paɪnt]

英制容量單位，相當於0.5夸脫，約等於0.57公升。

piquant 辣的　　　　　　　　　　　　　　 記住
[ˈpikənt]

泛指刺激性的滋味。

piquuant sauce 辣醬油、比寬醬　　　　 記住
[ˈpikənt] [sɔs]

亦稱開胃醬汁，用於搭配蔬菜、魚和回鍋肉等。

pisco 皮斯科酒（西）　　　　　　　　　　 記住

南美或秘魯等地出產的一種白蘭地，最早釀製於17世紀。

pizza 義大利餡餅、披薩（義）　　　　　　 記住
[ˈpitsə]

又稱披薩餅，發源於那不勒斯。

plat du jour 當日特色菜（法）　　　　　 記住

法國餐廳中每日不同的特色菜，反映了該餐廳的烹飪風格和水準。

plate 餐盤　　　　　　　　　　　　　　　 記住
[plet]

指圓形淺盤，包括碟、盆等，以瓷製為最普遍，其次為金屬製。

plate rack 餐具框架　　　　　　　　　　 記住
[plet] [ræk]

供放置洗淨的餐具，以便瀝去水分。

plateau 托盤，菜盤（法）　　　　　　　　 記住
[plæˈto]

與tray同義。

plug 瓶塞
[plʌg]

記住

酒瓶用軟木塞，常用優質軟木製成，並印有酒廠的標記。

plum 李子
[plʌm]

記住

一種有核水果，有幾百個品種，色澤從金黃到紫色，大小不等。

Plymouth gin 普利茅斯琴酒
[ˈplɪməθ] [dʒɪn]

記住

英國出產的一種琴酒名，無色不甜，口味較濃烈。

poach 低溫煮
[potʃ]

記住

指一種烹飪方式，指約在70-80℃的水或其他液體中不加蓋的加熱方式。

poached egg 硬煮蛋
[potʃɪt] [ɛg]

記住

俗稱水煮荷包蛋或水波蛋，將雞蛋破殼入沸水中煮3-5分鐘。

poacher 硬煮蛋淺鍋
[ˈpotʃɚ]

記住

指一種專用於水煮荷包蛋的金屬淺鍋。

point, à 烹調適度的（法）

記住

與à point同義。

poire 梨（法）

記住

與pear同義。

poire William 威廉梨子白蘭地（法）

記住

法國阿爾薩斯地區出產的著名果子白蘭地酒。

poisson 魚（法）

記住

魚的總稱。與fish同義。

polenta 玉米粥（義） 記住
[poˈlɛntə]

義大利皮蒙特地方出產的玉米製品，可做為主食，冷卻後切片油炸。

pomace 果渣 記住
[ˈpʌmɪs]

葡萄、蘋果等經壓榨後的殘渣，含有果皮、果籽和果桿等。

Pomace brandy 果渣白蘭地 記住
[ˈpʌmɪs] [ˈbrændɪ]

美國加州產的白蘭地酒，風味類似於義大利的Grappa。

pomelo 柚 記住
[ˈpɑməlo]

原產於亞洲和美洲熱帶地區的一種果實，俗稱文旦。

pomme 蘋果 記住

pomme de terre 馬鈴薯（法） 記住

與potato同義。

pommes Anna 安娜馬鈴薯片（法） 記住

與potato chip同義。

pony 波尼 記住
[ˈponɪ]

容量單位，約合1液體盎司，在雞尾酒用語中也指少量酒。

pony glass 甜酒杯 記住
[ˈponɪ] [glæs]

與liqueur glass同義。

pop 發泡飲料 記住
[pɑp]

泛指汽水、香檳酒和其他發泡碳酸飲料。源自飲料開瓶時的聲音

pop wine 果味甜酒（美）
[pɑp] [waɪn]

記住

通常價格低廉，是近年來出現的新詞之一。

popcorn 爆玉米花（美）
['pɑpˌkɔrn]

記住

以印第安玉米或其他玉米經膨鬆而成。是世界流行的食品之一。

popper 爆玉米花機
['pɑpɚ]

記住

老式爆玉米花機也叫爆筒，是一種密封的金屬加壓容器。

poppy seed 罌粟籽
['pɑpɪ] [sid]

記住

罌粟的細小乾種子，可食用。一般作為食品調料和提取罌粟油。

porcelain 瓷器
['pɔrslɪn]

記住

一種玻璃化陶瓷，以其色白、胎薄、半透明而區別於瓷器。

pork 豬肉
[pork]

記住

包括新鮮或醃製的食用豬肉，但嚴格地說應該只指鮮豬肉。

port 波爾圖葡萄酒
[port]

記住

葡萄牙北部杜羅地區生產的著名葡萄酒，一般為紅酒，味甘性醇

porter 黑啤酒
['portɚ]

記住

portion （飯菜的）一客
['porʃən]

記住

portion pack 份包裝
['porʃən] [pæk]

記住

將香腸、乳酪等以一份菜餚的量分裝的小包裝。

Portuguese sweet bread 葡萄牙甜麵包
['portʃuˌgiz] [swit] [brɛd]

與pāo doce同義

Portuguese wines 葡萄牙葡萄酒
['portʃuˌgiz] [waɪns]

葡萄牙是世界主要葡萄酒生產國之一，以馬德拉酒與波爾圖酒為著

potage 濃湯（葡）
[pɔ'taʒ]

濃湯可分菜汁濃湯、奶汁濃湯和肉汁濃湯三種。

potation 酒類
[po'teʃən]

泛指含酒精的飲料。

potato 馬鈴薯
[pə'teto]

potato chip 炸薯片
[pə'teto] [tʃɪp]

馬鈴薯薄片在深油鍋中炸成，可加入乳酪、洋蔥和燻肉等搭配。

potato croquette 炸馬鈴薯泥丸
[pə'teto] [kro'kɛt]

將馬鈴薯泥壓揉成小球，加入雞蛋和麵包粉，以油炸成。

potato salad 馬鈴薯沙拉
[pə'teto] ['sæləd]

pot-au-feu 濃味蔬菜燉肉、西式火鍋（法）
[ˌpato'fə]

pottery 陶器
['patəri]

與earthenware同義

pouding 布丁（法） 記住
['pudɪŋ]

與pudding同義

pouding de Noël 耶誕布丁（法） 記住

一種李子蜜餞布丁。與Christmas pudding同義

poultry 家禽 記住
['poltrɪ]

飼養供食用的大型鳥類總稱，如雞、鴨、鵝和火雞等。與fowl同義

poultry needle 穿札家禽用針 記住
['poltrɪ] ['nidl]

製作填餡家禽、魚、肉等料理時，於封口的細長鐵針。

poultry seasoning 家禽填餡料 記住
['poltrɪ] ['siznɪŋ]

以數種香料植物混合而成，用於填塞家禽和肉類餡料。

pound 磅 記住
[paund]

英制重量單位，合453.6克。

Pousse Café 彩虹酒（法） 記住
[ˌpuskæˈfe]

著名雞尾酒，利用幾種酒的不同比重與色澤，使酒在杯中分層

powder 粉 記住
['paudɚ]

泛指經研磨而成的粉狀食品，如麵粉、辣椒粉和冰淇淋粉等。

powdered coffee 速溶咖啡 記住
['paudɚd] ['kɔfɪ]

與instant coffee同義

powdered milk 奶粉
['paudəd] [mɪlk]

記住

市售的奶類加工品，沖飲方便且富含蛋白質等營養。

powdered sugar 糖粉
['paudəd] ['ʃugə]

記住

與icing sugar同義

prawn 對蝦
[prɔn]

記住

也叫明蝦，產於溫暖水域的一種甲殼類動物，被視為名貴高檔食品。

prawn cocktail 涼拌蝦肉、考克
['prɔn] [kɑk‚tel]

記住

以萵苣和美乃滋作配料的涼拌開胃菜。

preheat 預熱
[pri'hit]

記住

將烤箱事先加熱到所需的溫度；也指在盛熱菜前預先將餐盤烤熱。

premier 新鮮的（法）
[prɪ'mɪr]

記住

與fresh同義

premier cru 頭苑葡萄酒（法）

記住

酒類術語。指法國梅鐸地區最先收穫的葡萄所釀製的酒，質量極佳。

Premier Grand Cru Classé 最優等級葡萄酒（法）

記住

特指聖埃米利永葡萄酒的專用術語。與Saint Emilion同義

Premières Côtes de Bordeaux 波爾多（法）

記住

法國釀酒地區名，生產優質乾紅葡萄酒或半乾白葡萄酒。

preserve 蜜餞
[prɪ'zɝv]

記住

227

各式水果或部份蔬菜中加糖熬煮，冷凝後加入果膠而成的甜點。

press 壓榨
[prɛs]

記住

指食品透過加壓或透過篩網以取得液汁或製成糊狀的加工過程。

process (ed) butter 精製奶油
[prɛs] ['bʌtɚ]

記住

經融化、精煉和除去雜質的一種高級加工奶油。

process (ed) cheese 加工乳酪
['prasɛs] [tʃiz]　['prasɛst] [tʃiz]

記住

將幾種乳酪經加熱融化後，再攪拌混合與重新調味製成的乳酪。

prohibition (era) 禁酒令（時代）
[ˌproəˈbɪʃən] (['ɪrə])

記住

以法律方式防止酒精飲料的釀製、銷售和運輸，以達戒酒目的

proof 酒精標準度
[pruf]

記住

顯示各種烈性酒或葡萄酒中酒精濃度比例，有英制、美制和GL制三種

prosciutto 生醃火腿（義）
[proˈʃuto]

記住

一種切得很薄的五香火腿，經空氣自然風乾，可不經烹調直接食用。

prosciutto de Parma 帕馬火腿片（義）

記住

一種以產地命名的義大利火腿。

protein 蛋白質
['protiɪn]

記住

複雜的胺基酸化合物，是構成細胞的基本成分，也是重要營養素。

Provence 普羅旺斯（法）
[proˈvɑns]

記住

法國南部地區，臨地中海。以魚、海鮮、乳酪、水果和葡萄酒聞名。

pub 酒店（縮） 記住
[pʌb]

與public house同義

public house 酒店 記住
[ˈpʌblɪk] [haus]

指英國等地供應酒精飲料的商店，人們常在此進行社交和娛樂活動。

pudding 布丁 記住
[ˈpudɪŋ]

一種蒸煮或烤熟的鬆軟海綿狀食品。是西菜中最常見的點心之一。

puff 鬆餅、泡芙 記住
[pʌf]

與puff paste同義

puff paste 鬆餅、泡芙 記住
[pʌf] [pest]

俗稱嵌麵或千層酥，以等量的麵粉和奶油做原料製成的油酥麵點。

puff pastry 千層酥 記住
[pʌf] [ˈpestrɪ]

與puff paste同義

pulp 果肉 記住
[pʌlp]

水果等除外皮和核以外的多肉部分，含有較多的水分和糖等。

pulque 龍舌蘭酒 記住
[ˈpulkɪ]

墨西哥啤酒，風味類似酸乳，與maguey同義

pumpkin 南瓜 記住
[ˈpʌmpkɪn]

一年生草本植物。其莖橫斷面呈五角形，能爬蔓，花黃色。

pumpkin pie 南瓜餅
['pʌmpkɪn] [paɪ]

記住

將南瓜煮爛成瓜泥，混合雞蛋、牛奶、糖和調味料，放入模中烤成。

punch 潘洽酒、賓洽酒
[pʌntʃ]

記住

變化很多的冷熱混合飲料。

punch bowl 潘趣酒碗
[pʌntʃ] [bol]

記住

以金屬、玻璃或瓷製成的大型深碗，配以杯、勺等。

punch cup 賓治杯
[pʌntʃ] [kʌp]

記住

有柄酒杯，用於從潘趣酒碗中取出酒飲用。

Punt e Mes 奎寧苦味酒（義）

記住

義大利產的一種苦味酒，加多種香草調香。

purée 泥、泥湯（法）
[pju're]

記住

泛指各種研磨成泥狀的食品，有時也指質地均勻稠密的濃湯。

purple wine 深紅葡萄酒
['pɝpl̩] [waɪn]

記住

與red wine同義

putrefaction 腐敗變質
[ˌpjutrə'fækʃən]

記住

以微生物作用為主產生的食品變質。

Qualitätswein 上等酒（德） 記住

酒類術語，指等級高於普通的佐餐酒（Tafelwein）含酒精不低於9%。

Qualitätswein mit Prädikat 最優等酒（德） 記住

酒類術語，縮寫為QmP，相當於法國的AC優質酒。

quart 夸脫爾特 記住
[kwɔrt]

英制液量單位，約合1加崙的1/4而得名，也指1夸脫容量的瓶裝酒。

quiche Lorraine 洛林鹹派（法） 記住
[kiʃ] [loˈren]

以乳酪、醃肉丁、牛奶蛋糊作餡的一種酥殼鹹派。

quick-boil 汆 記住
[ˈkwɪkˌbɔɪl]

把食物放在沸水中稍微燙煮即取出的烹調方法。

quick-freezing 急凍 記住
[kwɪk] [ˈfrizɪŋ]

用極短的時間將食品冷凍，形成的冰晶細小，所以不破壞細胞組織。

quick-frozen food 速凍食品 記住
[ˈkwɪkˌfrozn̩] [fud]

與quick-freezing同義

quinine 奎寧 記住
[ˈkwaɪnaɪn]

也叫金雞納霜，味苦，臨床上曾是治療瘧疾特效藥。

231

R

rabbit 家兔
['ræbɪt]

記住

兔形目兔科哺乳動物,品種很多,肉味嫩美,含豐富的蛋白質。

racking 過酒
['rækɪŋ]

記住

使葡萄酒渣沈澱至瓶底,將上層酒換瓶以去除殘渣的步驟。

radish 紅蘿蔔
['rædɪʃ]

記住

十字花科植物,通常食用其肥大內質根。

rag 碎肉片
[ræg]

記住

切碎的肉,往往是修整後的篩出的小肉屑。

rainbow trout 虹鱒
['ren͵bo] [traut]

記住

產於北美洲太平洋沿岸與歐洲的一種鱒魚,是受歡迎的食用魚之一。

raised pastry 發麵點心
[rezd] ['pestrɪ]

記住

由發酵過的麵糰製成的麵點,與raised pie同義。

raisin 無核葡萄乾
['rezn̩]

記住

經人工天然烘乾的葡萄,含糖分很高。

raisin grape 葡萄乾葡萄   記住
[ˈrezn̩] [grep]

專門用於製作葡萄乾，而不用於釀酒的葡萄，與raisin同義。

raisin wine 葡萄乾葡萄酒   記住
[ˈrezn̩] [waɪn]

將葡萄乾浸泡後發酵釀成的一種低酒精度葡萄酒。

raising powder 發麵粉   記住
[ˈresɪŋ] [ˈpaudɚ]

俗稱乾發酵粉。

rape 果渣，果肉（法）   記住

用於榨汁的蘋果或梨，也指葡萄的果渣等。

rape 油菜   記住
[rep]

一年生或二年生草本植物，也叫芸苔，其黑色種子可榨取菜籽油。

raspberry 懸鉤子、覆盆子   記住
[ˈræzˌbɛri]

薔薇科灌木，原產於亞洲東部的美味漿果，營養價值頗高。

ravioli 義大利方餃（義）   記住
[ˌrævɪˈolɪ]

典型的義大利麵食，也叫煮合子。

raw 生的   記住
[rɔ]

未經加熱或未煮熟的食物，也指可以不烹煮直接食用的蔬菜和水果。

réchaud¹ 輕便電熱鍋（法）   記住

réchaud² 保溫鍋warmer（法）   記住

recipe 菜譜、配方
['rɛsəpɪ]

記住

也叫食譜，是記載菜餚的用料、用量、烹調過程和方法的小冊子。

red cabbage 紅葉包心菜
[rɛd] ['kæbɪdʒ]

記住

葉子呈深紅色，主要用於作泡菜或切成絲作為湯菜的配飾菜。

red sauce 番茄醬汁
[rɛd] [sɔs]

記住

義大利風格的番茄汁，加入大蒜、洋蔥和胡椒等香料調味。

red wine 紅葡萄酒
[rɛd] [waɪn]

記住

用紅葡萄或深色葡萄發酵釀成，保留了皮層所含的天然色素的酒。

refreshing 保鮮
[rɪ'frɛʃɪŋ]

記住

用冷藏、急凍、輻射、煮沸或添加防腐劑等各種方法使食品保持風味。

refreshment 茶點，點心
[rɪ'frɛʃmənt]

記住

泛指各種小吃、便餐和清涼提神飲料。

refreshment drink 清涼飲料
[rɪ'frɛʃmənt] [drɪŋk]

記住

泛指清涼爽口的飲用液體，含碳酸飲料、乳酸菌飲料、果汁飲料等

refrigerator 冰箱
[rɪ'frɪdʒəˌretə]

記住

用電力或氣體進行恆溫控制的冷藏裝置。

refrigerator car 冷藏車
[rɪ'frɪdʒəˌretə] [kɑr]

記住

裝有冷藏庫的運貨車，用於運輸新鮮肉類、魚、水果與蔬菜等。

reggiano 勒佐乳酪（義）　　　　　　　　記住

義大利艾米利亞勒佐地方產的一種硬質牛乳乳酪。

relish 開胃菜　　　　　　　　　　　　　記住
['rɛlɪʃ]

與主菜的質地和風味不同或可刺激食慾的配菜，多為涼拌或生菜。

rémuage 搖沉（法）　　　　　　　　　　記住

用香檳法生產發泡酒的過程之一。

Remy Martin 人頭馬（法）　　　　　　　記住

法國著名干邑白蘭地酒，口味優雅，價格昂貴，年產量僅四萬瓶。

rennet 凝乳酵素　　　　　　　　　　　　記住
['rɛnɪt]

能使牛奶凝固或在乳酪製造中使乳酪凝固的物質。

restaurant 餐館　　　　　　　　　　　　記住
['rɛstərənt]

Rheinhessen 萊茵黑森（德）　　　　　　記住

德國萊茵河流域的釀酒地區，生產高質量葡萄酒。

Rhein-Pfalz 萊菌‧普法爾茲（德）　　　　記住

德國萊茵河西岸的釀酒地區，生產的乾白葡萄酒口味圓潤醇和。

Rhine wine 萊茵葡萄酒　　　　　　　　　記住
[raɪn] [waɪn]

產於德國萊茵河谷的葡萄酒，特別指酒體輕，無甜味的乾白葡萄酒。

Rhone 隆河（法）　　　　　　　　　　　記住

法國勃根地以南，鄰近里昂，此地所生產的紅葡萄酒稱為Côte rotie。

Ricard 里卡爾茴香酒（法）　　　　　　　記住

產於法國，其風格類似於Pastis。

rice 白米
[raɪs]

糧食作物水稻的去殼子實，富含澱粉和少量蛋白質及脂肪。

rice flour 米粉
[raɪs] [flaur]

由糯米或白米研磨成的細粉，常加工成各種餅和糕點等。

rice meal 米粉
[raɪs] [mil]

參見rice flour

rice wine 米酒
[raɪs] [waɪn]

以白米或糯米為原料釀成的一種低度酒。

rickey 里基酒、利克酒
['rɪkɪ]

原為不含酒精的甜飲，以檸檬汁、蘇打水調成，現加入杜松子酒。

ricotta 乳清乳酪（義）
[rɪ'kɔtɑ]

一種義大利脫脂乳酪。

Riesling 雷司令葡萄（德）
['rɪslɪŋ]

德國最優秀的葡萄品種，用來釀造白葡萄酒，原產於歐洲、美加等地。

ripe 成熟的
[raɪp]

一般專指水果和蔬菜的成熟，有時也可指飲料的可口和醇美。

ripen 使（乳酪）熟化
['raɪpən]

熟化的過程可以加強香味、口味、稠度與質量等。

riso 白米，米飯（義） 記住

參見rice

risotto 肉汁燴飯（義） 記住
[rɪˋsɔto]

義大利風味菜餚，色澤艷麗悅目，滋味可口。

roast 烤 記住
[rost]

食品烹飪法，以輻射熱烹調肉、玉米、馬鈴薯和其他蔬菜的過程。

roast beef 烤牛肉 記住
[rost] [bif]

與roast meat同義，有時也指一種粗餡牛肉烤製香腸。

roast coffee 中度焙炒咖啡 記住
[rost] [ˋkɔfi]

咖啡的色澤、香味主要取決於焙炒的程度和條件。

roast duck 烤鴨 記住
[rost] [dʌk]

roast meat 烤肉，炙肉 記住
[rost] [mit]

以烤爐烹烤的肉，由於肉汁排出，水分蒸發，故具有特殊風味。

roasting pan 烤肉盤 記住
[ˋrostɪŋ] [pæn]

與電烤箱規格配套的一些窄邊金屬盤。

Rob Roy 羅布·羅伊雞尾酒 記住
[ˋrɑbˌrɔɪ]

由蘇格蘭威士忌、甜味苦艾酒、苦味汁和冰塊經攪拌過濾而成。

robust 濃味的
[rə'bʌst]

記住

形容香料的濃烈香味或酒的濃郁醇香。

robust coffee 粗壯咖啡
[rə'bʌst] ['kɔfɪ]

記住

原產於非洲的咖啡品種之一。

rocket cress 芝麻菜
['rɑkɪt] [krɛs]

記住

紫花南芥，原產於地中海地區的十字花科一年生草本植物。

roller 擀麵杖（棍）
['rolɚ]

記住

與rolling pin同義。

rolling pin 擀麵杖（棍）
['rolɪŋ] [pɪn]

記住

用於展平麵團，通常用木、玻璃等材料製成。

Romanian wines 羅馬尼亞葡萄酒
[ro'menjən] [waɪns]

記住

room service 客房餐飲服務
[rum] ['sɝvɪs]

記住

旅館中的服務項目之一，提供客人在客房中用餐，但費用一般較高。

root beer 無醇飲料、麥根沙士
[rut] [bir]

記住

以冬青油、蒲公英等為原料製成的無酒精飲料。

Roquefort 何果福乳酪（法）
['rokfɚt]

記住

法國朗格多克的比利牛斯地區產的硬質羊奶酪，是著名乳酪之一。

rose 玫瑰 記住
[roz]

一種落葉灌木，莖幹直立，刺很密，花色有白、紅或紫，芳香濃郁。

rosé 玫瑰紅葡萄酒、粉紅酒（法） 記住

Rosé, Créme de 玫瑰利口酒（法） 記住

法國的一種優質酒，用玫瑰油作主要調料，加入檸檬汁和香草等製成。

rose hip 薔薇果 記住
['roz,hɪp]

大薔薇的紅色果實，富含維生素C，可製成果醬、飲料和調味汁。

rosemarino 迷迭香（義） 記住

與rosemary同義

rosemary 迷迭香 記住
['rozmɛrɪ]

多年生常綠小灌木，葉有茶香，味辛辣微苦常用作料理調香。

Rote kirsch 櫻桃利口酒（德） 記住

一種德國酒，味甜帶苦，色澤深紅，與另一種叫kirsch wasser的不同。

rouge 紅葡萄酒 =red（法） 記住
[ruʒ]

與red wine同義

roux 油糊（法） 記住
[ru]

將麵粉和奶油同炒成棕色而成的增稠料，添加於湯或調料。

Royal Mint-Chocolate Liqueur 皇家薄荷巧克力利口酒
['rɔɪəl] ['mɪnt,tʃɑkəlɪt] [lɪ'kɚ] 記住

創始於英國但在法國釀造的一種新型利口酒，含酒精29%。

Ruby Cabernet 寶石紅卡本內　　　　記住
['rubɪ] [ˌkæbəˈne]

釀酒用的紅葡萄品種。

Ruby Port 寶石紅波爾圖酒　　　　記住
['rubɪˌport]

醇厚甜味葡萄酒，色澤紅艷透亮。

ruby wine 寶石紅紅葡萄酒　　　　記住
['rubɪˌwaɪn]

紅葡萄酒的一種，色澤深紅透明，與red wine同義。

rum 蘭姆酒　　　　記住
[rʌm]

風味獨特取決於酵母種類、蒸餾方法和調製條件等。

rum and coke 蘭姆可樂　　　　記住
['rʌm n̩ kok]

蘭姆酒與可口可樂的混合飲料。

Russian cookery 俄羅斯烹調　　　　記住
['rʌʃən] ['kukəˌrɪ]

Russian dressing 俄羅斯調汁（美）　　　　記住
['rʌʃən] ['drɛsɪŋ]

是一種以美國人眼光想象的俄羅斯風味調料。

Russian salad 俄羅斯沙拉　　　　記住
['rʌʃən] [sˈæləd]

什錦涼拌蔬菜。

Russian service 俄式餐桌服務　　　　記住
['rʌʃən] ['sɝˌvɪs]

食品在廚房加工切配後置於大食盤，逆時針方向為客人服務的方式。

Russian stout 俄羅斯烈性啤酒　　　　　記住
['rʌʃən] [staut]

過去英國為沙皇家族釀製的一種高酒度特色啤酒，至今仍沿用舊稱。

Russian tea 俄羅斯茶　　　　　記住
['rʌʃən] [ti]

以中國綠茶泡出後，加入檸檬汁、蘭姆酒和果醬而成的濃稠飲料。

Russian wine 俄羅斯葡萄酒　　　　記住
['rʌʃən] [waɪn]

俄羅斯各地產的葡萄酒，以伏爾加河三角洲產量最高，質量最好

rye 黑麥　　　　　記住
[raɪ]

廣泛栽培於歐洲和北美洲的一種穀類作物，種子常磨粉製成麵包

rye whiskey 黑麥威士忌　　　　記住
[raɪ] ['hwɪskɪ]

以黑麥為主釀成的威士忌，主要產於美國與加拿大等地。

S

sage 洋紫蘇葉　　　記住
[sedʒ]

又稱鼠尾草,是一種半灌木狀植物,味辛辣芳香,葉用於食品的調香

sago 西谷米　　　記住
[sego]

由幾種熱帶棕櫚樹乾所貯存的碳水化合物製成的食用澱粉

Saint-Emilion 聖埃米利翁(法)　　　記住
[ˌsæŋtemiˈljɔŋ]

法國波爾多的釀酒大區,生產許多醇厚的紅葡萄酒。

Saint-Estèphe 聖埃斯泰夫(法)　　　記住

法國波爾多的梅鐸釀酒區,世界上最優秀的紅葡萄酒之一

Saint-Joseph 聖約瑟夫(法)　　　記住

法國隆河的釀酒區,生產不少質優價廉的各種葡萄酒。

Saint-Julien 聖朱利安(法)　　　記住

法國波爾多的梅鐸主要釀酒區,擁有許多著名的釀酒葡萄莊園。

Saint-Laurent 聖洛朗(法)　　　記住

法國波爾多的梅鐸釀酒村落,生產的優質紅葡萄酒。

sake 清酒(日)　　　記住
[ˈsɑki]

淡黃色微甜帶苦的日本烈性米酒,含酒精可達18%。

salad 沙拉　　　　　　　　　　　　　　記住
['sæləd]

泛指各種不同的涼拌菜。

salad bowl 沙拉碗　　　　　　　　　記住
['sæləd‚bol]

一種深型大瓷碗，也可為玻璃或塑料碗，用於攪拌涼拌菜。

salad dressing 沙拉醬　　　　　　　記住
['sæləd] ['drɛsɪŋ]

以食油、醋、檸檬汁、蛋黃與澱粉等作配料調製而成的一種加味料。

salad fork 沙拉叉　　　　　　　　　記住
['sæləd] [fork]

一種短的四齒叉，用於取食沙拉或糕點。

salad oil 沙拉油　　　　　　　　　　記住
['sæləd] [ɔɪl]

用於調拌沙拉的食油，如橄欖油、玉米油和花生油等。

salad plate 沙拉盤　　　　　　　　　記住
['sæləd] [plet]

盛放涼拌菜的餐盤，一般直徑為18釐米。

salad servers 沙拉餐具　　　　　　記住
['sæləd] ['sɝvɚ]

相配的一組餐具，含叉和匙，用於從沙拉碗中取食。

salade 沙拉（法）　　　　　　　　記住

與salad同義。

salade Nicoise 尼斯沙拉（法）　　記住

一種著名涼拌菜。

salade Waldorf 沃爾多夫沙拉（法）記住

以蘋果、芹菜、桃仁和美乃滋拌成，以紐約著名沃爾多夫飯店命名。

salami 薩拉米香腸（義）　　　　　記住
[səˈlɑmɪ]

產於義大利和匈牙利等國的一種濃味香腸，以豬肉和少量牛肉製成。

salami cotto 熟薩拉米香腸（義）　　記住

將薩拉米香腸醃製三天後蒸熟食用。

salle à manger 餐廳（法）　　　　記住
[ˌsal a maŋˈʒe]

與restaurant同義

salmon 鮭魚　　　　　　　　　　記住
[ˈsæmən]

又名大馬哈魚，鮭形目鮭科魚類的統稱，是名貴的食用魚。

Salmon paste 鮭魚醬　　　　　　記住
[ˈsæmən] [pest]

鮭魚調味加工做成罐頭出售，用於作茶點的塗抹料。

salt 食鹽　　　　　　　　　　　記住
[sɔlt]

無機化合物，成分是氯化鈉，烹調中是最常用的調味劑和防腐劑。

salt butter 鹹味奶油　　　　　　記住
[sɔlt] [ˈbʌtɚ]

將少量鹽添入奶油中，可調味也可防腐。

salt cellar 鹽瓶　　　　　　　　記住
[sɔlt] [ˈsɛlɚ]

用來裝鹽的玻璃或金屬器皿，常配有小匙或製成有孔小瓶。

salt shaker 鹽瓶（美）　　　　　記住
[sɔlt] [ˈʃekɚ]

與salt cellar同義

salt spoon 鹽匙　　　　　　　　　　　　　記住
[sɔlt] [spun]

置於鹽罐內用於取鹽的小匙。

salted 鹽醃的　　　　　　　　　　　　　　記住
['sɔltɪd]

將食品表面塗抹鹽或將食品浸入鹽水中的加工方法。

salt-free diet 無鹽膳食　　　　　　　　　記住
['sɔltˌfri] ['daɪət]

不加鹽的食品以及其他含鈉量低的食品，可以防治高血壓等疾病

salute 祝你健康〔敬酒用語〕（義）　　　記住
[sə'lut]

salver 圓托盤　　　　　　　　　　　　　　記住
['sælvə·]

samovar 茶炊、沙姆瓦特鍋（俄）　　　　記住
['sæməˌvɑr]

銅製或銀製的煮茶器具

sandwich 三明治　　　　　　　　　　　　　記住
['sændwɪtʃ]

用兩片麵包夾入肉、起司或其他食物的快餐食品。

sandwich loaf 三明治麵包　　　　　　　　記住
['sændwɪtʃ] [lof]

用於作三明治的長方形麵包。

sangaree 桑格里酒（西）　　　　　　　　記住
[ˌsæŋɡə'ri]

一種高杯冷飲，以波爾特葡萄酒，淡啤酒或烈性酒加糖混調成。

sardine 沙丁魚　　　　　　　　　　　　　記住
[sɑr'din]

小型洄游魚，因原產於義大利的撒丁島而得名。

sarsaparilla　沙士
[ˌsɑrspəˈrɪlə]

百合科幾種熱帶藤本植物，產於美洲，其根可製取芳香調味劑

sashimi　生魚片（日）
[sɑˈʃimɪ]

sauce　醬汁
[sɔs]

泛指各種調拌食物的調味料。

sauce à la Chasseur　獵人醬汁（法）

味道濃厚棕色醬汁。

sauce à la Napolitain　那不勒斯醬汁（法）

棕色醬汁的一種，用於搭配牛肉或野味。

sauce Bearnaise　貝亞恩醬汁（法）

用蛋黃、醋、奶油、白葡萄酒和龍蒿葉等配成的調味汁。

sauce Espagnole　西班牙醬汁（法）

棕色基本醬汁。

sauce Italienne　義大利醬汁（法）

以蘑菇、火腿、龍蒿等切成碎末製成的一種義式風味棕色醬汁。

sauce mère　母醬汁（法）

即醬汁的基汁，用於製備其他醬汁，如白醬醬汁等。

sauce Nantua　南蒂阿醬汁（法）

以貝夏美醬汁為基料，加入鮮奶油、龍蝦奶油等製成。

sauce piquante　棕色辣醬汁（法）

加醋、碎續隨子、黃瓜和香料等作配料。

sauce soubise 蘇比士醬汁（法）　　　記住

一種濃味洋蔥醬汁。

sauce tureen 調汁盅　　　記住
[sɔs] [tjuˈrin]

有蓋小磁盆，配有一把小匙，用於盛放調味汁。

sauceboat 船形湯碗　　　記住
[ˈsɔsˌbot]

又名汁斗，一種帶唇口和手柄的金屬或陶瓷碗，用於盛裝調味汁。

saucer 杯托、底盤襯盤　　　記住
[ˈsɔsɚ]

盛置茶杯或咖啡杯的小淺碟。

saucer champagne 大香檳酒杯　　　記住
[ˈsɔsɚ]

專門用來飲用香檳酒的喇叭狀高腳杯。

saucer glass 香檳酒杯　　　記住
[ˈsɔsɚ] [glæs]

與champagne glass同義

saucier 醬汁廚師（法）　　　記住

專門負責製備各種醬汁和調味汁的廚師。

Sauerbraten 酸味燉牛肉（德）　　　記住
[ˈsaurˌbrɑtən]

德式燉牛肉，添加許多香料燉煮的。

sausage 香腸　　　記住
[ˈsɔsɪdʒ]

sauté 炒，嫩煎（法）　　　記住
[soˈte]

與stir-fry同義

Sauterne 蘇玳（法） 記住
[so'tɜ-n]

法國波爾多地區著名葡萄酒產地，生產一種金黃色甜味葡萄酒

Sauvignon Blanc 白蘇維翁葡萄（法） 記住

法國的一種優良葡萄品種，用於釀製香味獨特、有野草味的白葡萄酒

savory 香薄荷 記住
['sevəri]

唇形科一年生香草植物，其葉及花芽可作填餡用的佐料。

savouring 品味 記住
['sevərɪŋ]

辨別與欣賞食物滋味的能力；酒的品味特別被視為高深的知識和藝術

savoury¹ 香薄荷 記住
['sevəri]

savoury² 餐後點心 記住
['sevəri]

通常為菜單上的最後一道菜，精緻而且風味濃郁可口。

scallop 扇貝 記住
['skɑləp]

一種海洋雙殼類軟體動物。

Scandinavian cookery 斯堪地納維亞烹調 記住
[ˌskændə'nevɪən]

指瑞典、挪威和丹麥諸國的特色菜餚，以燻肉香腸等拼盤為主。

Schaumwein 香檳汽酒（德） 記住

德國的一種氣泡葡萄酒，常充入二氧化碳來增加氣泡量

Schnapps　烈性杜松子酒（德）
[ʃnæps]
記住

泛指各種烈性蒸餾酒，尤指荷蘭、德國與北歐諸國產杜松子酒。

scone　烤餅，司康餅
[skon]
記住

起源於英國的快速焙烤食品。

Scotch broth　蘇格蘭肉湯
[skatʃ] [brɔθ]
記住

以燻肉為配菜煮成的羊肉蔬菜大麥濃湯。

Scotch bun　蘇格蘭黑麵包
[skatʃ] [bʌn]
記住

與black bun同義

Scotch whiskey　蘇格蘭威士忌
[skatʃ] [ˈhwɪskɪ]
記住

以蘇格蘭的專用蒸餾釜製成的特產威士忌酒。

scrambled egg　西式炒蛋
[ˈskræmbl̩d] [ɛg]
記住

將蛋黃和蛋白一起攪拌，加入少許牛奶，然後經油翻炒而成。

sea cucumber　海參
[siˈkjukəmbɚ]
記住

深褐色的棘皮軟體動物，身體呈圓柱狀，是珍貴的名菜佳餚。

sea kale　海甘藍
[si] [kel]
記住

十字花科多年生植物，形似甘藍。

sea lettuce　石蓴
[siˈlɛtɪs]
記住

又名海白菜，為一種綠色海藻，富含維生素A、B和C。

seafood 海鮮   記住
['si͵fud]

可食水產動物的總稱，包括海水與少數淡水生物

seafood cocktail 海鮮盅（美）   記住
['si͵fud] ['kak͵kel]

以蟹肉、龍蝦肉和大蝦肉加調味醬汁拌成的一種開胃涼拌。

seafood fork 海鮮叉（美）   記住
['si͵fud] [fɔrk]

一種小三齒叉，用於從蟹或龍蝦殼中取食蟹肉或蝦肉。

season 調味 (V)   記住
['sizn̩]

在菜餚中加入各種調味品或香料，以豐富口味。

seasoning 調味品   記住
['sizn̩ɪŋ]

也叫佐料，是食品中不可缺少的輔料，可調節口味，增進食慾

sec （酒）乾的，不甜的（法）   記住
[sɛk]

指含糖分不超過2%的酒精專用術語。

secco （酒）乾的，不甜的（義）   記住

與sec同義

seco （酒）乾的，不甜的（西）   記住

與sec同義

sediment 酒垢   記住
['sɛdəmənt]

沉澱在酒瓶底部的酒渣，由糧穀、葡萄和酵母的細小顆粒組成。

Sekt 發泡酒（德）   記住

專指德國生產的各種發泡白葡萄酒，口味不同，甜與不甜的均有。

Selterwasser　礦泉汽水（德）

記住

與mineral water同義

Seltzer　塞爾茲礦泉水（德）
['sɛltsɚ]

記住

德國礦泉水，以原產於Nieder Selters而得名。

semi-dry wine　半乾葡萄酒
['sɛmɪˌdraɪ] [waɪn]

記住

口味介於甜味與乾味之間的葡萄酒。

semi-fermented tea　半發酵茶
['sɛmɪˌfɝˈmɛntɪd] [ti]

記住

介於綠茶與紅茶之間的一種加工方法，如烏龍茶等。

Sercial　塞西爾葡萄（法）

記住

法國一種釀酒用葡萄品種，用於釀製口味最乾的一些增度馬德拉酒。

service[1]　上菜，斟酒
['sɝvɪs]

記住

常指每次撤完菜後，拭淨餐桌，重新再上菜等的過程。

service[2]　餐飲服務方式
['sɝvɪs]

記住

世界各國家，如法國、美國、英國和俄國均有其獨特的服務方式。

service cabinet　服務冷櫃
['sɝvɪs] ['kæbənɪt]

記住

商店冷藏櫃或自動食品售貨櫃。

sesame　芝麻
['sɛsəmɪ]

記住

一年生草本植物，又稱脂麻或胡麻，廣泛用於榨油、食品調味

sesame oil 芝麻油
['sɛsəmɪ ɔɪl]

又名麻油或香油,性質穩定,呈黃色,能抗氧化酸敗

Seyval Blanc 白塞伐爾葡萄(法)

法國園藝學家將法國和美國葡萄進行雜交而成的一種新葡萄品種。

shallot 小紅蔥頭
[sə'lɑt]

又名凍蔥或青蔥,多年生百合科芳香草本植物,常作蔬菜或調味。

shark 鯊魚
['ʃɑrk]

生活在熱帶和亞熱帶海洋的一種食肉魚類。

shark's fin 魚翅
['ʃɑrks] [fɪn]

鯊魚的鰭經加工之後,其軟骨條叫做魚翅,是珍貴的食品。

sheep 綿羊
[ʃip]

shellfish 貝類
['ʃɛl.fɪs]

食用甲殼動物、軟體動物和棘皮動物的統稱。

sherbet 果汁奶凍、冰凍果子露
['ʃɝ-bɪt]

用水、糖、牛乳或乳脂加調味而成的一種冷飲。

sherbet cup 冰果汁杯(美)
['ʃɝ-bɪt] [kʌp]

sherry 雪利酒
['ʃɛrɪ]

西班牙赫雷斯等地出產的一種風味獨特的加度葡萄酒。

sherry cobbler 冰雪利酒（美） 記住
['ʃɛrɪ] ['kɑblɚ]

用雪利酒、檸檬汁和糖等配製而成的一種雞尾酒，也叫庫布勒酒。

sherry glass 雪利杯 記住
['ʃɛrɪ] [glæs]

一種有腳酒杯，容量為2-2½液體盎司。

Shirza 希拉葡萄（品種） 記住

世界最古老的葡萄品種之一，在法國被稱為Hermitage。

short drink 短飲酒 記住
[ʃɔrt] [drɪŋk]

指用小酒杯盛的混合烈性飲料，有時也指不攙水的烈性純酒。

shortening 起酥油 記住
['ʃɔrtn̩ɪŋ]

添加到麵團或麵糊中可使焙烤食品鬆脆的動、植物油脂

shred 切絲 記住
[ʃrɛd]

把將蔬菜或肉等切成很薄的片或絲。

shrimp 蝦 記住
[ʃrɪmp]

甲殼綱十足目動物，與龍蝦、螯蝦等相似。

silky 絲樣柔和的 記住
['sɪlki]

評價酒類口味的指標之一，指酒入口時爽滑順暢的感覺。

silver 銀 記住
['sɪlvɚ]

一種具有銀白色色澤的貴金屬，常用於製作昂貴的餐具

simmer 煨
['sɪmə-]

用文火慢慢烹煮，使液體熱而不沸騰的烹調方式。

single 純威士忌
['sɪŋgl]

未經調配的原酒，與whiskey同義

sink 廚房洗滌槽
[sɪŋk]

用於洗蔬菜、炊具和其他廚房用品的地方。

sirloin 上腰肉、沙朗
['sɝˌlɔɪn]

牛背裡脊肉與腿肉間的腰肉牛排。

skimmed milk 脫脂牛奶
[skɪmd] [mɪlk]

經人工脫脂的牛奶，保留了全部蛋白質等重要成分。

slaw 包心菜沙拉（美）
[slɔ]

與cole slaw同義

sleepy 過熟
['slipɪ]

水果存放過久而開始腐爛的程度。

slice[1] （食物）薄片
[slaɪs]

slice[2] 切片刀
[slaɪs]

刀身寬而薄，用於切片。

slicer 切片機　　`記住`
[ˈslaɪsɚ]

手動或電動的切片工具，用於切馬鈴薯、蘿蔔等蔬菜以及肉類

sling 司令雞尾酒　　`記住`
[ˈslaɪsɚ]

由威士忌、白蘭地、杜松子酒加蘇打水等為配料混合的雞尾酒

sloe gin 野莓琴酒　　`記住`
[slo][dʒɪn]

英國的一種深紅色甜味烈酒，用琴酒作基酒，加入黑刺李的濃汁調味

small ale 淡啤酒　　`記住`
[smɔl] [el]

也作small beer，用少量大麥芽，而不用啤酒花製成的淡味廉價飲料。

smash[1] （含有碎果肉的）果子露　　`記住`
[smæʃ]

smash[2] 薄荷蘇打雞尾酒　　`記住`
[smæʃ]

以威士忌或蘭姆酒作基酒，加入果汁和冰塊，並用一小枝薄荷作點綴。

Smithfield ham 史密斯菲爾德火腿（美）　　`記住`
[ˈsmɪθˌfild] [hæm]

陳熟的煙燻火腿，以花生飼養的豬的肉製成。

smoke 煙燻　　`記住`
[smok]

用於保存魚和肉的特殊加工法。

smoked plum 烏梅　　`記住`
[smokt] [plʌm]

又名酸梅，是一種經過燻製的梅子，呈黑褐色可解熱趨蟲

smooth texture 細膩組織
[smuð] ['tɛkstʃɚ]

記住

指冰淇淋、乳酪和煉乳等結構均勻一致，無顆粒與鬆散現象

snack 小吃
[snæk]

記住

在餐與餐之間的少量食物。

snail 蝸牛
[snel]

記住

snow¹ 攪打蛋白
[sno]

記住

以蛋白和糖用打蛋器攪打而成的鮮奶油狀泡沫，用作糕點的餡料。

snow² 白雪布丁
[sno]

記住

以甜果肉、蛋白等加入鬆軟蛋糕中，浸以果汁成為一道甜點。

soak 浸泡
[sok]

記住

將食品浸入液體，使其變軟、脫鹽或加入各種調香料的步驟。

soda 小蘇打
['sodə]

記住

與baking powder同義

soda cracker 蘇打餅乾
['sodə] ['krækɚ]

記住

用小蘇打發酵的鬆脆餅乾，也叫soda biscuit，與cracker同義

soda pop 蘇打汽水
['sodə] [pɑp]

記住

包括薑汁啤酒和可樂飲料等發泡飲料。

soda water 蘇打水　　　記住
['sodə] ['wɔtɚ]

即汽水，充有二氧化碳的一種甜味溶液。

sodium glutamate 味精　　　記住
['sodɪəm] ['glutəˌmet]

從麵筋中提取的一種白色結晶物質，用於增加食物的鮮味。

soft drink 無酒精飲料　　　記住
[sɔft] [drɪŋk]

指不含酒精的飲料，一般充入二氧化碳，常含有甜味料和香料等。

soft water 軟水　　　記住
[sɔft] ['wɔtɚ]

含低濃度鈣、鎂和鐵離子的水，與hard water相反。

softening 軟化　　　記住
['sɔfn̩ɪŋ]

將食品浸入液體使其質地柔軟，然後進行烹調的加工方法。

sole 鰨　　　記住
[sol]

俗稱比目魚，鰈形目幾種比目魚的統稱。

solera 多層木桶陳釀（西）　　　記住

陳化雪利酒和馬德拉酒的方法，最早由西班牙的葡萄酒釀造商所採用

sommelier 葡萄酒侍（法）　　　記住
[ˌsʌmə'lje]

飯店或餐廳中的管理人員之一，有時也指酒品服務人員或調酒師

SOPEXA 法國農產品與食品銷售促進協會（縮）（法）記住

sorbet 無脂冰淇淋（法）　　　記住
['sɔrbɪt]

以各種水果混合，冷凍後食用；也指什錦水果冰糕。

soubise　蘇比斯醬汁（法）
[su'biz]

以洋蔥、米飯、荳蔻、胡椒和貝夏美醬汁等製成的一種調味醬。

soufflé　蛋奶酥
[su'fle]

俗稱蘇芙雷，一種餐後甜點。

soufflé dish　蘇芙雷圓模
[su'fle] [dɪʃ]

用金屬或陶瓷製成，用於烘烤蘇芙雷。

soup　湯
[sup]

soup bone　湯骨
[sup] [bon]

用於熬湯的骨，如豬牛脛骨、雞骨架等。

soup cook　煮湯廚師
[sup] [kuk]

專管烹調各種濃湯、清湯和調味汁的廚師

soup cup　湯盤
[sup] [kʌp]

一種有兩個手柄的大湯盤。

soup plate　湯盤
[sup] [plet]

寬邊的深盤，用於盛湯。

soup spoon　湯匙
[sup] [spun]

soup tureen 有蓋湯碗
[sup] [tjuˈrin]

記住

比一般碗大，用於盛湯。

sour 酸酒（美）
[saur]

記住

以烈性酒、糖、檸檬汁和碎冰調配而成的一種雞尾酒；也指酸味的。

sour cream 酸鮮奶油
[saur] [krim]

記住

經過乳酸發酵的鮮奶油。

sour glass 酸酒杯
[saur] [glæs]

記住

漏斗式小高腳杯，容量為6盎司。

sour milk 優酪乳
[saur] [mɪlk]

記住

與yoghurt同義

sous-chef 副廚師（法）

記住

主要在大廚師的指導下執行具體烹調任務的廚房人員。

South African wine 南非葡萄酒
[sauθ] [ˈæfrɪkən] [waɪn]

記住

1655年在開普敦由荷蘭移民首次釀出了南非最早的葡萄酒。

Southern Comfort 南方安逸
[ˈsʌðən] [ˈkʌmfət]

記住

著名利口酒，由波旁威士忌作基酒，以桃汁調味。

soy sauce 醬油
[sɔɪ] [sɔs]

記住

深棕色的鹹調味汁，用大豆發酵製成，用作調味料。

soya bean 大豆 記住
['sɔɪjə] [bin]

與soybean同義

soybean 大豆 記住
['sɔɪˌbin]

一年生豆科植物及其可食的種子，也叫黃豆

soybean milk 豆漿 記住
['sɔɪˌbin] [mɪlk]

與soymilk同義

soymilk 豆漿 記住
['sɔɪˌmɪlk]

又名豆奶，以大豆為原料製成的一種牛奶代用品。

spaghetti 實心細麵條（義） 記住
[spə'gɛti]

義大利麵條，此字原義為「細線」

spanish brandy 西班牙白蘭地 記住
['spænɪʃ] ['brændi]

西班牙白蘭地產地在赫雷斯（Jerez），以出口到中南美洲為主。

Spanish cookery 西班牙烹調 記住
['spænɪʃ] ['kukəˌrɪ]

西班牙雜燴包括豬肉、鴨、雞、魚和香腸，並以蔬菜和玉米作配料。

Spanish wines 西班牙葡萄酒 記住
['spænɪʃ] [waɪns]

sparkling wine 氣泡葡萄酒 記住
['spɑrklɪŋ] [waɪn]

泛指能產生氣泡的各種葡萄酒，以白葡萄酒為主。

Spätlese　晚秋採摘酒（德）　　　記住

酒類術語，指品質很高的葡萄酒，尤指用手工採摘葡萄作原料者。

spice　辛香料　　　記住
[spaɪs]

泛指各種香草植物製品，用於食品如糕點、酒和烹調中的調香

spiced salt　椒鹽　　　記住
[spaɪst] [sɔlt]

把焙過的花椒和鹽碾碎後製成的調味品。

spinach　菠菜　　　記住
['spɪnɪtʃ]

藜科一年生蔬菜作物，富含鐵質和維生素A、C等

spirit　烈性酒　　　記住
['spɪrɪt]

俗稱白酒或燒酒，是從發酵的糧食酒或果子酒等蒸餾而成。

spoon　湯匙　　　記住
[spun]

用於進餐、分發食品或烹調食物的餐具，為一帶柄的淺碗形小容器。

spumante　發泡酒（義）　　　記住

可指多種不甜的發泡葡萄酒，以Asti Spumante為最著名。

squash　橙汁飲料　　　記住
[skwɑʃ]

常含有橙子的果肉。

starch　澱粉　　　記住
[stɑrtʃ]

無色無味的粒狀或粉狀複雜碳水化合物，是人類的主食來源之一

steak 牛排
[stek]

記住

從牛胴體的各種多肉部位切下的大塊帶骨肉片

steak griller 牛排烤架
[stek] [grɪlɚ]

記住

一種格柵狀電氣烤爐，用於烤炙牛排、漢堡等。

steak knife 牛排餐刀
[stek] [naɪf]

記住

有鋸齒形刀口的餐刀。

steam 蒸
[stim]

記住

利用蒸汽加熱使食物變熟的烹調方法。

steam casserole 氣鍋
[stim] [ˈkæsəˌrol]

記住

原產中國雲南省的一種砂鍋，中央有通到鍋底而不伸出鍋蓋的空管。

sterilise 消毒
[ˈstɛrəˌlaɪz]

記住

以高溫殺滅食品中的微生物，也叫殺菌，依具食材不同而條件不同

sterilised milk 消毒牛奶
[ˈstɛrəˌlaɪzd] [mɪlk]

記住

以高溫煮沸過的牛奶，可不經冷藏而保存較長時間

stew 燉
[stju]

記住

將肉、禽類或蔬菜等放入有蓋容器中，加水煨燉到爛熟

still 蒸餾釜
[stɪl]

記住

罐式蒸餾器，下方為燃燒鍋，用細長管通引出酒液加以冷卻。

still wine 無氣泡酒
[stɪl] [waɪn]

`記住`

指未充氣的或不含氣泡的葡萄酒,而非氣泡已經釋放完的酒。

stinger 薄荷雞尾酒(美)
['stɪŋɚ]

`記住`

以白蘭地或威士忌酒作基酒,加入蘇打水或薄荷冰水調配而成。

stir 攪動
[stɝ]

`記住`

用湯匙在容器內翻攪食品或飲料,使其冷卻。

stirer 攪拌棒
['stɝɚ]

`記住`

用於攪拌雞尾酒的一種器具。

stir-fry 炒
['stɝˌfraɪ]

`記住`

將食物放在鍋裡加熱,加入少量油迅速翻動使其快速成熟。

stock 高湯
[stɑk]

`記住`

將肉、骨和蔬菜等經長時間燉熬而收濃的一種湯料。

stone crab 石蟹(美)
[ston] [kræb]

`記住`

外殼十分堅硬的蟹,主要產於美國佛州沿海,肉味鮮美

stout 黑啤酒
[staut]

`記住`

釀造啤酒,色澤暗黑,由烘過的菱芽製成。

stove 爐灶
[stov]

`記住`

以煤氣、電或其他能源加熱的烹調器具。

straight （酒等）純的
[stret]

記住

與natur同義

straight whiskey 純威士忌
[stret] ['hwɪskɪ]

記住

威士忌含量超過51%就可稱為純威士忌。

strainer 漏勺
['strenɚ]

記住

廚房用具，用來撇去湯汁表面的泡沫，也指粗網的濾篩。

straw 吸管、麥桿
[strɔ]

記住

細長的空心管子，用來吸取飲料，最早的吸管是以麥桿製成。

straw wine 麥桿葡萄酒
[strɔ] [waɪn]

記住

白葡萄酒的一種，味甜、色澤淡，產於地中海地區。

strawberry 草莓
['strɔˌbɛri]

記住

一種薔薇科草本植物的漿果。富含維生素C、鐵和其他礦物質。

strega 斯翠加酒（義）

記住

以義大利古老配方製成的一種蒸餾酒，具滋補的效用。

stuff 填餡料
[stʌf]

記住

將初步調理的肉或蔬菜塞入麵皮或派中而成為內容物的動作。

stuffed potato 填餡馬鈴薯
[stʌft] [pə'teto]

記住

stuffed tomato 填餡番茄
[stʌft] [tə'meto]

記住

stuffing 餡
['stʌfɪŋ]

記住

sturgeon 鱘
['stɝˌdʒən]

記住

鱘科多種溫帶淡水魚類的統稱。卵可製魚子醬，鰾可作魚膠。

Sucre 糖（法）

記住

與sugar同義

sugar 糖
['ʃugɚ]

記住

又稱蔗糖。具甜味的食品和調料，萃取自甘蔗等高糖份的植物。

sugar beer 糖啤酒
['ʃugɚ] [bir]

記住

產自英國的家釀啤酒，以麥芽、蜂蜜、糖加啤酒花釀成，頗具甜味。

sugarcane 甘蔗
['ʃugɚˌken]

記住

多年生草本植物，莖桿內的汁液含高度糖份，是製糖的原料。

sultana 無籽葡萄
[sʌl'tænə]

記住

sundae 聖代（美）
['sʌnde]

記住

以冰淇淋為主，加入碎堅果仁和水果等配料製成的甜味冷飲。

sunflower 向日葵
['sʌnˌflauɚ]

記住

一年生草本植物，其圓盤狀花序有向陽性，又叫朝陽花或葵花。

sunny side up 太陽煎蛋
['sʌni] [saɪd] [ʌp]

記住

雞蛋只煎一面，保留蛋黃半生在正面的煎法，外觀就像太陽一樣

Suppe 湯（德）

記住

與soup同義

supper 晚餐
['sʌpɚ]

記住

每日的最後一頓餐，但時間未必在正餐時間，參見dinner

surf and turf 牛肉海鮮拼盤、海陸大餐
[sɝf ṇ tɝf]

記住

用去頭龍蝦或小蝦等海鮮作配料的里脊牛肉拼盤。

surf-n'-turf 牛肉海鮮拼盤
[sɝf ṇ tɝf]

記住

sushi 壽司（日）
['suʃi]

記住

swan 天鵝
[swɑn]

記住

優雅美麗的長頸白色候鳥，在中世紀時曾被視作美味珍饈。

swan potato 茨菰
[swɑn] [pə'teto]

記住

又叫慈茹，其塊莖含有澱粉，可食。

sweet basil 甜羅勒
[swit] ['bæzl]

記住

與basil同義

sweet corn 甜玉米
['swit] [kɔrn]

記住

原產於北美洲的一種橙紅色小玉米，玉米粒含糖量較高而味甜。

sweet potato 甜薯、地瓜 　記住
['swit] [pəteto]

也叫白薯、地瓜或山芋，可作為蔬菜或主食，也可用於釀酒。

sweet wine 甜葡萄酒 　記住
[swit] [waɪn]

每100毫升含糖量至少多於1克的葡萄酒。參見dry

sweets 糖果 　記住
[swits]

與candy同義

Swiss wines 瑞士葡萄酒 　記住
[swɪs] [waɪn]

swizzles 碎冰雞尾酒 　記住
['swɪzl̩]

源自於西印度群島的雞尾酒，特色是以蒸餾酒為基酒。

Sylvaner 席瓦礫娜葡萄（德） 　記住

德國的一種普通釀酒用葡萄品種，廣泛用於釀製半乾的白葡萄酒

Syrah 希拉葡萄（法） 　記住

法國羅納河谷的最優秀紅葡萄品種。

syrup 糖漿 　記住
['sɪrəp]

蔗糖加水溶解後加熱製成的一種飽和溶液，質地濃稠。

tabasco 朝天椒　　　　　　　記住
['tə'bæsko]

美國產的一種紅色辣椒品種，味極辣。

tabasco sauce 辣味醬汁　　　記住
['tə'bæsko] [sɔs]

用朝天椒、醋和其他調味料製成的一種著名醬汁，味極辣。

table 餐桌　　　　　　　　　記住
['teb!]

table d'hôte 套餐，客飯（法）　記住
['tæb!'dot]

餐廳供應的定額餐點，包含主餐和甜點，顧客選擇較少，但價格便宜。

table jelly 餐用果凍　　　　記住
['teb!] ['dʒɛlɪ]

市售經著色和調味的果凍，有固體和晶體兩種。

table knife 普通餐刀　　　　記住
['teb!] [naɪf]

進餐時使用的分食小刀，多以不銹鋼製成。

table linen 餐桌布件　　　　記住
['teb!] ['lɪnən]

餐廳內使用的各種布件，如餐巾、桌布、墊布和方巾等。

table salt 精鹽　　　　　　　記住
['teb!] [sɔlt]

精製細鹽，常混有微量鈣、磷和錳的化合物以保持乾燥。

table service　成套餐具　　　　　　　　記住
['tebl] ['sɜˈvɪs]

與tableware同義

table wine　佐餐葡萄酒　　　　　　　　記住
['tebl] [waɪn]

平價的普通葡萄酒，供日常用餐消費，有別於名酒。

tablespoon　湯匙，大匙　　　　　　　　記住
['tebl͵spun]

用於分菜的大匙，與進食用的小湯匙不同。

tableware　餐具　　　　　　　　　　　記住
['tebl͵sɛr]

盛放食品與飲料等餐點的器皿總稱。

tall glass　高腳酒杯　　　　　　　　　記住
[tɔl] [glæs]

tangerine　橘　　　　　　　　　　　　記住
['tændʒəˌrin]

芸香科植物的果實，含大量維生素C，橘皮可提取精油

tankard　大酒杯　　　　　　　　　　　記住
['tæŋkəd]

16至18世紀時在北歐和殖民地時期的美洲廣泛用於飲麥酒的杯子。

tannin　單寧　　　　　　　　　　　　　記住
['tænɪn]

一種廣泛存在於葡萄果皮中的可溶性化合物，結構複雜帶有澀味。

taro　芋，芋芳　　　　　　　　　　　　記住
['tɑro]

天南星科草本植物，地下塊莖大且呈圓形，富含澱粉，可作主食。

tarragon 茵陳蒿
['tærə‚gən]

記住

菊科草本植物，略似茴香般芳香。

tart 鮮奶油水果餡餅
[tɑrt]

記住

即水果塔。以派皮為底、水果等作餡的一種精緻糕點。

tartar 酒石
['tɑrtɚ]

記住

存在於葡萄汁中的沈積物，為暗紅色或白色，可作為釀酒時的酵母。

tartaric acid 酒石酸
[tɑr'tærɪk] ['æsɪd]

記住

一種無色的有機化合物結晶，味極酸，也叫果酸。

tartufo 松露（義）

記住

與truffle同義

Tavel Rosé 塔沃爾玫紅酒法（法）

記住

法國最優秀的玫紅色乾味葡萄酒，據說受法王路易十四所推崇。

tavern 酒館
['tævɚn]

記住

銷售酒類飲料且只供店內飲用的場所。早期被稱為「自由的搖籃」。

tea 茶
[ti]

記住

以茶樹的嫩葉和芽製成的飲品，多以熱水沖泡。

tea and coffee service 茶具和咖啡具
[ti] [ænd] ['kɔfi] ['sɝvɪs]

記住

用來斟茶和煮咖啡的成套器具，是餐廳或家庭必備的器皿。

tea bag 茶包
[ti] [bæg]

將少量茶葉裝入由布或濾紙製的小袋而成，便於沖泡茶湯。

記住

tea basket 茶點籃
[ti] [tæskɪt]

用於盛放午餐點心或其他食品的竹籃。

記住

tea biscuit 茶點餅乾
[ti] [bɪskɪt]

脆甜小餅乾，適於下午茶的點心。

記住

tea bread 茶點
[ti] [brɛd]

下午茶時間配茶的小圓甜麵包或甜點。

記住

tea ceremony 茶道
[ti] [ˈsɛrəˌmonɪ]

歷史悠久的日本泡茶習俗。源於禪宗，意在美化生活和殷勤待客。

記住

tea cloth 茶巾
[ti] [klɔθ]

繡有花紋的小布巾，用於飲茶點時的小桌布。

記住

tea cup 茶杯
[ti] [kʌp]

有耳柄的瓷杯，配有襯碟，用於飲紅茶為主。

記住

tea kettle 茶水壺
[ti] [ˈkɛtl]

燒水或沏茶用的有柄水壺，以陶瓷或金屬製成而便於加熱。

記住

tea knife 茶點刀 = Butter Knif
[ti] [naɪf]

用來切糕點的小餐刀。

記住

tea pot 茶壺
[ti] [pɑt]

記住

供泡茶、斟茶的帶嘴器皿，常以金屬或陶瓷製成而便於加熱。

tea service 茶具
[ti] [ˈsɝvɪs]

記住

金屬或陶瓷飲茶器皿，也包括牛奶盅、糖缸和熱水壺等，也作tea set

tea set 成套茶具
[ti] [sɛt]

記住

由茶壺、糖缸、鮮奶油碟、帶茶托的茶杯和點心盤等組成

tea time 茶點時間
[ti] [taɪm]

記住

介於中餐及晚餐的一段時間，常在此時間用茶點。參見high tea

tea tray 茶托盤
[ti] [tre]

記住

可容納茶壺、牛奶壺、糖缸和幾個茶杯的一種扁平盤。

teabowl 茶碗
[ˈtiˌbol]

記住

temperance movement 戒酒運動
[ˈtɛmprəs] [ˈmuvmənt]

記住

提倡節制飲酒或絕對禁酒的運動。

temperature 溫度
[ˈtɛmprɪt]

記住

烹調各式食品時的最適爐溫，依食材屬性與料理方式各自不同。

tenderized beef 嫩化牛肉
[ˈtɛndəˌraɪzd] [bif]

記住

經快速排酸嫩化處理的牛肉。

tenderizer 嫩化劑　　　　　　　　　　　記住
['tɛdəˌraɪzə]

使肉質嫩化的一種粉狀物質，主要是木瓜酶和鳳梨酵素製成。

Tennessee whiskey 田納西威士忌（美）　　記住
[ˌtɛnə'si] ['hwɪskɪ]

一種純威士忌，至少含有51%的玉米威士忌。

tequila 龍舌蘭酒　　　　　　　　　　　記住
[tə'kilə]

又名特奎拉酒。用墨西哥產的龍舌蘭膠液經蒸餾製成。

teriyaki 照燒（日）　　　　　　　　　　記住
[ˌtɛrɪ'jakɪ]

又名燒三樣，為日式烹飪方，燒烤肉類時，外層塗抹大量醬汁。

terriné 長方形陶罐（法）　　　　　　　　記住
[tɛ'rin]

長方形器皿，用於燉煮或上菜，現多以金屬製成。

Thanksgiving Day 感恩節　　　　　　　　記住
[ˌθæŋks'gɪvɪŋ] [de]

美國盛大節日之一，為紀念殖民地的豐收而感謝上帝的恩賜。

thermometer 溫度計　　　　　　　　　　記住
[θə'mɑmətə]

用於測量溫度的儀器。

thermos 保溫瓶　　　　　　　　　　　　記住
['θɜməs]

即熱水瓶，具有真空夾層阻斷熱傳導來防止溫度流失。

thicken 增稠，稠化　　　　　　　　　　記住
['θɪkən]

將澱粉、蛋黃等加入湯內加熱，使湯的質地變厚。

thousand island Dressing　千島醬汁
[ˈθauzn̩d] [ˈaɪlənd] [ˈdrɛsɪŋ]

記住

俄式調味料，也作thousand island dressing，常混合蔬菜製成沙拉。

thread　拔絲
[θrɛd]

記住

將糖煮到240℉時形成的一種絲狀結晶。

three-star brandy　三星白蘭地
[ˈθriˌstɑr] [ˈbrændi]

記住

以60%天然原料和40%調配原料製成的優質白蘭地酒。

thyme　百里香
[taɪm]

記住

具有刺激性氣味的草本植物，常用於料理的辛香料。

Tia Maria　蒂亞・瑪利亞酒

記住

牙買加產的一種利口酒。以蘭姆酒為基酒，配方對外保密

tin　食品罐頭
[tɪn]

記住

用馬口鐵製的密閉容器，用來長期保存食品，美國稱為can。

tintillo　淡紅葡萄酒（西）

記住

與rosé同義

tinware　錫器
[ˈtɪnˌwɛr]

記住

以純錫或鍍錫金屬製的實用或裝飾物件。如錫酒壺和錫餐具等。

tip　小費
[tɪp]

記住

to insure promptness的縮略語，對服務人員表示肯定的小額打賞。

toast¹　吐司　　　　　　　　　　記住
[tost]

烤成棕色或油炸的熱麵包片。

toast²　敬酒，乾杯　　　　　　　記住
[tost]

源自飲酒時伴食烤麵包的習俗。

toaster　電烤爐　　　　　　　　記住
['tostɚ]

也叫三明治爐。一種電氣炊具，專門設計來烘烤吐司用。

tobacco　煙草　　　　　　　　　記住
[tə'bæko]

草本植物，其葉含尼古丁，可製捲菸或菸絲。

toddy　甜酒　　　　　　　　　　記住
['tadɪ]

以威士忌作基酒，加肉桂、丁香等調配而成的雞尾酒，多為熱飲。

Tokay　托卡伊葡萄酒　　　　　　記住
[to'ke]

匈牙利產的著名餐後酒，以過度成熟的Furmint葡萄釀成。

Tom and Jerry　湯姆與傑利（美）　記住
[tam] [ænd] ['dʒɛrɪ]

一種加熱甜味酒類飲料，以蛋黃或蛋白作點綴。

Tom Collins　湯姆科林斯（美）　記住
[tam] ['kalɪnz]

以檸檬汁、琴酒、蘇打水為配料調配而成的著名雞尾酒。

tomato　番茄　　　　　　　　　記住
[tə'meto]

茄科一年生植物，果實汁多、略酸，具高營養價值。

tomato juice　番茄汁 記住
[tə'meto] [dʒus]

tomato juice cocktail　調配番茄汁 記住
[tə'meto] [dʒus] ['kɑk,tel]

將不同品種的番茄汁根據酸度，色澤等要求按比例調配而成。

tomato paste　番茄醬 記住
[tə'meto] [pest]

以洋蔥、糖、油脂和香料等作配料製成的番茄調料，常用於烹調。

tomato sauce　番茄醬汁 記住
[tə'meto] [sɔs]

與catsup同義

tomato scone　番茄小蛋糕 記住
[tə'meto] [skon]

以番茄汁代替牛奶製成的小茶點蛋糕。

tongue　食用牛（豬）舌 記住
[tʌŋ]

被美食家所推崇的一種美味，食時常佐以一定的調味汁或澆以肉凍。

toothful　一小口 記住
['tuθfəl]

份量恰為一口的食品或酒，有微量的意思，特別指白蘭地。

toothpick　牙籤 記住
['tuθ,pɪk]

以竹、木或象牙等製成的細尖短籤，用於取食或清理牙縫。

top fermentation　上發酵 記住
[tɑp] [,fɝmɛn'teʃən]

溫度在14℃到30℃之間發生的旺盛發酵。

Toro　托洛酒（西）　　　　　　　　 記住
['toro]

西班牙薩莫拉地方產的一種上等紅葡萄酒。

tortellini　義大利餃（義）　　　　　記住
[ˌtɔrtə'linɪ]

又叫義大利餛飩，以絞肉和乳酪作餡，入沸水煮成。參見ravioli

tortiglioni　螺旋狀通心麵（義）　　記住

義大利式麵食之一，常用於烘烤，與lasagne同義

tortilla　墨西哥薄餅（西）　　　　　記住
[tɔr'tijə]

以玉米製成的不發酵麵包，形狀扁平。

Toscane, à la　托斯卡尼式（法）　　記住

托斯卡尼在義大利西北部，餐點特色是以鵝肝醬和塊菌丁作配菜。

toss　攪勻　　　　　　　　　　　　 記住
[tɔs]

烹煮時將各種食品原料在平底鍋中輕輕搖勻、翻滾的手法。

tovagliato　桌布，餐巾（義）　　　 記住

與table linen同義

Traminer　香葡萄（德）　　　　　　 記住

與Gewürtztraminer同義

tray　托盤　　　　　　　　　　　　 記住
[tre]

常用在餐廳中便於送餐或送飲料的淺盤。

tresterschnapps　果渣白蘭地（德）　 記住

產於德國的萊茵地區，與marc同義

trim 修整
[trɪm]

記住

對肉類或蔬菜用刀切去邊角或其他不需要的部分

trimmings 修整下腳料
['trɪmɪŋs]

記住

肉或蔬菜被修整下的碎屑。可用於熬製原汁湯料或調汁等。

triple sec 極乾的（法）

記住

指不甜的葡萄酒或利口酒，特別是一些高酒度的橘皮酒等。

Trockenbeerenauslese 最上等甜酒（德）

記住

酒類術語。其質量居於首位，數量稀少，價格昂貴。

tropical lemon 熱帶檸檬
['trɑpɪkl] ['lɛmən]

記住

用於加入琴酒或伏特加酒中的調味料，味道介於苦檸檬和奎寧水之間

trout 鱒魚
[traut]

記住

屬鮭科，生長於清澈的淺水區，顏色鮮艷，肉味肥美，常製佳餚。

truffe blanche 白塊菌（法）

記住

與truffle同義

truffle 松露
['trʌfl]

記住

美味的食用真菌，成熟後為深黑色，俗稱黑蘑菇。

tulip 鬱金香
['tjuləp]

記住

產於歐洲的一種名貴花卉。除觀賞作用外，其根莖可食用。

tuna 鮪魚
['tunə]

記住

產於暖和的海域。肉質堅實,有時泛指鯖科魚類,食用價值很高。

tureen 湯碗　　　　　　　　　　　　　　　　　　記住
[tju'rin]

盛裝流質食物的有蓋容器,多盛放湯或調味汁,放在餐桌上供取食。

turkey 火雞　　　　　　　　　　　　　　　　　　記住
['tɝki]

原產於北美洲的一種大型紅肉禽。為聖誕節或感恩節主食

Turkish coffee 土耳其咖啡　　　　　　　　　　　記住
['tɝkɪʃ] ['kɔfɪ]

具特色風味磨碎咖啡飲品。飲前需先在糖漿中熬煮,故香濃甜膩。

Turkish cookery 土耳其烹調　　　　　　　　　　　記住
['tɝkɪʃ] ['kukəˌrɪ]

土耳其菜餚的特色兼有中亞地方色彩和希臘風味

Turkish wine 土耳其葡萄酒　　　　　　　　　　　記住
['tɝkɪʃ] [waɪn]

turmeric 鬱金根　　　　　　　　　　　　　　　　記住
['tɝmərɪk]

即薑黃,味辛辣稍苦,根莖磨成粉後製成調味香料。

turn (蔬菜)切削成形(刀工)　　　　　　　　　記住
[tɝn]

把馬鈴薯、紅蘿蔔等蔬菜削成各式形狀作為配飾

turnip 蕪菁　　　　　　　　　　　　　　　　　　記住
['tɝnɪp]

俗稱大頭菜,根為球塊狀、果肉色白,可作主食。

turnover 半圓形餡餅　　　　　　　　　　　　　　記住
['tɝnˌovə]

特製餡餅,將圓形麵皮對半折疊,填裝餡料而不封口。

turtle 龜，鱉
['tɜ·tl̩]

記住

爬行動物，產於亞熱帶和溫帶地區，其肉和卵可食，常製成湯。

Tuscany 托斯卡尼
['tʌskəni]

記住

義大利中部大區，瀕臨第勒尼安海，為富饒的農業區之一。

twist 轉皮
[twɪst]

記住

將檸檬、橙子或酸橙果皮製成捲條狀作為雞尾酒的配飾或點綴。

ugni blanc 白羽霓葡萄（法） 記住

法國的一種白色釀白蘭地酒用葡萄，稱為特列比亞諾葡萄

uncork 拔瓶塞 記住
[ʌnˈkɔrk]

使用螺絲錐等工具拔出酒瓶木塞的動作。

underdone 嫩煎 記住
[ˌʌndɚˈdʌn]

牛排等肉類在熱油鍋內略煎即行取出，肉質仍軟嫩半生。

unfermented tea 未發酵茶 記住
[ˌʌnfɚˈmɛntɪd] [ti]

unfermented wine 未發酵酒 記住
[ˌʌnfɚˈmɛntɪd] [waɪn]

United States 美國 記住
[juˈnaɪtɪd] [stets]

美國的印第安人保留了其原始的烹調風格和特色菜餚。

unusual foods 非常規食品 記住
[ʌnˈjuʒuəl] [fudz]

目前公認的非常規食品有：象鼻、水牛、犀牛、鱷魚尾、猴腦等。

ursine seal 海狗 記住
[ˈɝsaɪn] [sil]

一種哺乳動物。四肢短像鰭，趾間有蹼，生活在海洋中

U.S.A. wines 美國葡萄酒 記住

V

vacuum carafe　真空保溫瓶　　　　記住
['vækjuəm] [kə'ræf]

與thermos同義

vacuum coffee maker　真空煮咖啡壺　　記住
['vækjəm] ['kɔfɪ] ['mekɚ]

煮咖啡的容器，上部裝磨碎及過濾裝置，密封連接盛水的下部容器。

vacuum container　保溫桶　　　　記住
['vækjəm] [kən'tenɚ]

一種雙層金屬桶，可用於食品和飲料的保溫或冷藏。

vacuum preservation　真空保藏法　　記住
['vækjəm] [ˌprɛzɚ'veʃən]

利用真空環境使食品脫水和減少氧化以延緩食品腐壞的保藏法。

Valencia　巴倫西亞（西）　　　記住
[və'lɛnʃɪə]

西班牙的產酒區，以其烈性甜味餐後酒著稱於世。

vanilla　香草　　　　記住
[və'nɪlə]

蘭科熱帶攀緣植物具溫和芳香而常用於調味。

vanille, crème de　香草利口酒（法）　記住

由香子蘭籽浸出的一種甘露酒。味甜醇厚。

vaporization　蒸發　　　　記住
[ˌvepərə'zeʃən]

也叫汽化，是物質從液態或固態轉變為氣態的現象。

varietal wine　品種葡萄酒
[vəˈraɪətl̩] [waɪn]　　　　　　　記住

以釀酒用葡萄品種命名的酒，以區別某些以葡萄產地命名的酒。

vat　大槽
[væt]　　　　　　　記住

盛放液體用缸槽，其容積大小不等，一般為100公升，約合22加崙。

VDL　利口酒（縮）　　　　　記住

vin de liqueur的縮寫

VDN　加度甜味葡萄酒（縮）　　記住

vin doux naturel的縮寫

VDQS　特優質酒（縮）　　　　記住

vins délimités de qualité supérieure的縮寫

veal　小牛肉
[vil]　　　　　　　記住

出生3-14星期的小牛的肉。組織柔軟細密，含少量白色脂肪。

vegetable　蔬菜
[ˈvɛdʒətəbl̩]　　　　　　　記住

草本植物新鮮可食的部分，含水分、維生素和纖維素等

vegetable dish　蔬菜盤
[ˈvɛdʒətəbl̩] [dɪʃ]　　　　　記住

以烤馬鈴薯、花菜和包心菜等堆疊的拼盤菜餚。

vegetable fat　植物性脂肪
[ˈvɛdʒətəbl̩] [fæt]　　　　　記住

將植物油通過氫化處理而製得的一種油脂，如瑪琪琳等。

vegetable gelatin 植物膠
['vɛdʒətəbļ] ['dʒɛlətņ]

記住

以植物提取而得的各種凝膠物質，如洋菜。

vegetable marrow 菜瓜
['vɛdʒətəbļ] ['mæro]

記住

南瓜屬一年生草本植物。其果實呈長橢圓形，可作為蔬菜食用。

vegetable oil 植物油
['vɛdʒətəbļ] [ɔɪl]

記住

以植物果實或種子榨出的食用油

vegetable pear 佛手瓜
['vɛdʒətəbļ] [pɛr]

記住

與chayote同義

vegetable protein 植物蛋白
['vɛdʒətəbļ] ['protiɪn]

記住

如穀類、豆類和堅果中含有的食物蛋白。

vegetarianism 素食主義
[ˌvɛdʒəˈtɛrɪən]

記住

因營養或宗教因素而主張以蔬菜、水果等為主食的不食肉理論和習慣

velouté 鮮肉汁醬汁（法）

記住

一種白色鮮奶油狀調味汁。

venison 鹿肉
['vɛnəsņ]

記住

vermouth 苦艾酒
[vɚˈmuθ]

記住

以芳香藥草提香的飲料，由多種不同的香草作配料製成。

vermouth, French 法國苦艾酒
[vɚˈmuθ] [frɛntʃ]

記住

以香料、辛香料、白蘭地等調配而成的酒。

vermouth, Italian 義大利苦艾酒
[vɚˈmuθ] [ɪˈtæljən]

記住

vermut 苦艾酒（義）

記住

與vermouth同義

vert 生的，未煮熟的（法）

記住

與raw同義

very superior old 陳年白蘭地
[ˈvɛrɪ] [səˈpɪrɪɚ] [old]

記住

經12-17年熟成的白蘭地酒，常縮略為VSO。

very superior old pale 極陳白蘭地
[ˈvɛrɪ] [səˈpɪrɪɚ] [old] [pel]

記住

經18-24年熟成的白蘭地酒，縮略為VSOP。

very very superior old pale 最陳白蘭地
[ˈvɛrɪ] [ˈvɛrɪ] [səˈpɪrɪɚ] [old] [pel]

記住

陳年達25-40年的白蘭地酒，縮略為VVSOP。

vessel 餐具，容器
[ˈvɛsl̩]

記住

如碟、碗等凹形或圓柱形餐具，尤用於盛放液體，與flatware同義

viande 肉類（法）

記住

與meat同義

viande blanche 白肉類（法）

記住

指家禽肉、小牛肉和豬肉等，與white meat同義

viande noir　黑肉類（法） 　　記住

指野味肉，如野豬肉或鹿肉等，與dark meat同義

viande rouge　紅肉類（法） 　　記住

指牛肉、羊肉等，與red meat同義

Vichy　薇姿礦泉水（法）
['viʃɪ] 　　記住

法國中央高原著名旅遊勝地薇姿產的一種礦泉水。

Vichyssoise, crème à la　薇姿式鮮奶油韭蔥湯（法） 　　記住

用馬鈴薯、洋蔥、鮮奶油等作配料製成的冷湯。

Victoria sponge sandwich　維多利亞軟三明治
[vɪk'torɪə] [spʌndʒ] ['sædwɪtʃ] 　　記住

以等量麵粉、糖、雞蛋等製成的鮮奶油狀蛋糕夾心的三明治

Vienna loaf　維也納麵包
[vɪ'ɛnə] [lof] 　　記住

表面塗有一層糖漿的脆皮牛奶麵包。

Vienna porcelain　維也納瓷器
[vɪ'ɛnə] ['pɔrslɪn] 　　記住

指1719-1864年間在奧地利首都維也納陶瓷廠製品的瓷器。

vigne　葡萄苗木（法）
[ˌvinjə] 　　記住

與vine同義

Vikings　海盜
['vaɪkɪŋs] 　　記住

此指一種特殊的飲食風格，即今天的瑞典自助餐

vignoble　葡萄園（法） 　　記住

尤指法國各地的釀酒葡萄莊園，與cru同義

vin blanc 白葡萄酒（法） 記住
[væŋ'blɑŋ]

除白葡萄酒外，本詞也指一種搭配魚類菜餚的醬汁。

vin chaud 熱燙酒（法） 記住

加糖與香料趁熱飲用的一種混合酒，與mulled wine同義

vin de côtes 山坡葡萄酒（法） 記住

坡地產的葡萄所釀的酒，品質比低地葡萄酒優良。

vin de paille 麥桿黃白葡萄酒（法） 記住

白葡萄酒的色澤一般均為不同程度的黃色，類似稻、麥禾桿的色澤

vin de pays 產地優質酒（法） 記住

其等級僅次於VDQS酒，含酒精一般為9%。

vin de table 佐餐酒（法） 記住

供日常飲用的葡萄酒，與vin ordinaire同義

vin doux 新鮮葡萄汁（法） 記住

葡萄壓榨後產生的原汁，供發酵釀酒外，也可單獨作為飲料飲用。

vin doux naturel 加度甜味葡萄酒（法） 記住

法國地中海沿岸等地釀製的加糖增度酒

vin gris 淡黃色白葡萄酒（法） 記住

此酒色澤比禾桿黃更淡一些。

vin maison 家釀酒（法） 記住

餐廳中常用作普通佐餐酒。

Vin Mousseux 氣泡葡萄酒（法） 記住

與Mousseux同義

vin rouge 紅葡萄酒（法）
['væŋˌruʒ]

〔記住〕

與red wine同義

vinaigre 醋（法）

〔記住〕

字面含義為變酸的酒。用於浸、漬、涼拌和製調味汁。

vinaigrette 油醋醬
[ˌvɪnəˈgrɛt]

〔記住〕

與hollandaise同義。

vine 葡萄苗木
[vaɪn]

〔記住〕

野生葡萄的植株有時也指葡萄園。

vinegar 食醋
['vɪnəgɚ]

〔記住〕

用發酵蘋果汁、麥芽酒等經發酵氧化得酸性液體，可調味或防腐。

vineyard 葡萄園
['vɪnjəd]

〔記住〕

泛指一般果園，如桃園、蘋果園等。

vinho verde 生葡萄酒（葡）

〔記住〕

葡萄牙北部以各種未熟葡萄釀製的紅、白、玫紅葡萄酒。

viniculture 葡萄栽培學
['vɪnɪˌkʌltʃɚ]

〔記住〕

與viticulture同義

vinification 葡萄釀酒
['vɪnəfəˌkeʃən]

〔記住〕

通過發酵使葡萄汁或其他果汁轉變為酒精的過程。

vino　葡萄酒（義）
['vino]

`記住`

與wine同義

Vino Santo　聖酒 = **straw wine vin de Paille**法文
　　　　　　麥桿酒（義）

`記住`

義大利托斯卡尼地區產的一種著名甜白葡萄酒。

vintage wine　佳釀酒
['vɪntɪdʒ] [waɪn]

`記住`

具特殊風味的即優質葡萄酒，限定某些特殊年份產出。

vintage year　佳釀年份
['vɪntɪdʒ] [jɪr]

`記住`

生產佳釀酒的年代，一般標明在酒瓶瓶貼上。

vitamin　維生素
['vaɪtəmɪn]

`記住`

人體生長所必需的多種有機化合物，功能在維持生理機能。

vitamin A　維生素A
['vaɪtəmɪn] [e]

`記住`

脂溶性淡黃色結晶，存在於動物肝臟、蛋黃和鮮奶油中。

vitamin B_1　維生素B_1
['vaɪtəmɪn] [bi] [wʌn]

`記住`

無色針狀結晶，能溶於水，具保護神經的作用。

vitamin B_2　維生素B_2
['vaɪtəmɪn] [bi] [tu]

`記住`

黃色結晶，稍有苦味，存在酵母、肝臟和奶製品中。

vitamin B_{11}　維生素B_{11}
[vaɪtəmɪn] [bi] [ɪˈlɛvn]

`記住`

黃色有機化合物結晶，能溶於水，對體內核酸的合成有重要意義。

vitamin B$_{12}$　維生素B$_{12}$
[vaɪtəmɪn] [bi] [twɛlv]

記住

暗紅色固體的水溶性維生素，也叫鈷胺素。

vitamin C　維生素C
[vaɪtəmɪn] [si]

記住

最常見的水溶性維生素，又稱抗壞血酸，受熱容易被破壞。

vitamin D　維生素D
[vaɪtəmɪn] [di]

記住

脂溶性維生素，可調節人體對鈣的吸收。

vitamin E　維生素E
[vaɪtəmɪn] [i]

記住

又叫生育酚的脂溶性維生素，為重要的抗氧化劑。

vitamin K　維生素K
[vaɪtəmɪn] [ke]

記住

脂溶性維生素，能促進凝血酶元的生成。

vitamin P　維生素P
[vaɪtəmɪn] [pi]

記住

黃色結晶的水溶性維生素，溶於乙醇和丙酮，缺乏易使血管出血。

vitamin PP　維生素PP
[vaɪtəmɪn] [pipi]

記住

白色結晶，可溶於水和酒精的維生素，可促進細胞新陳代謝。

viticulture　葡萄栽培學
[ˈvɪtɪˌkʌltʃɚ]

記住

研究葡萄種植、收穫以及釀酒的科學。

vodka　伏特加（俄）
[ˈvɑdkə]

記住

以馬鈴薯為原料經蒸餾而成的一種烈性酒。

VSO　陳年白蘭地（縮）　　　　　記住

very superior old的縮寫

VSOP　極陳白蘭地（縮）　　　　記住

very superior old pale的縮寫

VVSOP　最陳白蘭地（縮）　　　　記住

very very superior old pale的縮寫

waffle 華夫餅乾
['wɑfḷ]
記住

以專用模型烤成的脆餅，表面帶有凸起的花紋。

waffle batter 華夫麵糊
['wɑfḷ] ['bʌtɚ]
記住

用於製華夫餅乾的稀麵糊。

waiter 餐廳服務員
['wetɚ]
記住

負責接受顧客點菜、引座、送菜、斟酒和結帳等多項工作的服務人員。

waiter's friend 螺絲錐
['wetɚs] [frɛnd]
記住

與corkscrew同義

waitress 餐廳女服務員
['wetrɪs]
記住

與waiter同義，但指女性。

waldorf salad 沃爾多夫沙拉（美）
['wɔldɔrf] ['sæləd]
記住

以蘋果、芹菜等切成丁，加胡桃和美乃滋拌成。

walnut 胡桃
['wɔlnʌt]
記住

也叫核桃，為落葉喬木胡桃樹的果實，堅果可食

walnut ketchup 胡桃醬
['wɔlnʌt] ['kˌtʃəp]

記住

生胡桃的汁液煮沸調味而成果醬。

wash 牛奶蛋清汁
[wɑʃ]

記住

糕點師用來澆刷在烤製食品表面，使食品上光的蛋清、牛奶混合液。

water 水
['wɔtɚ]

記住

有時也可指礦泉水。

water lily 睡蓮
['wɔtɚ] ['lɪlɪ]

記住

與nénuphar同義

water of life 烈性酒
['wɔtɚ] [ɑv] [laɪf]

記住

高酒精濃度的酒，源自法語eau-de-vie（生命之水）。

watercress 水田芥
['wɔtɚˌkrɛs]

記住

十字花科多年生植物，其嫩芽可作沙拉，有胡椒味，富含維生素C。

watermelon 西瓜
['wɔtɚˌmɛlən]

記住

葫蘆科多汁瓜果，原產熱帶非洲，果肉甜而多汁

wax 楓糖蜜（美）
[wæks]

記住

與maple sugar同義

wedding cake 婚禮蛋糕
['wɛdɪŋ] [kek]

記住

為婚禮而專門製作多層蛋糕，色調以白色為主。

weight 重量
[wet]

食品計量的主要方法。公制單位為公斤或公克；英制為磅及盎司等。

Wein 葡萄酒（德）

與wine同義

Weinbrand 優質白蘭地（德）

與brandy同義

Weinessig 葡萄酒醋（德）

從葡萄酒中製得的食用醋，與wine vinegar同義

well 井
[wɛl]

製麵團前在麵粉中留出的空洞以倒入液體待混合的動作。

well salt 井鹽
[wɛl] [sɔlt]

地層中的鹽質溶解在地下水中，打井汲取這種水製成的食鹽叫井鹽。

well-done （肉等）煮透的
['wɛl'dʌn]

肉質煮至無鮮紅色的恰全熟程度，尚未稱老

Wermut 苦艾酒（德）

與absinthe, veimouth.同義

whale 鯨
[hwel]

目前現在世界上最大的海洋哺乳動物。

wheat 小麥
[hwit]

禾本科一年生草本作物，品種很多，主要有硬粒小麥、普通小麥等。

wheat germ 小麥胚芽
[hwit] [dʒɝm]

記住

胚芽是最營養的部份，富含維生素B，但易在碾製過程中損失。

whey 乳清
[hwe]

記住

在製乳酪過程中分離凝乳部分後得到的含水物質。

whip 攪打
[hwɪp]

記住

空氣反覆撥打進鮮奶油或蛋白中，使體積增大的動作。

whipped cream 攪打乳脂
[hwɪpt] [krim]

記住

與whipping cream同義

whipping cream 攪打鮮奶油
['hwɪpɪŋ] [krim]

記住

經攪打使體積膨大呈泡沫狀的鮮奶油，可用作點心上的配飾。

whisk 打蛋器
[hwɪsk]

記住

俗稱抽子。通常用鐵絲製成，用於攪打蛋白、奶酪或馬鈴薯泥等。

whiskey 威士忌酒
['hwɪskɪ]

記住

高酒精濃度的蒸餾酒。從糧穀或馬鈴薯中發酵蒸餾而成。

whiskey sour 威士忌酸酒
['hwɪskɪ] [saur]

記住

以威士忌為基酒，加入苦精、檸檬汁、糖和碎冰調混而成。

White Chianti 白奇昂蒂酒
[hwaɪt] ['kjɑnti]

記住

義大利托斯卡尼地方產的一種發泡白葡萄酒。參見Chianti

white chocolate 白巧克力
[hwaɪt] [ˈtʃakəlɪt]

記住

以可可香精、鮮奶油和糖等製成的巧克力，色澤奶白，香味芬芳

white coffee 白咖啡（美）
[hwaɪt] [ˈkɔfɪ]

記住

white lady 白衣女人
[hwaɪt] [ˈledɪ]

記住

以等量檸檬汁、薄荷利口酒、橙味酒等調配而成的雞尾酒。

white meat 白肉
[hwaɪt] [mit]

記住

淡色的肉食品，如豬肉、雞肉、小牛肉和魚等，煮熟時肉色呈淡白色。

white pepper 白胡椒
[hwaɪt] [ˈpɛpɚ]

記住

與pepper同義

white port 白波爾圖酒
[hwaɪt] [port]

記住

一種酒體濃厚的淡黃色餐後酒。味乾，與雪利酒口味相似。

white sauce 白汁醬汁
[hwaɪt] [sɔs]

記住

將麵粉略炒，加入牛奶、鮮奶油等調味料製成的基底醬汁。

white stock 白色高湯
[hwaɪt] [stɑk]

記住

以小牛排、雞肉等熬成的高湯，味濃厚，呈乳白色。

white sugar 白糖
[hwaɪt] [ˈʃugɚ]

記住

由甘蔗或甜菜汁熬煉出的糖蜜結晶，顆粒較小。

white wine 白葡萄酒　　　　　記住
[hwaɪt] [waɪn]

由淺色葡萄為原料製成的葡萄酒，特點是酒體輕。

white wine cup 水果沙拉　　　　記住
[hwaɪt] [waɪn] [kʌp]

以薄荷與黃瓜作配料，淋上白蘭地和白葡萄酒的沙拉。

whole milk 全脂奶　　　　　記住
[hol] [mɪlk]

未經脫脂處理的牛奶，含脂肪量在35-40%之間。

whole wheat meal 全麥粉　　　記住
[hol] [hwit] [mil]

以全麥粒製成的麵粉，其維生素B和無機鹽含量豐富，營養價值較高。

wholemeal flour 全麥麵粉　　　記住
['hol͵mil] [flaur]

一種含有豐富蛋白質和維生素的營養麵粉。

Wild 野味（德）　　　　　記住
[waɪld]

與game同義

wild basil 野羅勒　　　　　記住
[waɪld] ['bæzl̩]

屬薄荷科，用於作調香料。參見basil

wild boar 野豬　　　　　記住
[waɪld] [bor]

wild fowl 野禽　　　　　記住
[waɪld] [faul]

野生烏類，特別指水禽，如野天鵝、雁和野鴨等。

wild goose 雁
[waɪld] [gus]
記住

野生候鳥，肉質較粗，且有腥味。

wine 葡萄酒
[waɪn]
記住

由新鮮葡萄汁發酵釀成的酒，是世界上消費量最大的酒類之一。

wine bar 酒吧
[waɪn] [bɑr]
記住

以出售酒類和飲料為主的酒間。參見bar

wine biscuit 竹芋餅乾
[waɪn] ['bɪskɪt]
記住

常用於搭配葡萄酒的餅乾，與arrowroot同義

wine cellar 酒窖
[waɪn] ['sɛlɚ]
記住

貯藏酒的地方。一般建在地下，以保持較低的恆溫。

wine cooler 冰酒器
[waɪn] ['kulɚ]
記住

使酒冷卻或保持低溫的一種容器；也是種雞尾酒的名稱。

wine cradle 酒籃
[waɪn] ['kredl̩]
記住

餐廳高級服務中使用的一種藤編或金屬絲籃，供酒瓶呈傾斜狀放置。

wine cutting 切酒
[waɪn] ['kʌtɪŋ]
記住

蒸餾酒在調製前的工序之一，即除去酒頭和酒尾只取中段的步驟。

wine ferment 酒酵母
[waɪn] ['fɝmɛnt]
記住

與yeast同義

wine flower 酒花　　　　　　記住
[waɪn] ['flauɚ]

葡萄酒或醋表面產生白色的黴斑，可作為酒類變質的指標。

wine glass 葡萄酒杯　　　　記住
[waɪn] [glæs]

有杯腳的玻璃杯，目的是避免手部溫度透過玻璃傳導影響風味。

wine grape 釀酒葡萄　　　　記住
[waɪn] [grep]

專門為製酒而栽種的葡萄，品種、甜味均與食用葡萄有所差異。

wine label 酒標　　　　　　記住
[waɪn] ['lebl̩]

與label同義

wine list 酒單　　　　　　　記住
[waɪn] [lɪst]

餐廳、酒吧中提供的酒類表單，常與菜單分開。

wine making 釀造葡萄酒 (v)　記住
[waɪn] ['mekɪŋ]

wine press 葡萄榨汁機　　　記住
[waɪn] [prɛs]

wine rack 酒瓶架　　　　　　記住
[waɪn] [ræk]

以金屬或木料製成，使酒瓶在貯藏中能保持一定的傾斜度。

wine shop 酒店　　　　　　　記住
[waɪn] [ʃɑp]

專門供應酒及菜的餐廳或咖啡館。

wine taster 品酒師　　　　　記住
[waɪn] ['testɚ]

具有豐富經驗和靈敏味覺的專業人員，專門品評酒的質量優劣。

wine vinegar 葡萄酒醋
[waɪn] ['vɪnɪgɚ]

以紅葡萄酒或白葡萄酒進一步發酵製成的食用醋。

wine yeast 酒酵母
[waɪn] [jist]

專用於釀酒的酵母，與yeast同義

winter savory 香味薄荷
['wɪntɚ] ['sevɚrɪ]

多年生半灌木，葉片有百里香味，廣泛被用作烹飪中的調香料。

wintergreen 冬青
['wɪntɚˌgrin]

常綠灌木，又叫鹿蹄草，其葉片光滑有芳香，可提取冬青油。

wire hood 鐵罩
[waɪr] [hud]

裝在香檳酒瓶口以免因瓶內壓力太大而沖開瓶塞的保護網罩。

wire strainer 笊籬
[waɪr] ['strenɚ]

用金屬絲或竹篾條等製成的漏水用具，有長柄。

wok 鑊、炒鍋（中）
[wɑk]

中國式炒菜鍋，有別於各種西式平底鍋。

wooden ware 木製餐具
['wudn̩] [wɛr]

Worcestershire sauce 辣醬油
['wustɚˌʃɪr] [sɔs]

起源於英國伍斯特郡的一種調味醬油。

wort　麥芽汁
[wɝt]

未加啤酒花的麥芽浸出液，可進一步經發酵製成啤酒。

Wurst　香腸（德）
[wɝst]

與sausage同義

Xantos　聖酒（義）
記住

14世紀義大利釀製的一種甜白葡萄酒，與Vino Santo同義

Xérès　赫雷斯（法）
記住

西班牙地名，是著名的雪利酒產地，已成為雪利酒的代名詞。

Xmas cookies　耶誕曲奇餅
['krɪsməs] [ku'kis]
記住

與cookie同義

X.O.　特陳白蘭地（縮）
記住

extra old縮寫

yeast 酵母
[jist]

記住

單細胞植物菌株，能代謝醣，發酵產生二氧化碳和酒精。

yeast cake 酵母蛋糕
[jist] [kek]

記住

專指以酵母發酵製成的蛋糕和糕點。

yeast extract 酵母浸膏
[jist] [ɪkˈstrækt]

記住

經過酸處理的酵母，是食品維生素B的主要來源之一。

yellow Chartreuse 黃夏特赫斯酒
[ˈjɛlo] [ʃarˈtruz]

記住

一種口味較甜的夏特赫斯酒，用100多種芳香草藥配製而成。

yoghurt 優酪乳
[ˈjogɚt]

記住

也叫酸乳酪或酸奶，是一種略帶酸味的半流體狀發酵製品。

yoghurt dressing 酸奶調汁
[ˈjogɚt] [ˈdrɛsɪŋ]

記住

以優酪乳、洋蔥、醋和香草植物作配料調成的沙拉醬。

yogurt 優酪乳
[ˈjogɚt]

記住

與yoghurt同義

yolk 蛋黃
[jolk]

記住

與egg yolk同義

Yorkshire 約克夏豬
['jɔrksə˞]

記住

也稱大白豬,由北英格蘭的白豬和中國白豬雜交而成。

Yorkshire pudding 約克夏布丁
['jɔrksə˞] ['pudɪŋ]

記住

與蛋奶酥相似的一種麵糊布丁。在英國習慣上和烤牛肉同食。

young[1] (肉)新鮮的,嫩的
[jʌŋ]

記住

young[2] (酒、乳酪)新釀的,剛發酵的
[jʌŋ]

記住

Yvette 紫羅蘭甘露酒(法)

記住

與Crème Yvette同義

zest¹　柑橘外皮、刮皮 (v)　　　　記住
[zɛst]

檸檬或橙類的深色外皮層，多用作調味或調香料。

zest²　（酒的）風味，香味　　　記住
[zɛst]

zesteur　柑橘去皮刀（法）　　　記住

用於切取柑橘外皮的特殊刀具，與zest同義

zinfandel　馨芳葡萄（法）　　　記住
[ˈzɪnfənˌdɛl]

一種優質紅葡萄品種，用於釀製豐醇而稍帶澀味的佐餐葡萄酒。

zuppa　肉湯，濃湯（義）　　　記住

與broth同義

Zwieback　脆烤麵包片（德）　　記住
[ˈswiˌbæk]

以雞蛋麵包切片後烘烤，然後塗以甜味料經再次烘脆而成的開味菜。

zymology　發酵學　　　　　　記住
[zaɪˈmɑlədʒi]

研究發酵機制和過程的科學，尤指對食品發酵原理和條件的研究。

國家圖書館出版品預行編目資料

餐飲英文檢定字彙3500／徐偉編著.--初版--.
--臺北市：五南, 2010.05
　面；　公分.
ISBN 978-957-11-5981-2（平裝）
1.英語　2.餐飲業　3.詞彙
805.12　　　　　　　　　　99007660

5BE3

餐飲英文檢定字彙3500

編　　者 ― 徐　偉

發 行 人 ― 楊榮川

總 編 輯 ― 龐君豪

主　　編 ― 穆文娟

責任編輯 ― 陳俐穎

文字編輯 ― 程亭瑜

版型設計 ― 李盈君

封面設計 ― 簡愷立

出 版 者 ― 五南圖書出版股份有限公司

地　　址：106台北市大安區和平東路二段339號4樓

電　　話：(02)2705-5066　傳　　真：(02)2706-6100

網　　址：http://www.wunan.com.tw

電子郵件：wunan@wunan.com.tw

劃撥帳號：01068953

戶　　名：五南圖書出版股份有限公司

台中市駐區辦公室/台中市中區中山路6號

電　　話：(04)2223-0891　傳　　真：(04)2223-3549

高雄市駐區辦公室/高雄市新興區中山一路290號

電　　話：(07)2358-702　傳　　真：(07)2350-236

法律顧問　元貞聯合法律事務所　張澤平律師

出版日期　2010年 5 月初版一刷

定　　價　新臺幣320元